Lisa Lenardi

# Blutige Sonette

## Baumanns zweiter Fall

tredition®
www.tredition.de



Verlag und Druck: tredition GmbH, Grindelallee 188, 20144 Hamburg

ISBN
Paperback: 978-3-7345-3507-9
Hardcover: 978-3-7345-3508-6
e-Book: 978-3-7345-3509-3

# Das Rennen

„Los, mach hin oder willst du dich von den Bullen erwischen lassen?!“ Wütend klappte er das Visier seines Motorradhelms hoch und boxte seinen Freund an die Schulter. Doch der ließ sich nicht aus der Ruhe bringen und fummelte weiter an der verrosteten Eisentür.

Klack! Es war geschafft. Rainer grinste: „Na, wer ist hier der Profi, he?“ Marcus verdrehte die Augen: „Is ja gut, du Angeber. Noch sind wir nicht drin. Hier, die Taschenlampe.“ Rainer leuchtete die schmale Wendeltreppe hinunter, doch der feine Lichtkegel reichte nicht aus, um die verschmutzten Stufen auch nur annähernd zu erkennen. „Scheiße, ist das dunkel! Da brechen wir uns ja die Gräten, Marcus.“ Sein Freund zog den Helm über den Kopf und lugte vorsichtig hinunter. „Feigling. Da ist doch ein Geländer. Geh langsam und leuchte mehr auf die Stufen.“ Dann setzte er seinen Motorradhelm wieder auf und gab seinem Freund einen Stups.

„Eh, bist du bescheuert? Soll ich hier runterknallen?“ Marcus zog Rainer lachend beiseite, nahm ihm die Taschenlampe aus der Hand und tastete sich langsam nach unten.

Stufe für Stufe wendelte sich die alte Steintreppe in den Keller und die Jungs hatten Mühe in der Dunkelheit dem Unrat auszuweichen. Außerdem war das alte Eisengeländer dermaßen verrostet, dass es bereits abblätterte. Marcus leuchtete konzentriert auf

die letzte Treppenstufe und nahm einen großen Schritt.
„Scheiße! Pass auf! Am Ende des Geländers ist was abgebrochen. Ich hab mir die Hand aufgerissen."
Rainer tastete sich langsam voran, nahm die Taschenlampe und hielt den Lichtstrahl auf die verletzte Hand seines Freundes. „Zeig mal." Die Innenseite des linken kleinen Fingers war etwa zwei Zentimeter aufgerissen und blutete stark. Rainer zog ein Tempo aus seiner Hosentasche, faltete es auseinander und wickelte es mehrfach um den verletzten Finger. Marcus grinste: „Danke, Kumpel. Mann, du solltest das Fach wechseln. Einsame Spitze der Verband."
„Ja, ja. Komm. Ich leuchte uns und du hakst dich bei mir ein. Los." Langsam folgten sie dem Lichtstrahl der Taschenlampe.
„Ich glaub, wir sind in einem Quergang. Kuck mal."
Rainer war stehengeblieben und leuchtete erst nach links und dann nach rechts. Marcus überlegte. „Das kann nicht sein. Wir sind auf dem Hauptgang. Der sah auf dem Plan aus wie ein Hufeisen. Wir stehen jetzt genau an der Stirnseite. Wenn wir nach rechts gehen, kommen wir auf die gerade Strecke." Rainer überlegte. „Nee, wir müssen nach links, sonst landen wir am Ausgangstor. Das kriege ich von innen aber nicht auf. Die Sensoren kann ich nur am Eingangstor manipulieren." Marcus hob den Daumen und folgte seinem Freund auf die linke Seite.
Bereits nach einigen Schritten blieb er wieder stehen.
„Das könne wir vergessen, Rainer. Die Funzel hat gereicht, um meine Wunde auszuleuchten, aber nicht

dieses riesige Kellergewölbe hier. Die einzige Chance, die wir haben, ist die Wand. Wenn wir die erreichen, gehen wir einfach entlang."
Das Grinsen seines Freundes konnte er in der Dunkelheit natürlich nicht sehen, aber den zweiten Lichtkegel sofort. Rainer hatte sein Handy aus der Tasche gezogen, die Taschenlampen- App gestartet und es wurde heller.
„Krass, Alter.", schwärmte Marcus. „Die zieh ich mir auch runter. Bei mir habe ich nur die Standardfunzel drauf. Gib her. Dann nehme ich jetzt die Taschenlampe."
Auch wenn es nun schneller voranging, so schien der Gewölbegang kein Ende zu nehmen. Rainer leuchtete abwechselnd links und rechts in die Quergewölbe, um sich zu orientieren. Er wusste, dass die ersten drei als Parkgaragen genutzt wurden und es dann bis zum Eingangstor nicht mehr weit sein konnte. Endlich sah er rechts die ersten Autos und konnte auch schon das riesige Eisengitter erahnen.
Plötzlich wurde es hell. Ein BMW fuhr auf das Eingangstor zu. Schnell zog Rainer seinen Freund hinter einen Pfeiler. „Super.", flüsterte er. „Das ist ja noch besser. Bleib hier stehen und schau einem Genie bei der Arbeit zu." Marcus blickte seinem Freund verdutzt hinterher.
Das Rolltor war jetzt ganz geöffnet und der BMW fuhr langsam in den Kellergang. Als das Heck des Autos die Sensoren streifte, setzte sich das Tor wieder in Bewegung. Blitzschnell schob Rainer einen Stapel

Steine vor die Lichtschranke und es blieb stehen. Sofort schlich er sich wieder zurück hinter den Pfeiler und beobachtete den älteren Mann, wie er sich aus seinem Autositz quälte. Er öffnete den Kofferraum und hob eine Tüte nach der anderen heraus. Marcus wurde unruhig. „Mann, hat der für ein ganzes Altersheim eingekauft?“ Sein Freund hielt ihm den Mund zu: „Pst, sei leise. Der kann uns vielleicht hören.“ Marcus tippte seinen Zeigefinger mehrfach an die Stirn. „Mann, du bist ja schlimmer als Liane. Die is auch sonne Bangbüx.“ Rainer sah ihn fragend an, konzentrierte sich dann aber wieder auf den älteren Herrn. Der hatte inzwischen begonnen, seine Einkäufe in den Hackenporsche zu bugsieren. Also hieß es weiterhin warten. Endlich steuerte er dem Ausgang entgegen. Als die Eisentür scheppernd zuknallte, wagten die Jungs sich aus ihrem Versteck.
Marcus hatte schon die ganze Zeit aufgeregt mit einem Knie gewippt und war jetzt nicht mehr zu bremsen: „Die Luft ist rein. Komm, wir holen die Maschinen.“ Rainer überlegte laut: „Und wenn wieder einer kommt?“
„Das ist nicht dein Ernst?! Du bist ja real ne Bangbüx!“ Rainer sah ihn fragend an: „Was is `n das?“
„Das is `n Schisser. Das sagt mein Opa immer. Komm jetzt endlich!“ Dann klopfte er auffordernd auf seinen Motorradhelm und zog seinen Freund mit ins Freie. Vorsichtig schoben sie die Motorräder unter dem Rolltor hindurch. Rainer startete als erster und erleuchtete mit dem Scheinwerfer das dunkle Gewölbe. „Wow, das is ja riesig, Marcus! Schau mal!“

Der Freund war begeistert und drückte jetzt auch den Startknopf seiner Maschine. Dann gab er Gas und raste davon. Der Widerhall war gigantisch. Rainer blieb einen Moment stehen und genoss die Bässe. Dann startete er ebenfalls durch. Als er am Ende des Hufeisens links einbog, kam ihm Marcus bereits entgegengerast. Er gab noch einmal Gas und ließ die Bässe hinter sich. Das Kellergewölbe verstärkte das Getöse der Motoren und jedes Mal, wenn Rainer und Marcus sich begegneten, verdoppelte sich der Schall zu einem gigantischen Donner.
Doch plötzlich hatte Rainer seinen Freund aus den Augen verloren. Er bog langsam in den letzten Quergewölbegang und gab Gas. Wie aus dem Nichts schoss Marcus direkt auf ihn zu.
Rainer riss die Maschine herum und schrie: „Bist du irre?!" Er war durch eine offene Tür gerast und stand. Er hörte sein Herz klopfen und seine Hände umklammerten krampfhaft den Lenker. Nach und nach nahm er die Umgebung wahr und schaute sich vorsichtig um. Er stand in einem weiß gekachelten Raum. Vorsichtig stieg er vom Motorrad, zog die Taschenlampe aus seiner Lederjacke und machte die Zündung aus. Er starrte immer noch wie gebannt auf die Krankenhausfliesen. Dann besann er sich und schaltete die Taschenlampe ein. Rainer ließ ihren Lichtkegel von Wand zu Wand wandern. Komischer Raum, dachte er, sieht aus wie eine Waschküche oder ein Schlachthof. Bei dem letzten Gedanken wurde ihm mulmig und er erschrak als er die Stimme seines Freundes hörte.

„Rainer, wo bist du, Mann? Mach kein Scheiß!“ Marcus kam im Schneckentempo den Hauptgang hinuntergefahren. Doch Rainer hatte sich bereits in eine Ecke der Waschküche verkrochen und die Taschenlampe ausgeschaltet. „Mann, Alter! Gib doch mal `n Zeichen!“ Doch der dachte nicht daran, sich bemerkbar zu machen und ließ ihn schmoren. Doch als er merkte, dass Marcus bereits zu Fuß unterwegs war und sich echte Sorgen um ihn machte, kam er aus seinem Versteck und grinste. Sein Freund rannte auf ihn zu. „Verdammt, wo warst du denn?“ Rainer sagte trocken: „Hab mich mal umgesehen. Wird doch wohl erlaubt sein, oder? Hast wohl kalte Füße gekriegt, was? Hättest mich fast über den Haufen gefahren, du Vollidiot!“ Marcus verstand: „Is ja gut, Mann. Lass uns noch ne Runde drehen, o.k.?“ Rainer nickte und holte seine Maschine aus der Waschküche.

Sie starteten zusammen Richtung Ausgangstor und fuhren um die Wette. Doch das Ende des langen Hauptganges war schnell erreicht. Also bog Rainer bereits vorher ab und gab wieder Gas.

„Shit!“, brüllte er, doch da war es schon zu spät. Er konnte dem Steinhaufen zwar noch ausweichen, aber nicht mehr der Wand. „Nicht schon wieder. Dieser Keller bringt nur Unglück. War eh ne scheiß Idee von Marcus.“, brummte er wütend.

Als erstes begutachtete er seine Maschine und war froh, dass außer einigen kleineren Kratzern nichts beschädigt war. Dann kam auch Marcus angefahren und bockte seine Maschine neben ihm auf. „Daran hab ich jetzt aber nicht schuld, Kumpel. Ist die Karre

heil?“ Rainer nickte und Marcus kam auf ihn zu: „Komm, wir…“ Irgendetwas irritierte ihn und er starrte wie gebannt auf die Wand. „Eh. Was ist denn das?“
Die Bangbüx drehte sich langsam um. „Das Loch oder was meinst du?“ Marcus richtete den Scheinwerfer seines Motorrades auf die offene Wand und kam näher. „Da. Bist du blind, Mann? Da ist doch was hinter. Sieht aus wie ein Kartoffelsack oder so was.“ Er zog Rainer an seiner Jacke nach unten. „Da, du Blindschleiche.“ Doch der zuckte nur mit den Schultern. Marcus hingegen machte sich gleich an die Arbeit und löste sofort einige der roten Backsteine.
„Wow! Sieh mal.“ Vor ihnen lag tatsächlich ein riesiger Sack. Rainer kam einen Schritt näher. „Jetzt wird`s spannend!“ Dann zeigte er auf ein dickes Seil. „Fest verknotet. Da wollte wohl einer seine Beute besonders gut sichern. Ist ihm aber nicht gelungen. Komm, lass uns den Sack aufmachen!“ Marcus lachte: „Bist ja doch keine Bangbüx, Mann.“ Sein Freund winkte nur ab, holte die Taschenlampe hervor und leuchtete hinter die Wand. Marcus griff nach rechts und versuchte den Sack etwas zu drehen. „Scheiße, der is real schwer.“ Dann kam ihm ein Gedanke. „Eh, was is, wenn da ne Leiche drin is?“ Rainer lachte: „Wie war das mit Bangbüx?“ Marcus zog seine Stirn in Falten, griff sich wütend den Sack und zerrte mit Leibeskräften. Nichts. Stöhnend ließ sich der Sackzieher auf den Boden fallen. Rainer schmunzelte: „Na los, Kumpel. Noch einmal mit vereinten Kräften.“ Er klopfte Marcus aufmunternd auf die

Schulter. Der stand auf und schlug vor bis drei zu zählen und den Sack dann mit einem Ruck aus dem Versteck zu ziehen. Sein Freund war einverstanden und so umfassten beide das zugeknotete Ende.
„Ein, zwei, drei…aaah!"
Die Kraftprotze landeten unsanft auf dem Boden. Marcus hatte das abgerissene Ende des Sackes in der Hand und Rainer fing laut an zu lachen.
Doch sein Freund sprang wütend auf und klopfte sich den Staub von den Designerjeans.
Rainer lachte immer noch als aufstand: „Sei froh, dass keine Leiche drin war, sonst würdest du jetzt mit einem Gerippe kuscheln." Das fand der Leichenkuschler gar nicht witzig und schrie ihn an: „Mann, du Arsch! Die Hosen sind neu!" Rainer hörte auf zu lachen und klopfte ihm freundschaftlich auf die Schulter. „Die kriegst du doch wieder hin oder die Waschmaschine." Der Jeansliebhaber winkte wütend ab und zeigte auf den aufgerissenen Sack.
Aber was war das? Eine Kiste? Nein, eher eine Truhe, eine sehr alte Truhe. Die Freunde gingen näher an das Objekt heran und Marcus schob den Sack ganz nach hinten. Vorsichtig strich er über den schwarzbraunen Deckel. „Das ist Nussbaumholz." Sein Freund sah ihn fragend an. „Woher weißt du denn das?" Marcus grinste. „Mein Opa restauriert alte Möbel. Das Teil ist garantiert alt. Da. Siehst du die Schnitzereien ringsherum. Wow. Kuck mal, ein geschnitztes Wappen. Wahnsinn, Rainer."
Der rollte nur mit den Augen. „Mann, du Kunstexperte. Ich will wissen, ob da noch was drin ist. Da ist

kein Schloss vor und ein Schlüsselloch sehe ich auch nicht. Leuchte mal. Doch, da ist ein Schlüsselloch, unter dem Adler, aber kein Schlüssel."
Vorsichtig drückte Rainer den Deckel nach oben und merkte, dass die Truhe nicht verschlossen war. Enttäuscht drehte er sich um: „Nichts drin, außer Staub."
Markus schien nicht enttäuscht zu sein, holte sein Handy aus der Designerjeans und machte einige Fotos von der Nussbaumtruhe. „Die muss ich unbedingt meinem Großvater zeigen. Wenn das Teil was wert ist, hole ich die hier raus."
Rainer tippte sich an die Stirn. „Wie willst du die hier rauskriegen? Die ist sauschwer." Der Kunstexperte zuckte nur mit den Schultern und machte weitere Fotos.
Rainer schüttelte den Kopf und wurde langsam unruhig: „Und wo willst du die Truhe bis dahin verstecken? Das fällt doch morgen schon den ersten auf."
Marcus schüttelte den Kopf. „Aber hier hinten parkt doch keiner. Wir sind im letzten Quergang." Rainer überlegte. Marcus könnte Recht haben. „O.k., dann schieben wir sie wieder hinter die Wand und stellen die Steine davor." Rainer ging auf das Loch zu und begann die losen Steine beiseite zu räumen. „Shit!" Er sprang angeekelt zurück und sein Freund kam näher: „Was?" Rainer wandte sich ab. „Schau rein! Da hast du deine Leiche."
Marcus sah ihn erschrocken an, beugte sich nach vorn und beleuchtete den Fund genauer. Er grinste. „Naja wenigstens ein Teil davon." Jetzt wagte auch

Rainer einen zweiten Blick und beäugte das Fundstück näher. „Der liegt aber schon länger hier."
Marcus war inzwischen zu seinem Motorrad gegangen und kam mit seinen Handschuhen zurück. Rainer sah ihn fragend an. „Du willst doch nicht etwa…?" Sein Freund nickte, zog seine Handschuhe an, beugt sich zum Totenschädel hinunter und hob ihn vorsichtig aus seinem Versteck. Langsam drehte er ihn hin und her und betrachtete den Fund von allen Seiten. Rainer war angewidert. „Leg das Teil wieder rein. Was willst du damit? Der liegt hier schon ewig."
Marcus griente. „Sag ich doch, Bangbüx."
Jetzt wurde Rainer richtig sauer: „Bangbüx, Bangbüx. Haste nich Mal was Anderes auf Lager. Komm jetzt und leg das Teil da wieder rein!"
Doch Marcus ignorierte sein Toben und fragte nur: „Hat dein IPhone noch Power?" Rainer verstand nicht. „Mann, ich will doch bloß ein Foto mit meinem Freund hier, verstehste?" Rainer tippte einige Male mit seinem Zeigefinger an die Stirn. „Jetzt drehst du völlig ab, was? Du hast doch nen Knall, Marcus! …schon mal was von Totenruhe gehört?"
Doch der Leichenkuschler griente ihn nur an: „Du bist mir ja `n Spezialist. Totenruhe? Sind wir hier etwa auf dem Friedhof? Mann, der is eindeutig geköpft worden. Sieh dir mal die Wirbel hier an." Dann drehte er den Schädel so, dass Rainer auf den sauber durchtrennten Teil der restlichen Wirbelsäule sehen konnte. Doch der wendete sich angewidert ab. Marcus verdrehte die Augen und lachte: „Willst du nicht

Medizin studieren? Na, das wird wohl nix." Als Rainer immer noch nicht reagierte, versuchte er es ein zweites Mal: „Mann, sei kein Frosch, ein Foto. Mein Akku is gleich leer."
Endlich drehte die Bangbüx sich wieder um und sah den auffordernden Blick seines Freundes. Also holte er sein iPhone aus der Jackentasche und tat ihm den Gefallen.
„So, jetzt aber raus hier." Marcus reagierte nicht und nahm ihm das Telefon aus der Hand. „Ich mache noch eins von der Truhe, bevor wir sie wieder verstecken." Rainer war genervt. „Du hast doch schon welche." Aber sein Freund reagierte gar nicht darauf und streckte ihm den Schädel entgegen: „Hier, halt mal kurz." Rainer wich zurück. „Vergiss es! Das ist dein Freund, nicht meiner!" Marcus lachte und legte den Schädel in den Sack zur Truhe. Dann bugsierten sie alles wieder hinter die Wand und schlossen das Loch mit den losen Steinen.

Es war bereits nach Mitternacht als die Einbrecher den Bergedorfer Eiskeller verließen und Rainer war heilfroh, dass er wieder im Freien war.
Eines wussten sie zu diesem Zeitpunkt allerdings noch nicht; den Totenschädel würde ihnen noch viel Ärger einbringen.

## Frühlingsgefühle

„Ist das nicht schön, Klaus?“ Viviana legte sanft ihre Hand auf Baumanns Schulter und goss ihm Kaffee nach. Sie freute sich sehr darüber, dass Klaus ihre Einladung zum Frühstück angenommen hatte.
Die Brötchen waren bereits verzehrt und die Sonnenstrahlen ließen die Butter schon dahinschmelzen. Baumann amüsierte sich darüber: „Kick mal, die Butter können wir gleich schlürfen.“ Vivi lachte und boxte ihrem Chef im Vorbeigehen an die Schulter. Doch weit kam sie nicht. Klaus fasste sie ruckartig um die Hüften und zog sie auf seinen Schoß. Vivi juchte auf: „Klaus, die Kanne!“
Vorsichtig nahm er ihr den Kaffee ab und stellt ihn auf den Tisch. Mit der anderen Hand hielt er sie immer noch fest und lächelte sie verlegen an: „Danke für die Einladung. Dat war wirklich ne klasse Idee, ist sehr schön bei dir, Vivi.“
Darauf war sie nicht gefasst und wurde rot. So kannte sie ihren Chef gar nicht. Sie nahm all ihren Mut zusammen und küsste ihn sanft auf die Wange. Jetzt wurde er rot und Vivi kicherte. „Wat is?“, bollerte er los, konnte sich aber ein Grinsen nicht verkneifen. „Du weißt schon, was.“ Vivi knuffte ihn zärtlich in die Seite und startete einen zweiten Angriff. Diesmal landeten ihre Lippen allerdings auf seinen und ihr Herz klopfte bis zum Hals. Klaus ließ es zu und war insgeheim froh darüber. Seine Knie zitterten und er traute sich nicht, ihr in die Augen zu sehen. Als sich

Vivi von ihm löste, begegneten sich jedoch ihre Blicke und er konnte ihre schönen blauen Augen bewundern. Sie waren das erste, was Klaus an Viviana aufgefallen war.
Ruckartig stand sie auf und lächelte ihn an: „Ein Glas Sekt?“ Klaus war immer noch seiner Welt entrückt und zuckte zusammen. „Wat? Ich meine, was hast du gesagt?“ Vivi lachte: „Ob du ein Glas Sekt mit mir trinken möchtest, Klaus?“
„Wat, so früh?“ Vivi küsste ihn auf die Nase und flüsterte: „Gerade jetzt.“ Dann verschwand sie ins Wohnzimmer und Klaus wurde schlagartig mulmig in der Magengegend. Als sie nach zehn Minuten immer noch nicht zurückgekommen war, wurde er noch unruhiger und lugte vorsichtig in die Stube. Vivi war spurlos verschwunden. Bei ihrem Temperament konnte er sich jetzt auf alles gefasst machen. Nein, dachte er. Nur nicht das!
Gerade als er aufstehen wollte, um sie zu suchen, kam Viviana aus der Küche. Sie stolziert ihm mit einem silbernen Tablett entgegen und lächelte bereits von weitem. „Überraschung!“, rief sie und betrat strahlend den kleinen Balkon. Vorsichtig stellte sie eine Flasche Sekt und eine große Schale Erdbeeren auf den kleinen Tisch und räumte gleich das schmutzige Geschirr ab. Baumann freute sich, sie wieder an seiner Seite zu haben. Dann konnte sie wenigstens keine Dummheiten machen. Doch seine Befürchtungen wurden wahr, als Vivi sich wieder umdrehte und den Balkon verließ. „Bin gleich wieder daha.“, flötete

sie und war bereits aus seinem Blickfeld verschwunden.
Klaus saß unruhig in dem großen Klappstuhl und wartete auf ihre Wiederkehr. Nach fünf Minuten wurde ihm warm, nach weiteren fünf Minuten heiß und als sie nach fünfzehn Minuten immer noch nicht in Sicht war bekam Klaus Schweißausbrüche. Er überlegte gerade, ob er sich einfach davonschleichen sollte, aber da stand sie schon neben ihm.
Vorsichtig schaute er zu ihr hoch und ein erleichtertes Lächeln huschte über seine Lippen. Sie hatte sich ein kurzes Sommerkleid angezogen und roch sehr gut nach frischem Obst und zartem Blumenduft.
„Wieso hast du denn die Flasche noch gar nicht geöffnet?!" Klaus war mit seinen Gedanken noch bei dieser wundervollen Frau und verstand gerade gar nichts. Er lächelte.
Viviana küsste ihn auf die Nasenspitze: „Hallo! Vivi an Klahaus! Machst du uns bitte die Sektflasche auf."
Jetzt war er wieder im Hier, griff sich die Flasche und schüttelte sie kurz, aber heftig.
Vivi sah ihn entsetzt an. „Was soll denn das?" Klaus lachte laut auf: „Wenn schon, denn schon! Dann lassen wir es richtig knallen oder?" Jetzt musste sie auch lachen, ging aber vorsichtshalber einen Schritt zurück.
„O.k., fang an."
Klaus drehte den Korken vorsichtig aus dem Flaschenhals, ließ ihn dann über die Balkonbrüstung knallen und der Schaum spritzte in alle Richtungen. Viviana juchzte auf und reichte ihm ein Handtuch, das sie vorsorglich mitgebracht hatte. Klaus schenkte ein.

Sie griff sich ein Glas und setzte sich auf seinen Schoß. „Ich freue mich übrigens sehr, dass du meine Einladung angenommen hast.“ Klaus strahlte: „Auf dich.“ Vivi lächelte: „Nein, Klaus. Auf uns.“

Es war bereits zwölf, als Klaus das erste Mal auf seine Uhr schaute. Die Stunden mit Vivi waren wie im Fluge vergangen. So einen glücklichen Vormittag hatte er seit langem nicht erlebt. Er genoss jede Minute mit dieser quirligen Frau und musste ihr immer wieder in ihre wunderschönen blauen Augen sehen. In den letzten Monaten hatte Klaus noch sein schlechtes Gewissen gepflegt und sich nicht getraut, auf eine neue Beziehung zu hoffen. Aber als sein Freund Achim ihm ständig von dessen neuen Liebe vorgeschwärmt hatte, wurde er nachdenklich. Schließlich war Lena diejenige, die ihm geraten hatte sein Privatleben wieder in die eigenen Hände zu nehmen und ihm erklärte, dass Karin das auch gewollt hätte.

Als Vivi ihre warme Hand in seine legte, wachte er aus seinen Tagträumen auf und blickte in ihr wunderschönes Gesicht. Doch dann durchzuckte ihn ein sonderbarer Gedanke und er musste sie einfach fragen: „Dat wird hier aber nich nur son Strohfeuer oder?“ Vivis Augen füllten sich augenblicklich mit Tränen und sie sprang auf. Baumann griff schnell nach ihrer Hand und wusste im selben Augenblick, dass seine Frage unnötig gewesen war. „Entschuldige. Ick bin mal wieder ein Trampel. Ick will nur sicher sein….ick meine.“ Sie legte ihre Hand auf seinen Mund und schluckte ihre Tränen hinunter. Dann holte sie tief Luft, ehe sie antwortete: „Mir ist fast das Herz stehengeblieben, als du das Kommissariat betreten hast und ich habe mich mit jedem Tag mehr in dich verliebt. Aber ich wusste, dass du Zeit brauchst und habe gewartet. Und?“ Sie kniete sich vor ihn hin und sah ihn erwartungsvoll an. Klaus hatte Mühe den Kloß aus seinem Hals zu vertreiben. „Ich, ich weiß es auch schon ziemlich lange…“, stotterte er.

Vivi kniete immer noch vor ihm und amüsierte sich über sein Hochdeutsch. „Was weißt du, Klaus?“ Er traute sich nicht zu antworten und zog sie einfach auf seinen breiten Schoß. „Du weißt doch…“ Vivi blieb stur. „Was?“ Klaus druckste herum und wollte sie küssen, doch Vivi zog ihren Kopf zurück: „Was weißt du schon lange? Nun sag schon.“ Er atmete tief durch: „…dass ich dich liebe.“ Dann gab er ihr einen Kuss.

Viviana amüsierte sich über ihren schüchternen Brummbären und drückte sich fest an seine Brust. Sie hörte sein Herz rasen und küsste ihn zärtlich auf den Hals. Klaus zuckte zusammen. Das waren zu viele Zärtlichkeiten auf einmal und er zog sich ein wenig zurück. Vivi lächelte ihn an und strich über seine schönen, dichten Haare. „Wir haben Zeit. Ich genieße einfach jede Minute mit dir. Wir haben Zeit.“ Dann hörte sie die Steine purzeln, die Klaus vom Herzen fielen und lachte kurz auf. Er begriff und zwickte sie in den Po.

Bis zum Abend hatten sie ihre Lebensgeschichten ausgetauscht und über einige Episoden herzhaft ge-

lacht. Vivi hatte noch eine Flasche Sekt geöffnet, diesmal ohne Knall und Klaus wurde es nicht langweilig, ihr zuzuhören. Schließlich knurrte ihnen aber der Magen und er lud sie zum Abendessen ein. Da Vivi mal wieder das Restaurant aussuchen durfte, landeten sie zu später Stunde bei ihrem Lieblingsitaliener. Klaus bestellte sich natürlich ein saftiges Steak, entschied sich aber für einen Salat als Beilage, was Vivi mit einem zustimmenden Lächeln belohnte. Sie schloss sich ihrem Liebsten an und bestellte dazu eine Flasche Merlot.
„Wenn wir die getrunken haben, bin ick anjeschwipst." Klaus wackelte mit dem Kopf und grinste. Vivi legte ihre Hand auf seine. „Vielleicht will ich das ja..." Als sie Klaus entsetztes Gesicht sah, fing sie laut an zu lachen.

Um Mitternacht standen sie vor Baumanns Haustür, denn Viviana hatte darauf bestanden, ihn nach Hause zu bringen. Am liebsten wäre sie natürlich bei ihm geblieben, morgen war ja schließlich Sonntag. Aber sie hatte ihm versprochen, Babyschritte zu gehen und wollte ihn nicht weiter bedrängen. Als sie sich nach dem letzten langen Kuss von ihm trennen wollte, hielt er sie jedoch zurück. Vivi schaute ihn fragend an.
Klaus küsste sie noch einmal und fragte dann vorsichtig: „Liebling, würdest du heute gern bei mir schlafen?" Sie verstand: „Aha, *bei* dir." Dann schob sie ihn rückwärts in den Hausflur und dachte, na wir werden ja sehen.

# Böse Vorahnung

Dieser Montagmorgen war pures Licht. Hamburg strahlte und Baumann auch. Hand in Hand wanderten Vivi und er die Alsterdorferstrasse hinunter und begrüßten auf dem Weg zur Arbeit jeden Hamburger Mülleimer.

Als sie kichernd das Büro betraten, war allen klar, Vivi und Klaus sind endlich ein Paar. Lena zwinkerte beiden zu. Baumann senkte beschämt den Kopf, ging sofort in sein Aquarium und versteckte sich hinter dem großen Schreibtisch.

Lena lockte ihre Freundin in die Küche, um sie auszufragen und Vivi folgte ihr. Als sie immer noch kaffeetrinkend an der Tür standen, wurde Baumann wütend. Er hatte die Damen schon eine Weile beobachtet und bei aller Liebe, das konnte er nicht durchgehen lassen. „Ick finde, dat reicht jetzt, ihr Schnattergänse." Die Frauen zuckten zusammen und liefen schweigend zu ihren Schreibtischen.

Baumann hatte sich gerade wieder gesetzt, als sein Telefon läutete. „Baumann…Ja, am Apparat. Wat is?...Langsam, Gnädigste, ganz langsam…ja, ich höre…hm…hm…Dat hat noch gar nichts zu sagen…hm…verstehe. Gut kommen sie bitte zu uns…am besten gleich." Klaus lehnte sich grübelnd zurück und starrte die Tür an. Die Frau war ihm eine Spur zu hysterisch gewesen, aber er wischte den Gedanken gleich wieder beiseite und wartete auf ihr Eintreffen.

Vivi betrat sein Büro und schenkte ihm noch einen schnellen Luftkuss. Er zwinkerte ihr zu. Dann trat sie näher an seinen Schreibtisch: „Klaus, hier ist eine Dame für dich. Mein Gott, ist die aufgeregt." Klaus nickte nur: „Ick weiß, rein mit ihr."
Er hatte das letzte Wort kaum ausgesprochen, als sich die gut gekleidete Dame an Vivi vorbeidrängte. Ihre schwarze Mähne hatte sie beim Eintreten nach hinten geschleudert und ihre rotgeschminkten Lippen zitterten: „Herr Hauptkommissar, sie müssen den Wahnsinnigen finden." Dann begann sie zu weinen und Klaus sah sie besorgt an. „Setzen sie sich doch, Gnädigste." Sie ließ sich auf den Besucherstuhl fallen und Klaus hielt ihr sofort seine Taschentuchbox unter die Nase. „Bitte. Nu erzählen se erst Mal, allet schön nacheinander." Baumann stellte die Box auf den Tisch zurück und fiel dabei fast in ihr Dekolletee. Nervös versuchte er seinen Blick auf den Kugelschreiber in seiner Hand zu lenken und wartete auf eine Antwort. Doch die Dame mit dem Riesenbusen schluchzte immer noch.
Dann holte sie tief Luft und begann: „Also, unsere Zuri hat den hier auf unserer Terrasse gefunden." Damit reichte sie Baumann ein Blatt Papier, das sie vorsorglich in eine Tüte gesteckt hatte. Er nahm ihr das Beweisstück ab und versuchte die Zeile zu lesen. Doch er verstand nicht. Er legte den Brief erst einmal beiseite und hörte weiter zu. „Also, Gnädigste, dann erzählen sie mal weiter."
Die attraktive Dame stutzte: „Wollen sie gar nicht wissen, was da steht?!" Als Baumann nicht reagierte,

sprach sie weiter: „Der Brief da war mit einem Nagel an den Pavillon fixiert. Unsere Zuri hat jetzt solche Angst, dass sie uns am Liebsten verlassen will?“ Baumann begriff. Egal, jetzt musste er zunächst wissen, was auf dem Papier stand. „Gnädigste, wenn ick sie richtig verstehe, wissen sie was da steht, richtig?“ Sie nickte und flüsterte:

*„Se morirai, sara per sua mano, non per la mia.“*

Baumann verdrehte die Augen. „Auf Deutsch, Gnädigste, auf Deutsch, bitte.“ Sie sah ihn vorwurfsvoll an, lehnte sich zurück und übersetzte:

*„Wenn du stirbst, ist es durch seine Hand, nicht meine.“*

Klaus wurde nachdenklich und konnte die Ängste der Dame sofort verstehen. Seit dem letzten Fall nahm er alle Hinweise doppelt ernst.
„Verstehe…Was glauben sie, wer gemeint sein könnte?“
Tränen liefen ihr über die Wangen und ihre dunklen Augen sahen ihn erschrocken an. „Ich glaube mein Mann, aber der hat nur gelacht. Er meinte, das war ein Spinner. Ich finde das nicht lustig und Zuri kommt jetzt auch nicht mehr.“ Baumann stutzte, der Name fiel jetzt schon das dritte Mal. Also hakte er nach: „Wer ist eigentlich Zuri?“ Die Dame fing an zu schluchzen: „Na, unsere Haushälterin, unsere Perle.

Wer soll denn jetzt die Villa versorgen?" Sie warf ihren Kopf in den Nacken. „Ich nicht. Wann soll ich das denn noch machen?!"
Aha, dachte Baumann, die oberen Zehntausend. Er musste schmunzeln, widmete sich aber gleich wieder der aufgeregten Dame. „Also, Gnädigste, meine Kollegin nimmt jetzt erst einmal ihre Daten auf, Personalien und so weiter und dann reden wir noch einmal." Damit griff er den Telefonhörer und bat Vivi, den Gast abzuholen.
Als Baumann wieder allein war, rief er Lena zu sich und umriss kurz das Thema. Die junge Kommissarin drehte sich eine Haarsträhne um den Zeigefinger und überlegte. Klaus beobachtete sie und wartete auf eine Antwort.
„Also, das Italienisch macht mich schon stutzig. Ich glaube nicht an einen Scherz. Lass uns zur Villa fahren und nach Hinweisen suchen. Wir nehmen Tanner mit. Der soll eventuelle Spuren am Pavillon sichern. Das kann nicht schaden." Baumann grinste: „Dat wollte ick hören. Ganz meiner Meinung, Klette!"

Frau Sommer war ganz erstaunt, dass Baumann ihre Angst wirklich ernst nahm. „Man hört ja so Einiges von der Polizei, leider nicht immer Gutes. Sie sind da wohl die rühmliche Ausnahme, Herr Kriminalhauptkommissar."
Klaus schenkte ihr ein gequältes Lächeln und wies ihr den Weg zur Tür.
Lena hatte Paul Tanner bereits informiert und war schon unterwegs Richtung KTU. Als erstes drückte

sie ihm die ominöse Nachricht in die Hand und bat ihn, wie immer, um eine schnelle Analyse. Paul grinste: „Ich habe nichts Anderes von dir erwartet, Lena." Sie boxte ihn leicht auf den Oberarm: „Dann auf zum Tatort. Komm, ich nehm dich mit." Paul stutzte: „Tatort?" Dann schaute er auf den Zettel in seiner Hand. „Also hier steht, *wenn du stirbst*, also is doch noch niemand tot, oder?" Ihre Mandelaugen wurden plötzlich weit: „Du kannst Italienisch?" Paul nickte lächelnd. „Klaus hat es mir vorhin kurz gesagt, aber ich hab es schon wieder vergessen. Kannst du mir noch mal den Satz ins Deutsche übersetzen, bitte."
Ihr Kollege holte tief Luft: *„Wenn du stirbst, ist es durch seine Hand, nicht meine."*
Lena sah nachdenklich nach unten: „Da liegt was in der Luft, Tanner. Ich habe das Gefühl, dass das keine leere Drohung bleibt und glaub mir, mit Briefen und Vorahnungen hatte ich im letzten Jahr mehr als genug zu tun." Tanner lachte kurz auf: „Ja, die 21 Briefe haben uns alle ganz schön in Schach gehalten. Aber jetzt sollten wir los. Klaus wartet bestimmt schon."

Baumann hatte sich gerade von Frau Sommer verabschiedet als Lena und Tanner auf den Dienstwagen zusteuerten. Also ging er ihnen entgegen. „Dat is doch schon wieder so eine Millionentussi uf Stelzen, ne, Lena?" Die Kommissarin musste lachen: „Du meinst so wie Greta von Asmussen oder, um es mit deinen Worten zu sagen, die Direktorentrulla, ne?" Jetzt fingen alle an zu lachen.

Mittlerweile kannte jeder im Team den außergewöhnlichen Sprachgebrauch von Hauptkommissar Klaus Baumann und alle wussten, wie sie seine Gefühlsausbrüche einzuordnen hatten. Und mit den Herrschaften der oberen Zehntausend hatte Baumann eben so seine Probleme.
Schließlich stiegen sie in den Dienstwagen und fuhren zu Frau Sommer.

Das Villenviertel Bergedorf hatte seinen Namen zurecht. Lena konnte sich gar nicht satt sehen an den säulengetragenen Vorbauten und den unterschiedlichen Bauformen. Hier schien jeder den anderen überbieten zu wollen. Leider waren einige Grundstücke nicht einsehbar, man wollte sich wohl vor fremden Blicken schützen und die alten Laubbäume längs der Von-Anckeln-Straße machten ihre Sache als Sichtschutz ganz gut. Doch als sie in die nächste Straße eingebogen war das anders. Hier schienen die Besitzer ihr Anwesen bewusst präsentieren zu wollen, auch Familie Sommer. Die Gründerzeitvilla im Reinbeker Weg Nummer 21, mit ihrem prachtvollen Erker und säulenumrahmten Fenstern, strahlte bereits von weitem in einem zarten creme. Klassizistische Stuckelemente gaben diesem Prachtstück etwas Hochherrschaftliches, dass man nicht übersehen konnte. Entlang der Straßenfront zog sich eine niedrigen Hecke und man hatte einen wundervollen Blick auf den Vorgarten.
Als Klaus ausgestiegen war, zog ihn jedoch etwas ganz Anderes magisch an. Lena sah ihm verdutzt hinterher als er plötzlich schräg über die Kreuzung ging.

Und dann erblickte auch sie ihn, Baumanns Liebling. Seit er in Hamburg war hatte er die roten Mülleimer in sein Herz geschlossen. Mittlerweile fotografierte er jeden und notierte sich den Ort der Aufstellung. So war es auch heute. „Lena, hast mal `n Füller?“, rief er ihr zu. Lena schüttelte den Kopf und rief zurück: „Nein, nur einen Kuli.“ Baumann wechselte laut lachend die Straßenseite und kam schnellen Schrittes auf seine Kollegin zu. Sein Lachen hallte ihr entgegen und sie war gespannt auf die Auflösung. Klaus drehte ihr sein Handy zu und sie las: „Ich wünsche mir einen Füller.“ Jetzt fing auch sie an zu lachen. „Du und deine Hamburger Mülleimer. Komm jetzt, Paul wartet schon vorm Eingang.“

Eine dunkelhaarige Schönheit öffnete und sogleich hatten sie Einblick auf eine Welt im Überfluss. Weiße Statuen schauten auf sie herab und über ihnen prangte ein riesiger, goldener Kronleuchter.

„Treten sie näher. Frau Sommer empfängt sie in der Bibliothek. Was darf ich ihnen anbieten? Tee? Kaffee?“ Lena war so überwältigt, dass sie die Frage gar nicht gehört hatte. Klaus stieß sie an. Als sie immer noch nicht reagierte, antwortete er: „Tee, bitte, für uns alle.“ Das nette Fräulein im schwarzen Minikleid lächelte: „Und was wünschen sie? Assam? Earl Grey? Oder bevorzugen sie eine andere Sorte?“ Jetzt war Baumann völlig überfordert und stieß Lena erneut an. „Ja. Was ist?“ Klaus räusperte sich und wandte sich gekonnt ab. Die nette Dame in schwarz war so freundlich und wiederholte ihre Frage. Man entschied sich

für Earl Grey und so wurden sie endlich in die Bibliothek geführt.
„Herr Kriminalhauptkommissar, schön, dass sie hier sind. Sehen sie mal.“ Zitternd hielt sie ihm die Tüte mit einer weiteren Nachricht entgegen. Paul Tanner kam ihm zuvor und wollte ihr das Beweisstück abnehmen. Doch Frau Sommer zog die Tüte wieder an sich. „Wer sind sie, junger Mann?“ Paul stellte sich ordnungsgemäß vor und als Klaus ihr dann noch freundlich zunickte, gab sie das Beweisstück frei. Natürlich sah Paul, dass die Zeilen wieder in italienischer Sprache verfasst waren, aber das war für ihn kein Hindernis. Er übersetzte laut:

*„Tu es und stirb mit dem Rest Ehre, der dir noch geblieben ist.“*

Frau Sommer nickte: „Richtig! Sie können Italienisch, junger Mann?!“ Tanner nickte kurz und gab ihr den Zettel zurück.
Baumann holte tief Luft: „Gnädigste. Das sollten wir wirklich sehr ernst nehmen. Ick glaube nich an einen Scherz und meine Kollegin hier auch nich. Übrigens, dat is Frau Kommissarin Arnold.“ Lena reichte ihr die Hand und nickte kurz. Dann fragte sie: „Frau Sommer, glauben sie immer noch, dass diese Drohungen ihrem Mann gelten?“ Die Gnädigste hauchte: „Ja.“ Lena fragte weiter: „Warum glauben sie das?“ Doch ehe sie antworten konnte, kam die Hausdame mit dem Tee herein und die Gnädigste bat ihre Gäste, sich zu setzen. Als dieser eingegossen war, wandte sie sich an

ihre Hausdame: „Danke, Zuri. Schön, dass du wieder bei uns bist. Die Kommissare werden das sicher schnell aufklären. Dann müssen wir keine Angst mehr haben.“ Sie streichelte ihr mütterlich den Arm. Baumann sah auf. „Mit ihnen müssen wir dann auch noch sprechen, junges Fräulein.“ Zuri nickte kurz und verließ die Bibliothek.

Frau Sommer fuhr fort: „Also, sie wollten wissen, warum ich glaube, dass die Nachrichten meinen Mann betreffen. Mir ist aufgefallen, dass er seit der letzten Nachricht unruhig ist, als ob er sich wirklich angesprochen fühlt. Er ist sonst nicht so dünnhäutig, verstehen sie?“ Lena nickte und fragte weiter nach: „Wann können wir mit ihrem Mann reden, Frau Sommer?“ Die Gnädigste senkte den Blick: „Ich befürchte vorläufig gar nicht. Er ist gestern nach Kapstadt geflogen.“

Lena bohrte weiter nach: „Darf ich fragen in welcher Angelegenheit?“ Frau Sommer atmete tief durch: „In die Geschäfte meines Mannes habe ich keinen Einblick. Es geht sicher wieder um irgendwelche Antiquitäten. Wir haben ein Auktionshaus in Hamburg. Aber Genaueres kann ihnen sicher unsere Tochter sagen. Sie ist ebenfalls Geschäftsführerin und in alles involviert. “ Dann ging sie hinüber zu einem kleinen Tisch, zog die Schublade auf und entnahm eine Visitenkarte. „Bitte schön, hier sind ihre Kontaktdaten." Lena dankte ihr und wies kurz auf Paul Tanner: „Mein Kollege müsste sich mal den Pavillon ansehen, an den die Nachricht genagelt war. Übrigens, wo haben sie überhaupt die zweite Nachricht gefunden?“ Frau

Sommer wies den Weg zum Flur. „Kommen sie bitte mit!“ Alle folgten ihr.
Der Flur schien unendlich lang zu sein und am Ende öffnete die Hausherrin eine riesige Glastür, die auf eine Terrasse führte. Der Ausblick in den Garten war atemberaubend. Das Grün floss in allen Formen und Farben über Hecken, Bäume, Wege und Beete. Inmitten dieser Idylle schossen kleine Fontänen aus einer weißen Brunnenschale, in der eine Madonna thronte.
Frau Sommer hatte bemerkt, dass Lena stehengeblieben war und ging auf sie zu: „Mir verschlägt es auch immer wieder den Atem. Schön, nicht wahr?“ Lena lächelte: „Ja, sehr schön.“
Paul nahm schon die Fingerabdrücke vom Pfeiler, an dem die erste Nachricht hing und hatte keine Augen für den Garten. Baumann hingegen genoss diesen Ausblick und konnte seine Kollegin verstehen.
Dann meldete sich Frau Sommer noch einmal zu Wort: „Die zweite Nachricht hing übrigens an diesem Pfeiler. Der Nagel steckt auch noch drin, wie bei dem anderen.“
Tanner wanderte gleich hinüber zur anderen Seite des Pavillons und begann, auch hier Fingerabdrücke zu nehmen. Doch als erstes entfernte er den Nagel und tütete ihn ein.
Die Gnädigste bat die Kommissare auf die Südterrasse, um hier in Ruhe alle Fragen zu beantworten.

„Darf ich ihnen auch noch etwas anbieten, junger Mann?“ Paul saß gerade auf dem Boden, und kramte in seiner Tasche, als das Hausmädchen plötzlich vor

ihm stand. Zuerst sah er auf ihre langen, schlanken Beine, bevor sein Blick nach oben wanderte. Sie lächelte sanftmütig und das nächste was Paul auffiel war ihr süßer Schmollmund. Er stand auf. „Entschuldigen sie, haben sie mich eben was gefragt?“ Sie fing an zu lachen. „Ja, ob sie etwas trinken möchten, Herr Tanner.“ Paul räusperte sich. „Ja, äh, gern.“ Sie lachte wieder. „…und was darf es sein?“ Paul überlegte kurz. „Äh, Wasser.“ Das Hausmädchen schien seine Verlegenheit zu genießen und hakte noch einmal nach. „Sind sie immer so bescheiden, Herr Tanner?“ Jetzt begriff er und dachte, dieses kleine Luder! Na warte! „Ich nehme auch Champagner.“ Sie stutzte und Paul musste lachen. „…am Abend natürlich. Jetzt bleibe ich bei Wasser.“
Es dauerte eine Weile bis die Hausdame zurückkam und Paul Tanner hatte seine Utensilien bereits zusammengepackt. Er saß auf einem der großen weißen Gartenstühle und wartete auf sein Getränk.
„So, Herr Tanner. Da bin ich wieder. Ihr Wasser.“ Sie stellte das kleine Silbertablett auf den Gartentisch und blieb vor ihm stehen. Paul schaute sie lange an und bemerkte erst jetzt wie schön sie war, pechschwarze Haare, dunkler Teint und wasserblaue Augen. Er war fasziniert.
Sie stand immer noch vor ihm und schien auf etwas zu warten. „Wann trinken wir den Champagner, Herr Tanner? Heute Abend hätte ich frei.“
Paul erschrak. Dieses freche Luder! Na warte! „Gern, aber bringen sie nicht so eine billige Marke mit. Von denen bekomme ich immer Kopfschmerzen.“ Dann

schenkte er ihr ein breites Grinsen. Sie verstand. „Das war doch ein Spaß, Herr Tanner." Dann lachte sie kurz auf. Paul lehnte sich zurück: „Von mir auch, aber bitte lassen sie doch das ständige Herr Tanner. Ich bin Paul." Er reichte ihr die Hand und sie nahm an. „Gern, Herr…ups, Paul. Aber das muss unter uns bleiben. Ich darf hier im Haus niemanden duzen. Dann bekomme ich Ärger mit Frau Sommer." Paul lächelte sie an: „Dann muss ich dich wohl doch heute Abend einladen, aber nur Prosecco."
Frau Sommer näherte sich ihnen und Zuri machte einen kleinen Knicks. „Kommst du bitte mit. Herr Kriminalhauptkommissar Baumann hat noch einige Fragen an dich." Sie folgte ihr und flüsterte Paul im Vorbeigehen zu: „Zuri. Ich heiße Zuri."
Kommissarin Arnold hielt die Ergebnisse der Befragung gerade in ihrem Notebook fest, als Zuri die Südterrasse betrat. Schüchtern stand sie vor Baumann und von dem frechen Luder war nichts mehr zu merken. Sie knickste kurz. „Sie wollen mich sprechen, Herr Kommissar?" Die Gnädigste verbesserte sie, erbost: „Kriminalhauptkommissar, Zuri!" Baumann winkte ab und kam gleich zur Sache.
Schließlich führte die Befragung der Hausdame zu keinen weiteren Erkenntnissen und die Kommissare verließen die Villa.

# Die Entdeckung

Herr Tönjes machte, wie jeden Dienstag, seinen Rundgang durch den Eiskeller der ehemaligen Bergedorfer Brauerei. Natürlich fiel ihm sofort auf, dass hier schon wieder ungebetene Gäste gewesen waren und er schüttelte den Kopf. „Diese Banausen. Die finden doch immer einen Weg." Als erstes fotografierte er das offene Eingangstor, dann entfernte er den Steinstapel vor dem Sensor, steckte den Generalschlüssel in die Anlage und schaltete das Licht ein.
In den letzten Monaten hatte er es ständig mit Einbrüchen zu tun und dokumentierte jeden Fall präzise in seinem Büchlein. Bisher war kein großer Schaden entstanden. Meistens sammelte er nur die Bierflaschen ein, die nach den Saufpartys hier liegengeblieben waren und wechselte die Schlösser an den Nebentüren aus. Die parkenden Autos waren bisher unversehrt geblieben, aber es gibt ja für alles ein erstes Mal. Darum ging er auch heute durch die PKW-Reihen, um nach eventuellen Beschädigungen zu suchen. Als er nichts entdecken konnte lief er weiter durch das Gewölbe, um zu sehen, durch welche Tür die Einbrecher diesmal gekommen waren. Wie jedes Mal gab er einen Tipp ab, bevor er die Türen überprüfte. Heute fiel dieser auf die Wendeltreppe.
Er kam gerade an der Waschküche vorbei, als sein Blick die offene Tür streifte. Nanu. Warum ist die auf? Der Hausmeister runzelte die Stirn, ging hinein, betätigte den Lichtschalter.

„Verdammt, schon wieder eine Neonröhre kaputt und genau die habe ich heute nicht im Wagen." Sofort zog er die Taschenlampe aus der Seitentasche seiner blauen Arbeitshose und leuchtete Richtung Decke. Vorsichtig klopfte er an die Röhre, die immer noch bedenklich flackerte. „Na, geht doch.", sagte Tönjes freudig. Dann sah er sich im Raum um. „Nichts zu sehen. Doch." Er bückte sich und betrachtete den Ölfleck genauer, tippte seinen Finger hinein und roch daran. Als er das Öl zwischen Daumen und Zeigefinger verrieb, war ihm alles klar. Motorenöl. Er wiegte bedenklich den Kopf und ging hinaus. Erst jetzt sah er das Türblatt, das nur noch vage in den Angeln hing. Er betrachtete den Schaden genauer. „Hm, das Schloss ist heil." Er schloss die Tür und sah, dass eine Türangel aus der Wand gerissen war. „Das verstehe wer will. Die Tür ist doch immer auf. Hier muss keiner gewaltsam einbrechen." Tönjes kratzte sich am Kopf und zerwühlte sein dunkelblondes Haar. Er betrachtete noch einmal das Türschloss. Alles heil. Kopfschüttelnd verließ er den Raum und entschied, den Tatort später noch einmal unter die Lupe zu nehmen. Das Licht ließ er an und machte eine kurze Notiz in seinem Buch.
Auf dem Weg zum Seiteneingang fiel sein Blick auf eigenartige schwarze Streifen am Betonboden. Er kniete nieder und betrachtete seine Entdeckung von Nahem. Dann war ihm alles klar: „Bremsspuren!" Er musste lächeln. Die Idee war ihm auch schon durch den Kopf gegangen, aber er hatte sie gleich wieder verworfen. Der Hauptgewölbegang war fast neunzig

Meter lang, machte einen Knick und führte dann in Form eines Hufeisens noch einmal neunzig Meter zurück. Da konnte man sein Motorrad schon mal richtig durchstarten. Allein der Hall musste hier unten gigantisch sein. Tönjes hatte immer noch ein Lächeln auf den Lippen und sah zurück zum fernen Eingangstor, durch das er gekommen war. Von weitem war nur noch ein kleiner Lichtpunkt zu erkennen. Schließlich erhob er sich und sah wehmütig noch einmal den langen Gang hinunter. Dann grinste er. Eigentlich eine prima Idee. Vielleicht sollte er es auch mal versuchen. Er hatte seine Maschine schon lange nicht mehr bewegt.
Als er sich dem Seiteneingang näherte, bemerkte er, dass das Notlicht über der Tür ausgefallen war. Er holte sein Buch aus der Hosentasche und notierte es. Dann öffnete er die verrostete Metalltür und schaute die steile Treppe hinauf. Von hier unten schien noch alles heil zu sein. Aber das konnte täuschen. Also zückte er seine Taschenlampe, stieg nach oben und prüfte die Außentür. Schließlich war er für seine Gewissenhaftigkeit bekannt. Als er nichts Außergewöhnliches feststellen konnte, musste er lachen, denn er hatte seine Wette gegen sich selbst, mal wiedergewonnen. Jetzt stand fest, die Lausbuben müssen über die Wendeltreppe eingestiegen sein. Er musste schmunzeln, denn eigentlich war dieser Eingang hier, der auf die Sanderstrasse hinausführte, einfacher zu öffnen, aber das wussten die Lausbuben ja

nicht. Hauptsache war, er hatte seine Wette gewonnen und so ging er lächelnd weiter zur Wendeltreppe.
Als Erstes leuchtete er mit seiner Taschenlampe schräg nach oben, ob er schon etwas entdecken konnte. Als Tönjes nichts sah, ging er vorsichtig die alten Stufen hinauf. Langsam und mit Bedacht setzte er einen Fuß vor den anderen und war verärgert darüber, wieviel Unrat schon wieder auf den Stufen lag. Oben angekommen, sah er den Schaden. Aufgebrochen. Er griff zur Türklinke und zog das Türblatt an sich. Dann schaute er sich das Schloss genauer an. „Hm, professionell gemacht. Nichts defekt, wie es aussieht. Er zog seinen Schlüssel aus der Tasche und steckte ihn ins Schloss. Alles war noch funktionstüchtig. Hier waren Profis am Werk gewesen. Also schloss er einfach wieder ab und nahm sich vor, von innen einen Riegel anzubringen.
Unten angekommen, schaute er noch einmal die Wendeltreppe hinauf und ärgerte sich über das diffuse Licht. Hier musste unbedingt eine andere Glühbirne rein. Beim Umdrehen fiel sein Blick auf das verrostete Geländer und das Blut an dessen Ende. Tönjes beugte sich hinunter und beäugte die Stelle genauer. Sein Gesicht verzog sich zu einem breiten Grinsen. „Na, du Ganove, da hast du uns ja wenigstens deine Adresse dagelassen.“ Er machte ein Foto und setzte seinen Weg fort. Unter einer Lampe blieb er stehen, holte sein Buch wieder aus der Hosentasche und notierte weitere Aufgaben.

Die Steinhaufen, auf die er gerade zulief, fielen ihm nicht das erste Mal auf und er wusste, dass es nicht zu seinen Aufgaben gehörte, diese wegzuräumen. Aber sein Ordnungssinn erlaubte es ihm nicht, hier Woche für Woche vorbeizugehen. Also steuerte er direkt auf die roten Backsteine zu und machte sich an die Arbeit.
Nach und nach war der Gang leergeräumt und die Steine an die Wand gestapelt. Er ging einige Schritte zurück, beäugte sein Werk und war zufrieden.
Doch was war das? Tönjes ging näher an die Querwand heran und sah, dass eine große Anzahl von Steinen nur lose hineingestapelt war. Vorsichtig nahm er einige weg. Ein Loch. Er ging nochmals einige Schritte zurück und stellte sich direkt in den Durchgang. Tatsächlich, seine Vermutungen stimmten. Die Zwischenwand war viel stärker als all die anderen. Das war ihm noch nie aufgefallen. Er klopfte kräftig an die Steine. „Hm. Hört sich eigenartig an."
Dann ging er wieder auf die andere Seite und begann, weitere Steine zu entfernen. Plötzlich stoppte er. Ein Sack? Jetzt packte ihn die Neugier und er entfernte so viele Steine, bis er das Objekt völlig freigelegt hatte.
Tönjes stand schon eine Weile schweigend da und überlegte, was zu tun sei. Dann übermannte ihn abermals die Neugier und er entschloss sich, den Sack zu öffnen. Langsam näherte er sich dem Loch in der Wand und hob ihn vorsichtig heraus.
„Hm, scheint ja nicht viel drin zu sein." Stück für Stück knotete er das Seil auseinander, das fest um den Leinensack geschlungen war und ärgerte sich,

dass es so lange dauerte. Geduld war nun einmal nicht seine Stärke. Schließlich war es geschafft und er warf das Seil zu Boden. Dann krempelte er den Sack auf und wagte einen ersten Blick.
„Oh, Gott!"
Tönjes saß schon einige Minuten auf seinen aufgestapelten Steinen und dachte nach. Wen sollte er informieren? Die Verwaltung oder besser gleich die Polizei? Er lief dem Eingangstor entgegen, da er hier keinen Empfang hatte, zog sein Handy aus der Hosentasche und wählte 110.
„Moin, ich bin als Hausmeister für den Eiskeller der ehemaligen Bergedorfer Brauerei zuständig und habe bei meinem üblichen Rundgang heute eine fürchterliche Entdeckung gemacht…In eine der Querwände ist ein Sack eingemauert gewesen…Die Steine waren lose und ich habe mir das genauer angesehen…weil das zu meinen Aufgaben gehört…Dann habe ich den Sack aufgemacht …Wieso, warum? Ich bin hier verantwortlich! Es hätte doch auch Sprengstoff drin sein können…Nein, ist nicht…Nein, auch keine Leiche, nur ein Kopf…Ja, ein Kopf. Sie haben richtig gehört. Der muss aber schon länger hier liegen, ist aber noch nicht komplett verwest…ja, ich warte…."
Tönjes ging unruhig den Gang rauf und runter, bis sich die Polizistin wieder meldete und ihn bat, dort zu warten und auf keinen Fall mehr etwas anzurühren. Der Hausmeister versprach es und ging hinunter zum Eingang, um die Polizei in Empfang zu nehmen.

Die B5 war an diesem Morgen mal wieder überfüllt und so kam Kommissar Lachner nur Stück für Stück voran. Als er endlich die Abfahrt Bergedorf erreichte, war es bereits 9:00 Uhr und Hausmeister Tönjes wartete schon über 1 Stunde vor dem Eingang des Eiskellers.
Thomas Lachner bog in die Chrysanderstraße ein und folgte den Anweisungen seines Navigationssystems. Noch 100 m, dachte er, dann bin ich endlich da. Von weitem schon konnte er den Hausmeister an seiner Arbeitskleidung erkennen, parkte und stieg aus.
„Entschuldigung, dass sie so lange warten mussten. Die B5 war mal wieder total verstopft. Guten Morgen, Herr Tönjes, ich bin Kommissar Thomas Lachner."
Der Hausmeister lächelte gequält und reichte ihm die Hand zum Gruß. „Ja, ja. Der Hamburger Verkehr. Na, dann lassen sie uns mal hineingehen.“ Zackig drehte er sich um und bat den Kommissar mit einem kleinen Wink, ihm zu folgen.
Lachner war erstaunt, wie stockdunkel es hier unten war und erst, als der Lichtschalter betätigt wurde, konnte er weit in das Kellergewölbe hineinschauen. Die Ausmaße waren gigantisch und er konnte die einzelnen Durchgänge des Gewölbes bereits in weiter Ferne erkennen. Neugierig wandte er sich an seinen Vordermann, der schnellen Schrittes vorauseilte: „Wie lang ist dieser Gang eigentlich?"
Ohne sich umzudrehen, sagte Tönjes: „Rund 90 Meter. Wir haben es gleich geschafft. Da vorne müssen wir links. Kommen sie." Dann bog er auch schon ab und steuerte auf die offene Wand zu. „Hier.“ Er ging

beiseite und gab den Blick frei. Lachner zog Handschuhe an, trat an den Sack und weitete dessen Öffnung. Dann wagte er einen ersten Blick. Er war überrascht, denn er hatte einen Totenschädel erwartet. Was er aber vorfand, war ein gut erhaltener Schädel, einer Mumie gleich. Haut und Haare waren noch gut erhalten und sogar die feinen blonden Wimpern konnte man gut erkennen. Er beugte sich tiefer hinab, um den Schädel näher zu betrachten. „O.k., das muss sich ein Kollege aus der KTU ansehen. Also zog er sein Handy aus der Tasche und drückte Pauls Durchwahl.
„Das können sie hier vergessen, Herr Kommissar. Dafür müssen wir wieder Richtung Eingang zurück.“, sagte Tönjes.
Thomas behielt das Handy weiterhin am Ohr und lief den Gang zurück. Nach etwa 50 Metern hatte er eine Verbindung und Paul war sofort in der Leitung. Er beschrieb ihm kurz die vorgefundene Situation und bat ihn, schnellstmöglich herzukommen. Dann ging er zum Hausmeister zurück. „Ich denke, wir warten besser draußen. Mein Kollege von der Spurensicherung braucht ja auch einige Zeit, um hier einzutreffen und im Eiskeller ist es verdammt kalt.“
Der Hausmeister lachte und amüsierte sich über den Kommissar, der sich bereits einige Male die Arme kreuzweise über die Schultern geschlagen hatte. Er folgte ihm grinsend Richtung Eingang. Die jungen Leute von heute können gar nichts mehr ab, dachte er.

Lachner hatte inzwischen Baumann angerufen und ihn kurz über die ersten Fakten informiert. Danach hatte Tönjes ihn in die Geschichte des Eiskellers eingeweiht und Thomas war verwundert, was ein Hausmeister so alles weiß!
Paul Tanner traf schneller am Eiskeller ein, als gedacht. „Moin, moin, Paul Tanner." Damit streckte er als erstes dem Hausmeister seine Hand entgegen. Thomas boxte er nur kurz auf den Arm.
Auch Paul war von den gigantischen Ausmaßen dieses Kellers beeindruckt und hatte zusätzlich viele Fragen. Tönjes ließ keine unbeantwortet. Als sie an der Fundstelle ankamen verstummte Tanner und ging sofort an seine Arbeit.

Gegen Mittag waren die meisten Spuren gesichert und der hintere Bereich des Eiskellers abgesperrt. Hausmeister Tönjes wurde noch für den nächsten Tag aufs Revier gebeten und man verabschiedet sich.

## Kopf ohne Mann

Durch die Pathologie zog heute ein eisiger Wind. Nicht, dass es sonst hier unten jemals warm gewesen wäre, aber die Stimmung war auf dem Tiefpunkt. Das ganze Team um Hauptkommissar Baumann hatte sich versammelt und alle starrten fassungslos auf den gut erhaltenen Schädel. Dr. Pistorius hatte umfangreiche Untersuchungen vorgenommen und referierte gerade über die Ergebnisse. Sicher war, dass es sich um einen männlichen Kopf handelt, der etwa 30 Jahre im Eiskeller gelegen hatte und nur darum in einem so guten Zustand ist. Er schätzte das Alter des Mannes auf etwa 30.

Baumann rechnete laut. „2016 und 30 Jahre zurück. Dann bin ick bei 1986, richtig?“ Der Pathologe nickte. Der Hauptkommissar hob die Finger seiner linken Hand und rechnete weiter. „Also, ick sach mal, mit Kopf wäre der heute 60, ne?“ Alle nickten und der Pathologe konnte sich ein Grinsen nicht verkneifen. Baumann quälte bereits seit einiger Zeit sein rechtes Ohrläppchen, das schon rot angelaufen war. „Thomas, zu wann hast du den Hausmeister vorgeladen?“ Doch der bewunderte immer noch den gut erhaltenen Schädel und hatte die Frage seines Chefs kaum wahrgenommen. Erst als Lena Arnold ihm ihren Ellenbogen in die Seite stieß, zuckte er zusammen und antwortete: „Äh, ja, um 10:00 Uhr, also in einer Stunde.“ Baumann hob den Daumen. „O.K., Lena, du kiekst im Register nach vermissten männlichen Personen um

1986. Karsten, du suchst mir allet zu diesem Eiskeller raus. Vielleicht gibt es da Verbindungen zu dem Jahr. Ick meine, vielleicht haben die ja zu der Zeit wat umgebaut. Der Sack war schließlich eingemauert. Vivi, mach mir bitte einen Termin im Bauamt Bergedorf. Die müssen ja wohl wissen, wann wat gebaut oder abgerissen wurde und dann mach mit Lena weiter." Vivi sah ihn stirnrunzelnd an. Klaus verstand: „Äh, bitte." Dann drehte er sich ruckartig um und murmelte im Weggehen: „Ick geh jetzt rüber zu den Fuzzis in die KTU."
„Moin, Paul. Sach jetzt nicht, du hast noch nüscht!", rief er dem Kollegen schon von weitem zu. Paul lachte, denn er konnte mittlerweile mit der plumpen Art des Urberliners gut umgehen. Als Baumann schließlich vor ihm stand, drückte er ihm den Bericht einfach in die Hand. „Alles fertig, Klaus. Kannst wieder runterkommen." Der Hauptkommissar starrte auf die Zettel. „Wat, dat soll ick alles lesen? Nö, mein Lieber, mir reicht ne Zusammenfassung. Also, wat hast du für mich?" Paul grinste. "Was willst du wissen?" Baumann holte tief Luft und sein Kollege riss gleich schützend die Hände hoch. „Ist ja gut, Klaus. Also, unendlich viele Fingerabdrücke, aber kein Treffer." Baumann holte schon wieder tief Luft, aber sein Kollege sprach bereits weiter: „Im Sack habe ich aber noch etwas Interessantes gefunden." Klaus starrte Paul an. „Nu sach schon." Doch Tanner war bereits zu seinem Mikroskop gegangen und kam mit einer kleinen Tüte zurück. „Hier. Das ist sehr altes Holz, ge-

nauer gesagt Nussbaum. Es könnte also noch ein Gegenstand im Sack gewesen sein. Was genau, kann ich dir natürlich nicht sagen."
Baumann überlegte laut: „Dann hat sich jemand vielleicht für diesen Gegenstand interessiert. Aber woher wusste er, dass in dieser Wand was eingemauert war?"
Tanner wiegte seinen Kopf hin und her. „Vielleicht wusste er es ja gar nicht." Klaus stutzte: „Wie meinst du dat?"
„Naja, die Reifenspuren sind eindeutig und es sind zwei unterschiedliche. Er war also nicht alleine im Eiskeller." Klaus starrte Tanner immer noch an: „Ick verstehe nur Bahnhof." Paul lachte. „O.K. Hier kommt die Auflösung. Ich weiß ja, dass Berliner immer auf der Leitung stehen." Beim letzten Satz ging er sicherheitshalber einen Schritt zurück und das war genau die richtige Entscheidung. Baumanns Faustschlag ging ins Leere und beide fingen an zu lachen.
„O.K., Klaus, jetzt mal alles im Zusammenhang. Ich habe sowohl auf dem Boden, als auch an einigen Steinen der zerstörten Wand, Abrieb von Reifen gefunden. Ich schlussfolgere daraus, dass jemand mit seinem Motorrad gegen die Wand gefahren ist."
Klaus zog seine Stirn in Falten. „Du meinst, die sind da unten um die Wette gefahren?" Paul zückte ruckartig beide Daumen.
„Dit is `n dicker Hund. Dann war dat Zufall. Und du meinst, dat könnte wertvoll sein?" Paul zuckte mit den Schultern. „Vielleicht. Sicher ist, das der Holzsplitter sehr alt und aus Nussbaum ist. Den Rest herauszufinden ist eure Sache." Dann grinste er.

„Is klar wie Kloßbrühe. Wir haben mal wieder die Arschkarte. Trotzdem danke.“ Klaus boxte ihm freundschaftlich an die Schulter und ging.

Das Kommissariat war wie leergefegt. Nicht einmal Viviana war zu sehen. Also stiefelte Baumann direkt in sein Aquarium und schloss die Tür. Doch kaum, dass er saß, klopfte es. Thomas Lachner trat ein und ließ sich auf einen der Besucherstühle fallen. „Das war eine Befragung, sag ich dir. Der Mann ist ja ein wandelndes Geschichtsbuch und außerdem redet der ohne Punkt und Komma.“ Baumann sah seinen Kollegen verständnislos an. Aber Thomas sprach gleich weiter: „Ich meine Herrn Tönjes, den Hausmeister vom Eiskeller.“ Baumann nickte erleichtert. „Aber“, fuhr Thomas fort, „ich habe jetzt einen Ansprechpartner in der Baugenossenschaft, die den Eiskeller in Verwaltung hat und einen Ansprechpartner in der Bergedorfer Brauerei, der uns einen lückenlosen geschichtlichen Abriss geben kann. Ich dachte da besonders an Umbauten oder Bauarbeiten um das Jahr 1986. Dann braucht Karsten mit seiner Recherche nicht von Null anfangen.“ Baumann lächelte. Langsam schraubte er sich aus seinem quietschenden Bürostuhl, klopfte Thomas im Vorbeigehen auf die Schulter und verabschiedete sich in die Kantine.
Weit kam er nicht, denn Vivi und Lena liefen ihm fröhlich schnatternd direkt in die Arme. Als sie ihren Chef sahen, stoppten beide. Baumanns dichte Augenbrauen stießen aneinander und ihnen war klar, was jetzt auf sie zukam. Vivi streichelte seinen Bauch und

lächelte. Doch das half heute nicht. „Wat soll dat Jefummel? Haste den Termin gemacht?“ Zu Lena gerichtet bollerte er weiter: „Und wie weit biste mit deiner Recherche wegen des Vermissten?“ Die Frauen drucksten herum. „Wat? Könnt ihr nur schnattern oder och arbeiten? Ab jetzt, ihr Hühner!“
Vivi und Lena gingen schweigend an ihre Schreibtische und wussten, dass Klaus diesmal recht hatte.
Baumann telefonierte, als Vivi vorsichtig an seine Tür klopfte. Er schaute hoch und sein Blick war immer noch wolkenverhangen. Sie versuchte ein zartes Lächeln. Klaus zwinkerte ihr zu und konnte sich ein Grinsen nicht verkneifen. „Nu setz dich schon, du Sünderin.“ Viviana lachte, ging hinter den Schreibtisch, setzte sich auf seinen Schoß und gab ihm einen dicken Kuss. „Du hast ja recht, Schatz. Wir haben uns verschnattert und holen unser Gespräch morgen Abend nach. Den Termin beim Bauamtsleiter habe ich dir für morgen um 10:00 Uhr gemacht. Ist das o.k.?“ Klaus zwickte ihr zärtlich in den Po. „Ich freue mich auf heute Abend. Kochst du wieder was Schönes?“ Viviana flüsterte ihm ins Ohr: „Natürlich."
Klaus strahlte, besann sich dann aber. „So, nun aber weiter.“ Viviana sprang auf, zwinkerte ihm kurz zu und verließ das Aquarium.

Thomas Lachner preschte ins Büro. Baumann erschrak. „Klaus, Du wirst es nicht glauben, das ist hochinteressant." Dann ließ er sich auf einen der Besucherstühle fallen. Sein Chef schaute ihn stirnrunzelnd an und wartete. Endlich sprach Thomas weiter:

„Also 1986 waren im Eiskeller keine Baumaßnahmen." Er lehnte sich zurück, nur um seinen Chef ein bisschen zu ärgern. Doch als er sah wie sich dessen buschigen Augenbrauen zusammenzogen, sprach er gleich weiter: „Also, die Brauerei wurde im Jahr 1863 erbaut, ganz bewusst neben der Bahnlinie Hamburg-Berlin und einer lang gezogenen Schleife der Bille."
Baumann zog schon wieder die Augenbrauen zusammen: „Bille?" Thomas lachte. Als Einheimischer konnte er natürlich damit was anfangen, Klaus aber nicht. Also erklärte er weiter: „Die Bille ist ein Fluss und deren Wasser ist zum Bierbrauen sehr gut geeignet. Aber das zweitwichtigste war ein trockener, kühler Keller. Dazu wurden am Rand des Flusses extra drei Brauereiteiche angelegt, aus denen man riesige Eisblöcke entnahm, die dann mit Hilfe von Loren in das Gewölbe des Eiskellers eingelagert wurden."
Baumann riss plötzlich die Hände hoch: „Schluss, Thomas! Schluss mit der Geschichtsstunde. Komm zum Punkt. Wenn ick mich richtig erinnere …" Klaus blätterte in der Akte auf seinem Schreibtisch. Und wurde fündig. „… dann steht da keine Brauerei mehr." Thomas nickte beleidigt und hakte gleich ein: „…die ist im Dezember 1965 abgebrannt. Geblieben ist nur der Eiskeller. Der ist bis heute denkmalgeschützt." Klaus rollte mit den Augen. „Thomas, komm endlich auf den Punkt. Du hast gesagt, dass 1986 da keine Baumaßnahmen waren. Hast du sonst noch wat herausgefunden?"
Kommissar Lachner wippte aufgeregt mit seinem linken Fuß und konnte die Ungeduld seines Chefs nicht

begreifen. Immer wenn er auf geschichtliche Hintergründe stieß, packte ihn die Neugier. Er liebte diese Recherchearbeit und verlor sich gerne darin. Damit hatte sein Chef wohl recht.

„So! Jetzt kommen wir zum wichtigsten Punkt. 1984 gab es einen riesigen Skandal um eine Ausschreibung. Die mit Ziegelsteinen gemauerten Gewölbegänge, sollten mit mehreren Wohnblocks überbaut werden. Es gab viele Bewerber, die sich diesem ungewöhnlichen Vorhaben stellen wollten und schließlich bekam ein Bauunternehmer, der wohl nicht zur ersten Wahl des Bauausschusses gehört hatte, den Auftrag. Warum er den Zuschlag bekam, weiß bis heute niemand."

Baumann stutzte. „Und? Gibt es die Firma noch?"

Thomas schüttelte den Kopf und sprach weiter: „Leider nicht, aber ich habe noch herausgefunden, dass im Eiskeller viele Baumaterialien deponiert worden waren." Dann stand er auf. „Dann recherchiere ich mal weiter, Klaus." Baumann hob den Daumen und lies ihn ziehen.

## Kapstadt

Die Temperaturen waren am 17.Mai bereits über 30 Grad Celsius angestiegen und am Morgen danach lag eine erdrückende Dunstglocke über Kapstadt.
Er war im Penthaus des Bay Hotels abgestiegen und genoss den traumhaften Blick über den Südatlantik. Egal wie viele Jahre er hier zu Hause gewesen war, von diesen Bildern konnte er nie genug bekommen. Seine sommersprossenbedeckten Hände umfassten das Geländer und die Gedanken an die glückliche Zeit hier ließen ihn nicht mehr los. Plötzlich blies eine kräftige Windböe in seine Hosenbeine und blähte die weiße Leinenhose zum Ballon auf. Er sah lächelnd an sich hinunter. Doch immer wieder huschten Gedanken an die vergangenen Jahre durch seinen Kopf. Ja, hier hatte er die bisher schönste Zeit seines Lebens verbracht.
Ein lautes Hupen riss ihn aus seinen Gedanken. Er schaute hinunter auf die Victoria Road. Das rote Cabriolet war nicht zu übersehen und die winkende Fahrerin auch nicht. „Eva?“, murmelte er und winkte heftig zurück. Er liebte seine Tochter über alles und seitdem sie das Auktionshaus in Hamburg gemeinsam führten, waren beide unzertrennlich geworden. Trotzdem wunderte er sich über ihren überraschenden Besuch. Hoffentlich brachte sie keine schlechten Nachrichten. Doch da klingelte es auch schon und er öffnete ihr die Tür.
„Hallo, mein Engel. Was machst du denn hier?"

„Hallo, Dad. Ich mache mir Sorgen um dich."
Seine Stirn legte sich unweigerlich in kleine Falten und er schaute sie fragend an.
„Dad, was sollen alle diese Nachrichten? Es sind jetzt schon vier. Wer bedroht uns?“
Er räusperte sich und streichelte vorsichtig ihren Arm.
„Mach dir keine Sorgen, Eva. Das kann nur irgendein Verrückter sein.“
„Aber…“
„Schluss jetzt, Eva! Schluss mit diesem Unfug!"
Tränen schossen ihr in die Augen und sie stampfte ihren rechten Fuß wütend auf dem Boden. Dann warf sie sich auf die Couch und schmollte. In seiner Nähe kam sie sich immer noch vor wie ein kleines Schulmädchen.
Er sah auf sie hinab und begann zu lächeln. Die Sonne schickte einige Strahlen in den Raum und ihr langes rotbraunes Haar schien kleine Funken zu sprühen.
Er kniete sich neben sie: „Liebling, es geht mir wirklich gut. Mach dir bitte keine Sorgen mehr. Komm, lass uns etwas essen gehen.“
Erst nickte sie kurz, dann folgte ein kecker Blick zu ihrem Vater und ein breites Grinsen. Peter Sommer lachte: „Wenn du mich so ansiehst, Liebling, führst du etwas im Schilde. Also, was ist es?"
Eva grinste immer noch. „Nichts weiter. Aber wenn du mich schon einlädst, will ich ins „Aubergine“.
Er lachte kurz auf. „Aha, Thunfisch und grüner Spargel. Richtig?" Sie nickte, nahm ihren Vater an die Hand und zog ihn zur Tür.

Nach dem Essen waren sie beide noch im „Sandy B“ abgestiegen. Der private Beat Club des Hotels war ein Tummelbecken der Reichen und Schönen. Die Sommers waren hier Stammgäste und so war es auch nicht ungewöhnlich, dass sie von fast jedem herzlich begrüßt wurden.
Eva rührte, immer noch in Sorge um ihren Vater, in ihrem Martini Cocktail und dachte nach. Sie glaubte ihm nicht. Diese Nachrichten hatten einen Hintergrund und ihre Angst wuchs, dass diese Drohungen wirklich ihrem Vater galten. Doch heute brauchte sie darüber nicht mehr zu reden. Das hatte keinen Sinn. Also versuchte sie, ihre Gedanken auf ein anderes Thema zu lenken und sprach ihn an: „Dad, wann triffst du dich mit dem Käufer?“ Er runzelte die Stirn. „Käufer? Du meinst Verkäufer?" Eva, Eva, dachte sie, du bist wirklich noch nicht bei der Sache. „Ja, Dad. Natürlich meine ich Verkäufer." Er lächelte sanft und hatte schon lange mitbekommen, dass das Thema zwar abgehakt, aber noch lange nicht vom Tisch war. Eva würde garantiert noch einmal nachhaken und dann brauchte er wirklich gute Argumente.
„Dad? Dad? Daddy? Wann triffst du dich denn nun mit dem Verkäufer?"
Er zuckte kurz zusammen. „Entschuldige, Schatz. Ich sehe mir den Schmuck morgen früh an. Du kommst doch sicher mit oder?"
„Gern, bei Schmuck immer. Das weißt Du doch." Sie nahm einen Schluck von ihrem Martini Cocktail.

Zurück im Penthaus warf sich Eva gleich auf die geräumige Couch und ließ ihre High Heels zu Boden fallen.
„Oh, meine Füße. Warum bin ich nur so klein geraten?" Sie schaute grinsend zu ihrem Vater, denn der war fast einen Kopf kleiner als ihre Mutter. Es schien also eindeutig zu sein, welches Gen ihrer Größe zu Grunde lag. Sie hatte ihren Vater schon oft damit geärgert, sich aber mittlerweile damit abgefunden und war auf High Heels sicherer als manches Mannequin. So brachte sie es immerhin auf eine Größe von 1 Meter und 68.
„Du kannst es nicht lassen, du kleiner Teufel, was?" Ihr Vater hatte sich über sie gebeugt und zwickte ihr in die Seite. Sie sprang auf und stand plötzlich vor ihm. Jetzt waren die fehlenden zwölf Zentimeter nicht zu übersehen. Ohne High Heels war sie wirklich ein Zwerg.
Es klopfte und ihre kleine Rangelei wurde jäh unterbrochen. Eva rutschte schnell in ihre Schuhe und lief zur Tür.
Vor ihr stand ein hoch gewachsener Etagenkellner mit einem Silbertablett. Darauf war ein größerer Gegenstand drapiert, der mit einem weinroten Seidentuch bedeckt war. Unberührt der kleinen Person, schob er sich an Eva vorbei und betrat den Raum. Sie stöckelte wütend hinter ihm her. „Was erlauben sie sich?" Er drehte sich erschrocken um, als habe er sie eben erst entdeckt. „Oh, entschuldigen sie, gnädige Frau. Ich war wohl in Gedanken."

Dann wandte er sich ihren Vater zu: „Gnädiger Herr. Das ist gerade für sie abgegeben worden.“ Er ging einen Schritt auf ihn zu und hob vorsichtig das weinrote Tuch. Herr Sommer behielt die Contenance, aber Eva sah seine Angst. Er nahm vorsichtig die Schatulle vom Tablett und bedankte sich. Doch der junge Mann stand immer noch stocksteif vor ihm. Eva begriff und stürzte auf ihn zu: „Raus, sie unsensibler Kerl! Sehen sie nicht, dass mein Vater neben sich steht? Da erdreisten sie sich, noch um Trinkgeld zu betteln?! Raus! Aber ganz schnell!“
Mit hochroten Kopf verließ der Etagenkellner das dem Penthaus.
Sommer hatte die Schatulle inzwischen auf den Schreibtisch gestellt und starrte sie an. Eva beobachtete ihn in einem gewissen Abstand und harrte der Dinge, die da kommen würden. Langsam öffnete er den Deckel und wich erschrocken zurück. Dann trat er wieder einen Schritt vor und gab dem Schatullendeckel einen kräftigen Stoß.
Eva erschrak und rannte auf ihren Vater zu. „Daddy, was ist? Rede mit mir! Was ist?" Doch das einzige was ihm über die Lippen kam war: „Hört das denn nie auf?“
Eva riss verzweifelt an seinem Arm. „Dad, was? Was hört nicht auf?" Er blickte traurig nach unten und seine grünen Augen hatten einen feuchten Schleier. „Ließ selber, Kind, aber erwarte heute von mir keine Erklärungen." Damit flüchtete auf die Terrasse.
Eva trat vorsichtig an den Schreibtisch heran und berührte die wunderschöne Schatulle. „Renaissance, auf

jeden Fall 16. Jahrhundert.", flüsterte sie. Dann hob sie vorsichtig den Deckel und schaute hinein. Doch alles was sie erblickte, war eine kleine Rolle cremefarbenen Seidenpapiers, das mit einer weißen Schleife zusammengebunden war.
Vorsichtig hob sie das Papier aus dem samtigen Grund der Schatulle und merkte wie ihre Finger anfingen zu zittern. Langsam ging sie zur Couch hinüber. Erst als sie saß, zog sie langsam die weiße Schleife über das Papier. Ihr Herz begann zu rasen und Eva atmete noch einmal tief durch. Dann rollte sie das kleine Stück Papier vorsichtig auf und begann zu lesen. Schon wieder italienisch, dachte sie, aber eigenartige Formulierung. Dann aber war ihr klar, was es bedeuten sollte:

*„Die Furcht, die die Lebend' gen vor mir haben,*
*Ist der Beweis, dass unsere Seele lebt."*

Eva hatte am gestrigen Abend ihren Vater nicht mehr gesehen und darum war sie besonders in Sorge, als er um 8:00 Uhr immer noch nicht zum Frühstück erschienen war. Sie wusste, dass sie sich mit dem Verkäufer um 9:00 Uhr im Beat Club des Hotels treffen wollten und schaute ständig auf die Uhr.
Endlich betrat Sommer das Restaurant und sie winkte ihm freudig zu. Überraschenderweise sah er top fit aus. Sicher hatte er wieder seine Schlaftabletten genommen, um Ruhe zu finden. Auch darüber musste sie zu einem anderen Zeitpunkt mit ihrem Vater unbedingt reden. So konnte das nicht weitergehen.

Ihr Frühstück verlief fast schweigend und Peter Sommer schaufelte eine Unmenge an Obst in sich hinein. Eva war verwundert, sagt aber nichts. Ihre Gedanken waren die ganze Zeit bei der Nachricht und sie überlegte, wo sie diese Zeilen schon einmal gelesen hatte.

Das Treffen mit dem Kunden verlief harmonisch und professionell. Ihr Vater hatte sich nichts anmerken lassen. Er war schon immer ein guter Schauspieler gewesen und sein Geschäft verstand er, wie kein anderer.

Als Eva den roten Flitzer vom Flughafen wieder abgegeben hatte und mit ihrem Vater die Halle betrat, ging ihr ein Gedanke nicht aus dem Kopf. Vielleicht sollte sie Frau Arnold einweihen? Schließlich hatte sie sehr große Angst um ihren Vater und die Kommissarin hatte ihr angeboten, sie jederzeit anrufen zu dürfen.
Sie waren bereits am Gate angekommen, hatten aber noch genügend Zeit. Also gab sie vor, noch einmal durch den Shop schlendern zu wollen und ließ ihren Vater mit dem Handgepäck zurück. Er kannte ihre Leidenschaft, was das Shoppen betraf, und ließ sie ziehen. Als Eva außer Sichtweite war, zog sie ihr Portemonnaies aus der Handtasche und suchte nach der Visitenkarte der Kommissarin. Schnell noch ein Blick über die Schulter, aber ihr Vater war nicht zu sehen. Also zog sie ihr Handy aus der Jackentasche und wählte.

„Hallo. Eva Sommer. Spreche ich mit Frau Kommissarin Lena Arnold?... Das ist schön… ich bin in Kapstadt und ich glaube, das, was ich ihnen zu sagen habe, ist sehr wichtig… ja, in Kapstadt. Ich mache mir Sorgen um meinen Vater und bin ihm gefolgt. Wir sind gleich auf dem Rückflug…. Ja, er kommt mit… er hat gestern wieder eine dieser Nachrichten erhalten…. Ja, ich war dabei…. Nein, ich weiß nicht von wem…. Ja, ich lese sie ihnen vor. Moment.“ Eva schaute noch einmal über ihre Schulter und zog dann den kleinen Zettel aus ihrer Jackentasche. Vorsichtig flüsterte sie ins Handy:

*„Die Furcht, die die Lebend′ gen vor mir haben,*
*Ist der Beweis, dass unsere Seele lebt.“*

# Verschwunden

Vor zwei Tagen war Eva noch Cabriolet gefahren und hatte die wärmenden Sonnenstrahlen in Kapstadt genossen. Umso größer war der Kälteschock, als sie mit ihrem Vater das Flughafengebäude in Hamburg verließ. Sie zog unweigerlich ihre Schultern nach oben und ging schneller, um das Parkhaus zu erreichen. Herr Sommer hatte Mühe, seiner Tochter zu folgen.

Bis nach Bergedorf saßen sie schweigend nebeneinander und beide wussten, dass ihre Gedanken um dasselbe Thema kreisten. Nur eines konnte Peter Sommer nicht ahnen, dass Eva bereits die Polizei eingeschaltet hatte. Doch das würde sie erst einmal für sich behalten.

Die cremefarbene Villa, mit ihren weißen Stuckelementen, leuchtete schon von weitem, als sie den Reinbeker Weg hinunterfuhren. Eine ganze Reihe von Spots waren auf Haus und Garten gerichtet, so dass man auch zu dieser Zeit das Anwesen nicht übersehen konnte. Punkt Mitternacht gingen sie gemeinsam durch die Eingangstür. Eva gab ihrem Vater noch einen flüchtigen Luftkuss und sie trennten sich schweigend. Morgen wird ein klärendes Gespräch sowieso unabdingbar sein, dachte Dann schlich sie leise die Treppe hinauf, um ihre Mutter und die Hausdame nicht zu wecken.

„Guten Morgen, Emilia.“ Eva gab ihrer Mutter im Vorbeieilen einen flüchtigen Kuss auf die Stirn.

„Hallo, Kind. Hast du etwas herausgefunden? Hat er dir irgendetwas gesagt?" Sie sah ihre Tochter flehend an. Eva schüttelte den Kopf. „Aber, es gibt Neuigkeiten.“ Emilia Sommer machte große Augen. „Ja?“ Eva vergewisserte sich, dass ihr Vater nicht in der Nähe war, zog die zerdrückte Papierrolle aus ihrer Jeans und reichte sie ihrer Mutter. Emilia erschrak: „Nein! Nicht schon wieder!“ Dann rollte sie das Papier auf und las laut vor:

*„Se...“*

Eva hielt ihr den Mund zu: „Leise. Willst du, dass Dad dich hört?“ Dann flüsterte sie die Übersetzung:

*„Die Furcht, die die Lebend′ gen vor mir haben,*
*ist der Beweis, dass unsere Seele lebt.“*

„Was kann das bedeuten, Mutter?“ Emilia Sommer starrte immer noch auf das kleine Stück Papier in ihrer Hand.
„Vater hat so einen Schreck bekommen als er die Papierrolle in einer alten Renaissanceschatulle sah, dass er die Nachricht bis heute nicht gelesen hat. Und... eines solltest du wissen, ich habe die Polizei darüber informiert.“ Frau Sommer blickte auf, schien aber die Worte Evas nicht wahrgenommen zu haben. Ihre Hände zitterten. „Er verschweigt uns etwas, Kind. Irgendetwas verschweigt er uns."
Eva nickte und ließ den Zettel wieder in ihrer Jeans verschwinden. Dann nahm sie ihre Mutter in den Arm

und fing an zu weinen. „Ich habe Angst um ihn.“ Emilia streichelte den Rücken ihrer Tochter. „Ja, ich habe auch Angst."
„Einen wunderschönen guten Morgen, die Damen." Zuri schwenkte gekonnt ein großes Tablett mit Geschirr durch den Raum und deckte den Tisch. Mutter und Tochter sahen sich fragend an und verstanden sich wortlos. Woher rührte die gute Laune ihrer Hausdame? In der Regel war sie mürrisch und unfroh. Aber die Damen konnten ja nicht ahnen, dass Zuri frisch verliebt war und so summte sie weiter fröhlich vor sich hin. Als sie fragte, für wie viele Personen sie den Tisch decken solle, verlor die Hausherrin ihre Contenance: „Für drei, Zuri. Das weißt du doch. Noch leben wir alle!“ Die junge Frau setzte das leere Tablett auf dem Tisch und starrte Frau Sommer entsetzt an. Eva mischte sich ein: „Entschuldige, meine Liebe. Die Nerven meiner Mutter liegen blank. Diese grauenvollen Nachrichten… “ Zuri lächelte sanftmütig: „Das verstehe ich doch." Dann verließ sie den Raum und rollte verständnislos mit ihren großen blauen Augen.
Um 10:00 Uhr war der Hausherr immer noch nicht erschienen und Mutter und Tochter entschieden sich, ihn endlich zu wecken. Doch sein Bett war leer. Entsetzen machte sich breit und beide Frauen rannten panisch durch alle Etagen des Hauses. Zuri wurde durch den Garten gescheucht.
Nach einer halben Stunde rief Eva im Kommissariat an und bat darum, nach ihrem Vater zu suchen. Ihr

war klar, dass die Polizei nach so kurzer Zeit normalerweise nicht auf die Suche geht, aber die Hintergründe ließen es zu, hier eine Ausnahme zu machen.
Bereits um zwölf Uhr waren Klaus und Eva an der Villa. Zuri öffnete lächelnd die Eingangstür. „Die Kommissare. Kommen Sie doch bitte herein. Die Damen warten bereits.“ Damit trat sie einen Schritt beiseite und wies ihnen den bekannten Weg.
Baumann stampfte voran. „Moin, Gnädigste. Na, nun weinen sie ma nich. Ihr Mann taucht schon wieder auf.“ Frau Sommer saß auf einem seidenen Sofa, mit hängenden Schultern und schluchzte. Eva stand hinter ihr und streichelte ihren Rücken. Aber auch sie hatte verweinte Augen.
Lena Arnold ging auf Eva zu. „Lassen sie uns zunächst einige Dinge abklopfen. Erstens, haben sie ihn auf allen Telefonen versucht zu erreichen?“ Beide nickten. „Zweitens, ist sein Auto da oder ist er gar mit dem Fahrrad gefahren?“ Frau Sommer schaute hoch und antwortete: „Das Auto steht in der Garage und mein Mann Fahrradfahren?" Ein kleines Lächeln huschte über ihr Gesicht. „O.k., könnte er zu Fuß unterwegs sein?“ Jetzt schaltete sich Eva ein: „Frau Kommissarin, sie kennen meinen Vater nicht. Den müssen wir jeden Sonntag zum Spaziergang treten."
Jetzt musste auch Lena lächeln. „Gut. Haben sie schon in der Firma, bei Freunden, Geschäftspartnern etc. nachgefragt?“ Nicken.
„Moin, moin. Was ist denn hier für eine Versammlung? Habe ich was verpasst?“ Hans Sommer stand

grinsend im Türrahmen der Bibliothek und schwenkte eine große Bäckertüte.
Für einen Moment starrten ihn alle an. Doch dann waren Mutter und Tochter nicht mehr zu halten. Sie liefen ihm in die Arme und übersäten ihn mit Küssen.
„Hallo, hallo, hallo. Was ist denn mit euch los?"
Jetzt meldete sich Baumann zu Wort: „Herr Sommer. Dat geht so nicht. 2 min später und ich hätte nach ihnen gefahndet. Sie sollten diese Nachrichten etwas ernster nehmen. Ihre Familie sorgt sich um sie."
Sommer winkte grinsend ab. Zuri war gerade hereingekommen und schüttelte verständnislos den Kopf. Dann ging sie auf die Besucher zu. „Darf ich ihnen etwas anbieten?“ Beide lehnten dankend ab.
„Herr Sommer, wir müssen über diese Nachrichten reden. Was wissen sie darüber?“ Baumann stemmte seine Hände in die Hüften und schaute ihn ernst an.
Peter Sommer Gesicht verzog sich zu einer nichtssagenden Mimik: „Ich weiß doch auch nichts. Meine Frau ist panisch und zieht Eva da noch mit hinein. Stellen sie sich vor, meine Tochter ist mir sogar nach Kapstadt gefolgt.“ Dann riss er sich von beiden Frauen los, legte die verspätete Brötchentüte auf den Tisch und verabschiedete sich. Er müsse ins Auktionshaus, ein Kundentermin. Baumann versperrte ihm den Weg. „Herr Sommer, wenn sie morgen um zehn Uhr nicht im Präsidium erscheinen, lass ick sie abholen. Is dat klar?!“ Der Hausherr nickte stumm und Klaus drückte ihm seine Karte in die Hand. Dann verließ Peter Sommer fluchtartig die Bibliothek. Eva folgte ihm.

Frau Sommer sah beiden stumm hinterher. Dann wandte sie sich an Baumann. „Entschuldigen sie, aber wir hatten wirklich Angst. Da ist übrigens noch etwas, dass sie vielleicht wissen sollten." Die Gnädigste verließ den Raum und kam mit einem Foto zurück. „Hier. Die Nachricht hat mein Mann 1994 in Kapstadt erhalten. Ich habe sie damals abfotografiert, bevor er den Zettel wutentbrannt in tausend Stücke zerriss." Baumann sah sie fragend an. „Ach so, entschuldigen sie. Auf Deutsch heißt das:

*Selbst, wenn du keine Angst hast, stirbst du."*

Klaus und Lena sahen sich stirnrunzelnd an.
„Ja, ich weiß. Ich hätte ihnen das gleich zeigen sollen, zumal wir nach diesem Ereignis sofort in die Heimatstadt meines Mannes gezogen sind, nach Hamburg. Mir kam es damals vor wie eine Flucht, was mein Gatte immer verneint hat. Angeblich hatte er hier die Möglichkeit das Auktionshaus zu übernehmen, das wir heute ja immer noch führen." Sie machte eine Gedankenpause und senkte den Kopf. Dann sprach sie weiter: „Es gibt da noch etwas. Die neuen Nachrichten haben mich hellhörig gemacht und ich habe Peter heimlich beobachtet. Er schien in den letzten Tagen vor seiner überstürzten Abreise nach Kapstadt etwas zu suchen.
Vor zwei Tagen kramte er im Musikzimmer in seinem Sekretär, schien das Gesuchte aber nicht zu finden."
Frau Sommer drehte sich um und griff in ihre Handtasche. Ein vergilbter Zettel in ihrer Hand machte die

Kommissare neugierig. Sie hob ihn in die Luft und sagte: „Ich glaube, das hat er gesucht. Es steckte in diesem Umschlag. Sehen sie den Poststempel? Hier. Hamburg 1984. Genau zehn Jahre später bekommt er wieder eine Drohung." Dann faltete sie das Blatt auseinander und las laut vor:

*„Glauben sie an die Todesstrafe für Mörder?"*

Baumann zog sich den nächstbesten Stuhl heran und ließ sich fallen. „Gnädigste, wissen sie, was sie uns da verheimlicht haben?" Sie nickte stumm und dicke Tränen quollen aus ihren Mandelaugen. Sie fing an zu schluchzen: „Ich wollte es wohl nicht glauben. Jetzt ist mir auch klar, warum er unbedingt meinen Namen annehmen wollte. Hier. Sehen sie. Die erste Nachricht ist 1984 an Peter Hanssen gesandt worden." Zitternd reichte sie Baumann das Kuvert.
Lena ging auf Frau Sommer zu. „Wie meinen sie das mit dem Namen?" Ihre großen Mandelaugen wurden noch größer, bis sie endlich wütend antwortete: „Das ist doch wohl klar, Schätzchen! 1984 bekommt er in Hamburg die Nachricht: *Glauben sie an die Todesstrafe für Mörder?* Danach flieht er nach Kapstadt. Dann bekommt er eine weitere Nachricht 1994 in Kapstadt: *Selbst, wenn du keine Angst hast, stirbst du.* Danach flieht er wieder nach Hamburg zurück. Können sie nicht eins und eins zusammenzählen!?"
Rums! Sauste ihr Handy über Baumanns Kopf hinweg gegen die Wand. Danach brach die Gnädigste zusam-

men und kniete weinend auf dem Perser. „Ich habe einen Mörder geheiratet. Einen verdammten Mörder!" Ihre Fäuste trommelten auf den Teppich.
Lena beugte sich zu ihr hinunter. „Das ist doch nicht sicher, Frau Sommer. Kommen sie, setzten sie sich." Die Kommissarin reichte ihr die Hand. Die Gnädigste funkelte sie wütend an. „Es ist sehr bequem hier unten!"
In diesem Moment betrat Zuri den Raum und erschrak: „Oh, gnädige Frau! Kann ich ihnen helfen?" Frau Sommer winkte ab und war augenblicklich wie ausgewechselt. Sie erhob sich und die ganze Aufregung war vergessen. Sie ignorierte die Besucher und baute sich vor der Hausdame auf. „Zuri, hol mir mein weißes Kofferset. Ich muss mich auf die Vernissage vorbereiten." Zu den Kommissaren gewandt sagte sie schnippisch: „Sie sehen meinen Gatten ja morgen um 10 Uhr auf dem Kommissariat. Dann können sie ihn ja befragen. Aber wie ich ihn kenne, wird er sowieso alles leugnen." Damit fiel der Vorhang und sie verließ die Bibliothek.
Baumann und Lena sahen sich verständnislos an und gingen.

# Mann ohne Kopf

Zuri hatte die Gnädigste gerade am Flughafen abgesetzt und steuerte den Audi wieder Richtung Bergedorf. Sie summte fröhlich vor sich hin und die Erleichterung stand ihr förmlich ins Gesicht geschrieben. Endlich mal allein, Eva und ihr Vater kamen meistens spät aus dem Geschäft und die Gnädigste erwartete sie erst morgen Nachmittag wieder zurück. Sie wählte Pauls Nummer. Doch er nahm nicht ab. Ihr Summen verstummte und sie sah traurig über das Lenkrad.
Als sie in den Reinbeker Weg einbog klingelte ihr Telefon. „Paul, das ist schön… ich wollte nur wissen, ob du heute Abend Zeit hast?... Schön, ich habe bis morgen Mittag frei… gut 18:00 Uhr an der Villa… ja, ich freue mich auch.“ Zuri strahlte und schaute gleich auf die Uhr. Erst vier. Sie hatte noch viel Zeit und konnte endlich mal in Ruhe etwas für sich tun, ein schönes Bad, eine Maske, ein Glas Prosecco und dann würde sie sich das schönste Kleid aus ihrem Schrank überstreifen. Ja, sie war wirklich verliebt in Paul.
Doch kurz vor der Villa angekommen, versperrte ihr ein Lieferwagen den Weg. Auch alles Hupen half da nicht. Wütend stieg sie aus, sah aber gleich, dass es nicht der Lkw, sondern das Postauto war, was den ganzen Verkehr aufhielt. Gerade als sie sich dem gelben Auto nähern wollte, stieg der Postbote wieder ein und fuhr weiter. Zügig ging sie zurück. Der Lkw fuhr an und so konnte sie endlich die Auffahrt zur Villa

passieren. Zuri lenkte den Wagen gekonnt in die Garage, wie sie es schon oft getan hatte und stieg aus. Als das Holztor hinter ihr langsam schloss, war sie bereits auf dem Weg nach oben.
Die kleine Einraumwohnung, die Zuri seit einem Jahr ihr Zuhause nannte, durfte sie persönlich einrichten. Die Kosten dafür hatte Familie Sommer übernommen. Eines musste sie sagen, großzügig waren ihre Arbeitgeber, auch wenn sie ihr nicht sonderlich sympathisch waren.
Sie gruppierte einige Kerzen am Fußende des Wannenrandes und zündete sie an. Dann drehte sie den Hahn auf und ein großer Wasserfall trat sprudelnd hervor. Schnell griff sie nach einem großen Glas mit blauem Badesalz und ließ es langsam ins Wasser rieseln. Nach und nach wuchs der Schaumberg. Sie lächelte und stellte das Gefäß wieder zurück. Dann löste sie den Gürtel ihres hellblauen Kleides, knöpfte es auf und ließ es über ihre Schultern zu Boden gleiten. Vorsichtig bestieg sie die Wanne. Doch kaum hatte sie ihre Augen geschlossen, klingelte es an der Haustür. Ein Lächeln huschte über ihr Gesicht und sie flüsterte: „Ich bin heute mal nicht da.“ Es läutete noch dreimal, doch Zuri lächelte nur.
Eine halbe Stunde später stand die brünette Schönheit vor ihrem weißgerahmten, bodentiefen Spiegel und betrachtete sich. Das weiße Sommerkleid hatte sie in der vergangenen Woche von Frau Sommer geschenkt bekommen, als sie die Hausherrin zu einem Shoppingsausflug begleitet hatte.

Sie drehte sich im Kreis und der auffliegende Saum ihres Kleides gab den Blick auf ihre wunderschönen langen Beine frei. Das strahlende Weiß bildete einen funkelnden Kontrast zu ihrer bernsteinfarbenen Haut und das pechschwarze Haar fiel in weichen Locken auf ihre nackten Schultern. Sie hatte sich nur dezent geschminkt und ein leichtes blumiges Parfüm aufgetragen. Ihre blauen Augen betrachteten das Arrangement noch einmal kritisch im Spiegel. Zuri lächelte. 31 Jahre waren ihr wirklich nicht anzusehen.
Es klingelte erneut. Sie schnappte sich ihre weiße Handtasche, hüpfte die letzten Stufen hinunter und riss die Haustür auf.
„Herr Sommer, sie?“ Zuri sah ihn mit aufgerissenen Augen an. Er schob sie beiseite und brummte: „Ja, ich wohne hier." Die junge Frau schloss kopfschüttelnd die Tür und schaute auf ihre Armbanduhr. Es war noch nicht 18:00 Uhr. Doch da klingelte es schon wieder und diesmal war es Paul. Zuri atmete erleichtert auf, trat hinaus in die Sonne, gab Paul einen dicken Kuss und zog ihn in Richtung Gartenpforte.

Peter Sommer saß im Musikzimmer gegenüber der Bibliothek. Seine Füße waren an die Stuhlbeine gebunden und sein Oberkörper wurde von einem verschnürten Seil fest an die Lehne des Stuhles gedrückt. Allein seine rechte Hand war in Freiheit. Schweiß rann ihm von der Stirn und der weiße Kragen seines Hemdes war bereits triefend nass. Er atmete schwer durch die Nase. In seinem Mund steckte ein weißes

Tuch und das braune Klebeband über seinen Wangen fing an, sich leicht zu lösen.
„Schreib! Du Schwein! Schreib endlich!“
Die lange Klinge des Samuraischwertes kam seiner Kehle bedenklich nah. Plötzlich musste er daran denken, wieviel Verhandlungsgeschick es ihn gekostet hatte, dieses Schwert zu einem annehmbaren Preis zu erwerben. Und jetzt sollte er durch diese Klinge sterben? Er blickte auf und sah in dunkle, hasserfüllte Augen. Seine Hand zitterte. Langsam tastete er sich vor und ergriff die Feder. Sein Peiniger ließ die Klinge sinken. Das Sonett, das vor ihm lag, hatte er wohl hundertmal in seinem Leben gelesen.
„Schreib es ab, du Schwein! Los!"
Er bekam einen kräftigen Stoß gegen den Hinterkopf und stöhnte auf. Dann setzte er die Feder aufs Papier und begann. Doch nach einer Zeile hörte er wieder auf und schaute abermals in diese hasserfüllten Augen.
„Was ist? Ist dir die Tinte ausgegangen?" Ein breites Grinsen zeichnete sich unter der schwarzen Maske ab und Sommer ahnte nichts Gutes. Seine roten Haare waren bereits schweißgebadet und salzige Perlen flossen ihm über die Lider. Er schüttelte panisch seinen Kopf, um das Brennen in seinen Augen loszuwerden.
„Nein? Was heißt hier nein, du Schwein!“
Blitzschnell schoss die Klinge auf seinen Handrücken und er stöhnte auf. Sein Blut floss auf die Tischplatte.
„Bitte! Da hast du deine Tinte! Schreib weiter! Los!"
Langsam nahm er die Feder in die schmerzende Hand, tauchte sie in sein Blut und schrieb.

„Na bitte, geht doch! Und jetzt die nächste Strophe! Los!“
Peter Sommer spürte die lange Klinge unter seinem Kinn und begann zu wimmern. Nach und nach quollen Tränen aus seinen Augen und er begann bitterlich zu weinen.
„Du hast Angst? Du skrupelloses Schwein! Hatte sie auch Angst? Hatte sie eine Chance?“
Die Klinge unter seinem Kinn wurde nach oben gehoben und er sah seinem Gegenüber tief in die Augen. Er hatte noch nie so viel Hass gesehen. Die Maske kam noch dichter an ihn heran und flüsterte: „In der Hölle sollst du schmoren.“

Rosalie von Thalheim war mit ihren 78 Jahren immer noch eine attraktive Frau. Die zierliche Person schmückte heute ein dunkelblaues Cocktailkleid, eine weiße Perlenkette, Perlenohrringe und ein Ring mit einer besonders großen Süßwasserperle an ihrem rechten Ringfinger. Ihr weißes Haar glänzte.
Obwohl die Terrasse ihrer Villa einige Meter vom Garten der Sommers entfernt war, hatte sie doch laute Gespräche wahrgenommen. Auch wenn sie nicht mehr so gut sehen konnte, ihr Gehör war immer noch fantastisch. Als nach mehrmaligen Versuchen bei den Sommers niemand ans Telefon ging, entschied sie, den Herrschaften persönlich einen Besuch abzustatten. Schließlich wollte sie das kleine Paket, dass der Postbote ihr heute anvertraut hatte, nicht ewig hier liegen haben. Also zog sie sich ihre weiße Kostümjacke

über, nahm das Päckchen von der Flurgarderobe und machte sich auf den kurzen Weg zu ihren Nachbarn. Als sie ihre Gartenpforte geschlossen hatte, bemerkte sie schon den feinen Lichtschein, der aus dem Musikzimmer fiel. Verwundert ging sie weiter. Doch als sie an der Gartenpforte der Villa Sommer angekommen war, stand diese weit offen. Sie überlegte. Das war eigenartig. So kannte sie ihre Nachbarn nicht. Die legten normalerweise sehr viel Wert darauf, immer alle Türen geschlossen zu halten. Naja, dachte sie, vielleicht ein schlampiger Besucher. Also trat sie über die Stufe und ging Richtung Eingangstreppe der Villa. Hier staunte sie das zweite Mal. Auch diese Tür war auf. Vorsichtig trat sie ein.
„Hallo! Ist da jemand?" Als niemand antwortete legte sie das Päckchen auf den Garderobentisch neben dem Eingang und ging langsam weiter zum Musikzimmer. Sie kannte sich hier aus. Schließlich gehörte das Haus einmal ihrer, leider zu früh verstorbenen, Freundin. Frau von Thalheim schlich gerade den langen Flur entlang, als sie ein lautes Rascheln vernahm. Sie blieb stehen und sah sich um, konnte aber nicht genau ausmachen, woher das Geräusch kam. Dann ging sie zügig ins Musikzimmer. Sie bewegte sich weiter in Richtung der kleinen Lampe, die auf dem Sekretär stand und schrie auf. Doch im selben Augenblick überkam sie die Angst, man könnte sie gehört haben. Sie zog ihr weißes Stofftaschentuch aus der Jackentasche, hielt es sich vor den Mund und wagte kaum zu atmen. Der entsetzliche Anblick hatte sie die Geräusche vergessen lassen. Beherzt zog sie ihr Handy, das

sie immer dabeihatte, aus ihrer Kostümjacke, und wählte 110. Dann verließ sie schnell das Haus und eilte hinüber zu ihrem Anwesen.

Als Baumann den Tatort betrat, waren die Kollegen von der SPUSI und der Gerichtsmediziner schon bei der Arbeit. Das Musikzimmer glich einem Schlachtfeld. Ein Mann ohne Kopf lag in einem roten See seines eigenen Blutes. Aber Baumann erkannte sofort, dass es Herr Sommer war. „Moin, Kollegen. Schon erste Erkenntnisse? Die Männer in Weiß schüttelten die Köpfe. Dr. Haucke Pistorius blickte kurz auf: „Höchstens zwei Stunden tot." Klaus schwieg und knetete grübelnd sein rechtes Ohrläppchen. „Was ist, Klaus? Zweifelst du an meiner Fachkompetenz?" Als Baumann immer noch nicht reagierte, stand Haucke auf und rechnete ihm vor: „Also, das ist ganz einfach. Normale Körpertemperatur minus tatsächlicher Körpertemperatur dividiert durch 1,5. Macht bei dem hier 1,3 Periode. Es ist jetzt 23:30 Uhr. Er kann meiner Meinung nach frühestens um 22:00 Uhr umgebracht worden sein." Dann widmete er sich wieder der Leiche. Klaus nickte ihm zu. „Und wo is der Kopp?" Haucke schaute auf. „Weg."
Im Flur standen Paul Tanner und Zuri, die immer noch zitterte und schluchzte. Jetzt fing sie plötzlich laut an zu weinen und vergrub sich noch tiefer in Pauls Arme. Er streichelte ihr den Rücken und wies mit einem kurzen Nicken Richtung Bibliothek. Klaus verstand. Tanner versuchte Zuri von seiner Brust zu lösen und schaute ihr tief in die verweinten blauen Augen:

„Können wir uns bitte einen Moment in die Bibliothek setzen? Geht das? Kommissar Baumann hat einige Fragen an dich." Sie nickte und ging langsam mit Paul hinüber in den anderen Raum. Baumann folgte ihnen. „Paul, ick muss dich kurz alleine sprechen.“ Zu Zuri gewandt fragte er: „Is dat o.k.?“ Sie nickte.
Als Tanner und Baumann im Flur standen, grinste Klaus seinen Kollegen an und fragte: „Du bist doch nicht etwa…?“ Paul nickte. „Ich weiß, aber es ist eben passiert. Bin über beide Ohren verknallt.“ Klaus legte seine rechte Hand auf die Schulter des Kollegen und sah ihm tief in die Augen: „Dat is Kacke, Paul. Erst mal Abstand, o.k.?" Paul verstand.
„So, nu erzähl du erst mal, bevor ick die Kleine vernehme.“ Paul atmete tief durch und berichtete, dass er Zuri um Punkt 18:00 Uhr an der Haustür der Villa abgeholt hatte. Sie sind ein Stückchen an der Bille spazieren gegangen, dann weiter durch das Villenviertel von Bergedorf, bis sie schließlich um etwa 19:30 Uhr im Steak House gelandet sind. Um etwa 21:30 Uhr habe er bezahlt und sie seien zurück zur Villa gegangen, da er hier sein Auto abgestellt hatte. Schließlich habe er sie eingeladen, mit zu ihm zu kommen und sie hatte eingewilligt. Darum wollte sie sich noch schnell frisch machen und einige Kleinigkeiten aus ihrer Wohnung holen. „Ich habe mich gleich ins Auto gesetzt und wollte auf sie warten. Da war es genau 22:17 Uhr.“
Klaus hörte die ganze Zeit schweigend zu und verstand, was dann geschehen sein musste. „Und als die

Kleine hier hereinkam, hat sie Herrn Sommer so vorgefunden, richtig?"
Paul schüttelte den Kopf. „Keine Ahnung, wie es genau war. Ich weiß nur, dass sie schreiend aus dem Haus gerannt kam, aber nicht gleich, sondern etwa zehn Minuten später, also 22:27 Uhr.“ Baumann drehte an seinem Ohrläppchen. „Hm, kommt hin, denn du hast uns um 22:30 Uhr informiert. Da waren wir aber schon auf dem Weg, weil die Nachbarin bereits um 22:10 Uhr den Mord gemeldet hatte. Haucke und dein Team waren etwa um…“ Klaus unterbrach und lief kurzer Hand ins Musikzimmer. „Haucke, wann ward ihr hier?“ Der Gerichtsmediziner schaute in sein Protokoll. „22:50 Uhr.“ Klaus winkte ihm dankend zu und wandte sich wieder an Paul. „Also. Dann muss es so gewesen sein. Um 22:10 Uhr, als Frau Nachbarin den Toten entdeckt hatte, war der Mörder noch im Haus. Die Tat war gerade passiert. Als du mit der Kleinen zurückkamst, war niemand mehr im Haus. Da war es 22:17 Uhr. Der Täter ist also in diesen sieben Minuten geflüchtet.“ Dann schaute er Paul fragend an. Der zuckte nur mit den Schultern. „Am besten, du befragst jetzt erst einmal Zuri und dann ziehen wir weitere Schlussfolgerungen. Ich glaube, sie hat sich jetzt etwas beruhigt.“ Damit wies Paul auf die Bibliothek und sie gingen gemeinsam hinüber.
Zuri saß zusammengefallen auf einem großen Ohrensessel und war kaum darin zu sehen. Paul kniete sich vor sie und nahm ihre Hand. „Schatz, geht es? Herr Baumann hat einige Fragen an dich." Ein kleinlautes Ja war zu hören. Baumann zog sich einen Stuhl heran

und fragte: „Als sie heute Abend die Villa betraten, habe sie ihren Arbeitgeber sofort entdeckt?"
Zuri schluchzte: „Nein. Ich bin ja direkt auf die Treppe zugerannt und habe gar nicht nach links und rechts gesehen. Erst als ich wieder mit meiner Tasche herunterkam, habe ich das Licht im Musikzimmer bemerkt. Ich dachte, Herr Sommer liest noch ein Buch, was er häufiger tut. Er mag diesen Raum mehr als die Bibliothek."
Baumann fragte nach: „... und dann sind sie doch hineingegangen?"
Zuri fing wieder an zu weinen. Paul streichelte ihre Hand. Dann antwortete sie: „Ja, weil ich den umgefallenen Hocker vor dem Klavier gesehen habe und dann..." Sie bekam einen Weinkrampf und vergrub das Gesicht in ihrem Schoß. Paul streichelte ihr Haar. Den Kopf gesenkt, sprach sie weiter: „...und dann noch mit seinem Lieblingsschwert." Klaus sah seinen Kollegen verwundert an und runzelte die Stirn. „Was meinen sie?" Zuri hob den Kopf. „Na, das Samuraischwert, das eigentlich an der Wand hängt."
Baumann hakte nach: „... und wo lag es, als sie in den Raum kamen?" Die Schönheit senkte wieder den Kopf. „Auf dem Boden." Baumann überlegte, sprang auf und ging ins Musikzimmer: „Wo ist das Schwert?" Ein Kollege zeigte auf die bereits eingepackte Tatwaffe. „Wo lag das genau, als ihr hereinkamt?" Einer der Kollegen wies auf eine Stelle am Boden, direkt neben der Leiche. Erst jetzt nahm Klaus wahr, dass der leblose Körper, ohne Kopf, immer noch an den umgekippten Stuhl gefesselt war. Der

Anblick war grauenvoll. Er schluckte. „Willste den im Paket mitnehmen oder wickelst du den noch aus?“ Haucke drehte sich um: „Nich dein Ernst, Klaus, oder?“ Baumann hakte nach: „Kann ick nu rein oder nich?“ Haucke verstaute einige Proben in seinem Koffer und kam ihm entgegen. „Nein. Raus hier! Wir reden später.“

Baumann dackelte wortlos ab. Doch Haucke folgte ihm bis in die Bibliothek. „Sorry, wenn ich euch kurz unterbreche, aber ich habe eine wichtige Frage an die Hausdame. Junge Frau, sie wissen doch sicherlich, was auf dem Boden, rechts neben dem Sekretär gestanden hat? Ich tippe auf einen größeren Papierkorb.“ Zuri blickte auf: „Ein großer Schirmständer, den Herr Sommer als Papierkorb zweckentfremdet hat. Aber der stand gestern noch da.“ Haucke dankte ihr und erklärte: „Dann werden wir danach suchen.“ Er ging und Baumann folgte ihm und schaute sich um. Irgendwo musste der Schirmständer doch abgeblieben sein. Dann sah er die Halterung für das Schwert. Zwischen den beiden Fenstern hing eine große Holztafel, auf der eine goldene Inschrift graviert war. Er wollte näher herantreten, sah aber Hauckes böse Blicke. Klaus kniff seine Augen zusammen und versuchte zu lesen. Er wandte sich an Haucke: „Kannst du dat lesen? Wat steht da?“ Der blickte sich um: „Asiatische Schriftzeichen. Wir haben einen Kollegen. Warte, ich habe eine Idee." Er holte sein Handy unter dem weißen Overall hervor und machte ein Foto. „So, jetzt kann ich ihn fragen, wenn ich wieder im pathologischen Institut bin. Warum ist das für dich wichtig?"

Baumann rollte mit den Augen. „Mann, der ist damit geköpft worden. Rache? Ritualmord? Verstehste?“ Haucke nickte stumm und Baumann wanderte wieder zurück in die Bibliothek. „So, haben wir noch wat vergessen?" Die junge Frau schaute ihn abwesend an. Doch plötzlich wurde ihr Blick wieder ganz klar. „Moment. Da ist doch etwas.“ Die Männer starrten sie an und Zuri sprach gleich weiter: „Kurz bevor Paul mich heute Abend abgeholt hat, ist Herr Sommer gekommen. Er hat eigenartigerweise geklingelt, darum dachte ich es sei Paul." Sie blickte starr auf den Boden und schien zu überlegen. „Er hatte sehr schlechte Laune, besser gesagt, schien er sich über etwas sehr geärgert zu habe. Er ist sonst nie so unhöflich zu mir gewesen.“ Klaus hakte nach: „Unhöflich?“ Zuri hob den Kopf und nickte. „Ja, als ich die Tür öffnete, war ich verwundert ihn zu sehen, da ich Paul erwartet hatte und hab wohl so was gefragt, wie: sie? Daraufhin hat er mich zur Seite gedrängt und nur trocken gemeint, dass er hier schließlich wohne.“
Klaus grübelte laut und massierte sein Ohrläppchen. „Was hat er die vier Stunden bis zu seinem Tode gemacht? Wann kam sein Mörder ins Haus?“ Dann stutzte er kurz und fragte Zuri: „War die Tür verschlossen als sie heute Abend kamen?“ Kopfschütteln. „Und dat kam ihnen nich komisch vor?“ Zuri zuckte mit den Schultern. „Naja, zu war sie ja, aber nicht abgeschlossen. Dabei habe ich mir nichts gedacht.“ Baumann sprang auf und lief zu den Kollegen der SPUSI. „Jungs, habt ihr schon die Haustür untersucht? War die aufgebrochen? Oder war irgendein

Fenster aufgebrochen?“ Die Antwort kam schneller als erwartet. „Nein, er muss seinen Mörder selbst ins Haus gelassen haben oder dieser hatte einen Schlüssel. Keine Einbruchspuren." Baumann nickte und lief wieder hinüber zur Bibliothek.
„Also Frau…?“ Sie lächelte sanft: „Zuri reicht, Herr Kommissar.“ Klaus lächelt zurück. „Gut, Zuri, dann kommen sie bitte morgen 10:00 Uhr ins Kommissariat, damit wir ihre Aussage aufnehmen können.“ Dann schaute er zu Paul und nickte ihm zu: „Ick denke, du kümmerst dich, ne?“ Der Kollege reichte ihm die Hand. „Selbstverständlich, Klaus." Dann schlenderte Baumann noch einmal zum Tatort. „Haucke, wo ist eigentlich Klette? „Bei der alten Dame, die den Toten gefunden hat, gleich im Haus nebenan. Frau Rosalie von Thalheim.“ Baumann bedankte sich und ging. Doch dann blieb er abrupt stehen und drehte sich noch einmal um. „Haucke. Habt ihr nu endlich den Kopp von dem da?“ Klaus wies auf den Toten. Haucke verdreht die Augen. „Nein und ehrlich gesagt, den hätte ich auch gern.“ Er schenkte Baumann ein breites Grinsen. Der winkte nur ab und verließ kopfschüttelnd den Tatort.

Das Haus der Nachbarin sah ganz anders aus als das der Sommers. Bereits nach einigen Schritten stand er vor einer roten Backsteinvilla mit weißen Stuckelementen. Die Spitzen des weißen Eisenzaunes schauten bedrohlich gen Himmel. Baumann öffnete vorsichtig die Gartentür und folgte dem schwarz-weiß gepflasterten Weg. Ein großer, goldener Löwenkopf

diente als Klingel und schaute ihn warnend an. Klaus zog an einem kleinen Hebel und erschrak. Ein lautes Bellen empfing ihn. Dann öffnete sich auch schon die Tür. „Ja, bitte?“ Eine kleine elegant gekleidete Dame stand vor ihm und sah ihn durchdringend an. Klaus stellte sich kurz vor und wurde hineingebeten.
Nachdem er Platz genommen hatte, wurde ihm unaufgefordert eine Tasse Tee eingeschenkt und die stechenden Blicke der Frau von Thalheim durchbohrten ihn unaufhörlich. Um dem zu entkommen, wandte er sich sofort an Klette. „Hast du die Befragung bereits abgeschlossen oder gibt es noch offene Fragen?" Lena schaute zur eisernen Lady: „Haben sie noch weitere Informationen für uns?"
Rosalie von Thalheim lehnte sich zurück, nippte an ihrem Tee, schaute die junge Kommissarin an und räusperte sich kurz. „Ich habe noch einige Informationen, die ihnen sicher weiterhelfen. Allerdings weiß ich nicht, ob wir das in diesem Rahmen weiter erörtern sollten. Ihr Kollege ist sicher in Eile. Kommen sie doch morgen bitte zu mir, zum Tee, Frau Kommissarin Arnold. Die Hintergründe dieser Familie sind sehr diffizil. Jetzt bin ich sehr müde und möchte zu Bett gehen.“ Lena nickte kurz, stand auf, dankte für die Einladung und verabschiedete sich von der alten Dame. Die blieb in ihrem Sessel sitzen und genoss ihren Tee. „Sie finden hinaus, nicht wahr?" Lena lächelte sanft und ging. Baumann folgte ihr.

Bis Mitternacht hatte niemand die Tochter des Toten erreichen. Der Hausdame war es ein Rätsel, wo sie geblieben war. In der Regel kam Eva immer gemeinsam mit ihrem Vater nach Hause. Auch die Gattin hatte niemand in London erreicht.
Schließlich wurde die Villa Sommer um 02:10 Uhr versiegelt und alle verließen den Tatort. Baumann hatte entschieden, dass Zuri ausnahmsweise bei Paul schlafen darf.

Der Kopf war spurlos verschwunden.

# Das Sonett

Klaus war bereits seit 7:00 Uhr in seinem Büro. Alle Kopien der Nachrichten hatte er vor sich ausgebreitet. Nur das Gedicht hielt er immer noch in seiner Hand und grübelte. Warum war das in Deutsch geschrieben? Irgendetwas störte ihn und er wippte unentwegt mit seinem Bürostuhl. Seine Blicke wechselten hinüber zu den Nachrichten, dann wieder zum Gedicht. Schön, dachte er. Über solche Zeilen würde sich Viviana sicher auch freuen. Wieder fielen seine Blicke auf das Gedicht. Er wusste nicht warum, doch es berührte ihn.

Plötzlich sprang er auf, nahm sich die deutschen Übersetzungen, sortierte sie in der richtigen zeitlichen Abfolge und las laut die erste Nachricht:

*„Glauben sie an die Todesstrafe für Mörder?"*

Die zweite: *„Selbst, wenn du keine Angst hast, stirbst du."*

Die dritte: *„Wenn du stirbst, ist es durch seine Hand, nicht meine."*

Die vierte: *„Tu es und stirb mit dem Rest Ehre, der dir noch geblieben ist."*

Und schließlich die fünfte: *„Die Furcht, die die Lebend' gen vor mir haben, ist der Beweis, dass unsere Seele lebt."*

Klaus lehnte sich nachdenklich zurück und der Klang seiner Worte hallte immer noch nach. Nein. Das hörte sich alles anders an. Oder doch nicht? Er zog sich das Gedicht heran und begann nochmals zu lesen:

*Mit deinen Augen sehe ich süßes Licht,*

*das ich mit meinen blinden nicht mehr schaue,*

*und, dass ich, lahm, zu tragen mich getraue,*

*mit deinen Füßen trag ich dies Gewicht.*

*Dem Federlosen gibt dein Flügel Halt,*

*dein Geist weiß mich zum Himmel zu entfachen,*

*du hast die Macht, mich tot und blaß zu machen,*

*im Froste heiß und in der Sonne kalt.*

*In deinem Willen ist mein Wille drin,*

*mein Denken wird in deiner Brust bereitet,*

*in meine Worte weht dein Atem ein.*

*Es scheint, dass ich dem Monde ähnlich bin,*

*den unser Auge oben nur begleitet,*

*soweit die Sonne ihn versieht mit Schein.*

„Große Klasse.“, flüsterte Klaus.
„Was ist klasse, Schatz?“ Vivi stand lächelnd vor ihm. Heute trug sie ein weißes Kleid mit schwarzen Punkten und der Gürtel betonte ihre schlanke Taille. Klaus Augen wanderten von ihren Augen hinunter bis zu ihren schwarzen Pumps und wieder zurück.
„Was ist, Schatz?“ Er zwinkerte ihr zu. „Sieht klasse aus…Äh...und dat Gedicht hier is auch klasse.“ Er reichte es ihr. Viviana las. Dann huschte ein Lächeln über ihr Gesicht. „Ja, wirklich schön. Von wem ist das und warum ist das in roter Farbe geschrieben?“ Klaus lehnte sich in seinen quietschenden Bürostuhl. „Das müssen wir noch herausfinden." Viviana zog den Zettel an sich. „Das gebe ich gleich Lena.“ Dann drehte sie sich zur Tür und wäre fast mit Thomas Lachner zusammengestoßen. Viviana huschte an ihm vorbei.
„Klaus, es gibt Neuigkeiten im Fall >Kopf ohne Mann<. Klaus stutzte: „Wat für´n Fall?“ Thomas lehnte sich an den Türrahmen und grinste. Sein Chef konnte ja nicht ahnen, dass Lena, Karsten und er den beiden Fällen Namen gegeben hatten. Also klärte er ihn auf: „Na, so können wir die beiden Fälle einfacher auseinanderhalten. Ist doch ganz einfach, Klaus. Bei einem Toten haben wir nur den Kopf, also >Kopf ohne Mann< und bei dem anderen Toten haben wir nur den Körper, aber keinen Kopf, also >Mann ohne Kopf<.“
Klaus schüttelte verständnislos den Kopf, doch Thomas sprach einfach weiter: „Also, die Baufirma gibt es doch noch! Claasen Bau hat 1984 den Zuschlag für die Wohnblocks in der Chrysanderstraße erhalten.

Eigenartigerweise war bereits eine Woche nach Baubeginn der Inhaber, Peer Claasen, spurlos verschwunden. Die Firma wurde dann von seinem stillen Teilhaber, Carl Thron, zu 100 % übernommen und in Thron Bau umbenannt. Alle Baumaßnahmen wurden von der neuen Gesellschaft weitergeführt. Die Suche nach Peer Claasen blieb erfolglos und er wurde bis heute nicht gefunden. Fest steht allerdings, dass Claasen Bau durch diesen Auftrag gerettet wurde. Die Firma stand kurz vor der Pleite. Ich bin mit dem Nachfolger, Carl Thron, heute Nachmittag verabredet. Mal sehen, was ich von ihm noch erfahre. Vielleicht kam es ihm ja entgegen, dass er die Firma allein übernehmen konnte. Vielleicht hat Thron den alten Inhaber bewusst aus dem Weg geräumt. Auf jeden Fall passt das Alter zum Kopf aus dem Eiskeller. Ich gehe nachher noch einmal zu Haucke in die Gerichtsmedizin. Wenn er schon was zu dem anderen Fall > Mann ohne Kopf< hat, bringe ich das natürlich gleich mit.“ Er schaute kurz auf seine Armbanduhr und blickte wieder auf. „Ich gehe dann schon in den Meetingraum. 8:00 Uhr ist Treff, richtig, Klaus?" Ohne eine Antwort abzuwarten verließ er das Büro seines Chefs.

Viviana hatte sich bereits mit einer Kanne Tee und einer Kaffeekanne bewaffnet und stöckelte Richtung Meetingraum. Thomas und Lena waren angeregt im Gespräch und Karsten fummelte am Beamer herum. Seine roten Haare hatte er heute glatt nach hinten gegelt und sein weißes Hemd hing locker über der Jeans. Als Klaus schließlich den Raum betrat, saßen alle auf

ihren Plätzen und die Fünferrunde konnte endlich beginnen.
Obwohl Baumann nicht gefiel, das seine Kommissare den Fällen Titel gegeben hatten, stimmte er zähneknirschend zu. Wichtig war nur, dass sie endlich dem Mörder auf die Spur kamen.
Thomas begann mit dem Fall > Kopf ohne Mann< und fasste seine Erkenntnisse noch einmal zusammen. Lena hakte ein und wies darauf hin, dass auch ein weiterer Kandidat infrage käme. Im selben Jahr war ein 30-jähriger Mann als vermisst gemeldet worden. Er gehörte zu den Hausbesetzern, die seit 1982 die letzten Speckenhäuser in Bergedorf in Beschlag genommen hatten. Die Belagerer wollten damals die alten Fachwerkbauten vor dem Abriss schützen. Im Juni machte die Polizei dann dem Ganzen ein Ende. Nachdem die Hausbesetzer zur Billstedter Wache gebracht und erkennungsdienstlich erfasst worden waren, glaubte man, der Spuk habe ein Ende. Aber zwei der Hausbesetzer versuchten wieder ins Gebäude zu kommen. Einer von ihnen war Peter Rabe, der seit dem 17. Juni 1984 vermisst wird.
„Das Alter könnte auch stimmen. Mal sehen was Haucke dazu sagt.“
Klaus lehnte sich nachdenklich zurück. „Lena, bleib du bitte an den beiden möglichen Opfern dran und zieh dir die Akten, ob wir von denen noch Asservate haben, um die DNA zu bestimmen, sonst könnte es schwer werden." Dann schaute er in die Runde. „Wat haben wir noch zum Fall > Kopf ohne Mann<?“ Klaus

grinste. Schweigen. Dann fuhr er fort: „Ick war gestern beim Bauamtsleiter in Bergedorf und kann auch nur das bestätigen, wat Thomas uns schon erzählt hat. Jut, dann zum Fall > Mann ohne Kopf<." Er schaute wieder erwartungsvoll in die Runde. Lena führte kurz aus, was sie von Frau von Thalheim bereits über Familie Sommer erfahren hatte und wies darauf hin, dass sie um 10:00 Uhr noch einmal mit der Nachbarin verabredet sei. Karsten hob kurz die Hand. „Ich habe die Tochter heute Morgen erreicht. Sie war bei ihrem Freund gewesen und ist unterwegs zu uns. Ich habe sie um 9:00 Uhr einbestellt, aber nichts vom Tod ihres Vaters gesagt, nur, dass es um den Fall geht und dringend ist. Eigentlich müsste sie gleich hier sein."
Baumann entschied sich das Meeting zu beenden und auf weitere Ergebnisse zu warten. Die Faktenlage war einfach noch zu dünn. Also löste sich die Runde auf und man vertagte sich auf morgen.

Eva Sommer stürmte ins Kommissariat.: „Was ist mit meinem Vater? Wo ist er? Ich kann ihn nicht erreichen. Wir waren eigentlich zum Frühstück verabredet. Bekomme ich endlich mal eine Antwort!" Wütend schlug sie auf den Empfangstresen und Viviana wich sofort zurück.
Baumann hörte den Lärm und kam aus seinem Aquarium gestürmt. „Nu mal langsam, Gnädigste!" Dann fasste er sie vorsichtig, aber bestimmt an den Arm und zog sie in sein Büro.
Nach wenigen Minuten hörte man einen Aufschrei, danach ein andauerndes, lautes Weinen. Eva Sommer

saß zusammengekrümmt vor Baumanns Schreibtisch. Klaus winkte Viviana zu sich hinein und bat sie um Hilfe. Mit weinenden Frauen war er einfach überfordert.
Inzwischen informierte er die Kollegin vom psychologischen Dienst, die bereits nach 30 min eintraf und Eva Sommer mit sich nahm. Kurz darauf hatte Kommissar Karsten Kramer auch die Ehefrau des Toten erreicht und sie aufs Kommissariat gebeten. Sie saß gerade im Taxi heimwärts und würde ebenfalls gleich hier eintreffen.
Nachdem Lena auch der Gattin die traurige Nachricht überbracht hatte, brach diese im Kommissariat zusammen. Der Notarztwagen traf wenige Minuten später ein und nahm beide Damen mit ins Krankenhaus. Die Kollegin vom psychologischen Dienst begleitete sie.
Thomas Lachner wollte gerade das Büro verlassen, als Klaus ihn am Jackenärmel festhielt. „Warte. Ick komm mit. Haucke will mit mir reden. Geht wohl um das Gedicht, wat der Tote noch geschrieben hat. Du kannst dann nachher gleich ins Büro gehen, außer du hast noch neue Anhaltspunkte für Haucke. Aber die kannst du ihm auch telefonisch durchgeben, sagt er.“
Thomas nickte kurz und sie verließen beide das Büro.

„Moin, Klaus. Was machst du denn für ein Gesicht?“
Der Pathologe war wie immer bester Laune und grinste schon von Weitem. Als Baumann vor ihm stand klopfte er ihm freundschaftlich auf die Schulter.

Der winkte aber nur ab. „Wat haste für mich?“ Haucke Pistorius stand mit verschränkten Armen vor ihm und schüttelte nur den Kopf. „Was ist denn dir schon wieder für ne Laus über die Leber gelaufen?“ Klaus atmete tief durch: „Die aktuellen Fälle und dabei wieder einer mit mysteriösen Nachrichten. Ick hab von dem letzten großen Fall noch die Schnauze voll, Haucke. Jetzt auch noch Gedichte.“ Der Pathologe stutzte, verwarf seinen Gedanken aber sofort und versuchte Klaus erst einmal aufzuheitern: „He, Kollege. Wir kriegen das wieder gemeinsam hin. Kennst du den schon?“
Also, fragt ein Patient den Arzt:
*„Herr Doktor, wohin bringen Sie mich denn? Der Arzt antwortet dem Patienten: „In die Pathologie." Der schreit entrüstet: "Aber ich bin doch noch gar nicht tot!" Darauf der Arzt: „Wir sind ja auch noch nicht da ..."*

Klaus schaute auf und schmunzelte: „Ganz nett, aber kennste den Unterschied zwischen einem Chirurgen, einem Internisten, einem Psychiater und einem Pathologen?“ Haucke schaute ihn verdattert an und schüttelte den Kopf. Klaus grinste und seine weißen Bartstoppeln glänzten im einfallen Sonnenlicht.

*„Der Chirurg kann allet und weiß nix.*
*Der Internist weiß allet und kann nix.*
*Der Psychiater weiß nix und kann nix.*
*Der Pathologe weiß allet und kann allet,*
*aber dat nützt nix.“*

Haucke schaute ihn ernst an. Dann fing er laut an zu lachen. „Der is gut!“ Er klatschte sich auf die Schenkel. „Der ist wirklich gut.“ Lachend ging er hinüber zu seinem Schreibtisch und zog die Unterlagen aus der Mappe, die er bereits für seinen Kollegen vorbereitet hatte. Immer noch lachend, kam er zurück. Er hielt das Original des Gedichtes in der Hand und wurde plötzlich ernst. „Paul hat mir das Sonett heute früh aus der KTU zurückgebracht. Stell dir vor…“ Klaus unterbrach ihn: „Sonett?“ Haucke nickte: „Ja, das ist ein Sonett.“ Baumann schaute ihn immer noch fragend an und sein Kollege verstand. „Sonett, von lateinisch solare, Tönen oder klingen. Das ist eine Gedichtform und bedeutet kleines Tonstück. Es wurde im deutschen Barock als Klinglied übersetzt. Ein Sonett…“ Klaus riss die Arme hoch. „Gut, gut, gut. reicht, bin wieder etwas schlauer." Haucke verstand und beendete endlich seinen Satz: „Dieses arme Schwein musste vor seiner Hinrichtung das Sonett mit seinem eigenen Blut schreiben.“ Baumann fiel auf den Stuhl hinter sich und wurde leichenblass. „Wat? Is der irre? Ick hab ja schon viel erlebt, aber so wat nich.“ Der Pathologe nickte. „Jetzt weiß ich auch, warum der Tote zwei Stichwunden auf dem Handrücken hat, der Mörder musste ja das Blut erst gewinnen, damit sein Opfer das Sonett schreiben konnte. Komisch, dass ich darauf nicht gleich gekommen bin. Auf dem Sekretär war eine Blutlache. Nur die Feder lag nicht mehr da. Die fehlt, so wie der Kopf." Baumann war erschüttert: „So eine Sauerei! Wenn ick dieses Schwein kriege, ick sag dir, Hauke, ick weiß nicht, wat ick mit dem

mache.“ Klaus erhob sich schnaufend mit geballten Fäusten. „Haste sonst noch wat für mich?" Haucke wollte ihm gerade antworten, als Tanner die Pathologie betrat. Er rief von weitem: „Ich habe was. Die Fingerabdrücke auf dem Schwert. Wir konnten drei unterschiedliche identifizieren, vom Opfer und noch zwei weitere. Wir brauchen dringend alle Fingerabdrücke der Personen im Hause Sommer. Die von Zuri habe ich schon. Also brauchen wir noch die von Eva und ihrer Mutter. Sicher gibt es auch noch eine Reinigungskraft oder vielleicht Geschäftspartner, denen er sein Schwert mal gezeigt hat und die es dann in die Hand genommen haben. Wir müssen die Damen befragen. Vielleicht sind sie schon vernehmungsfähig." Baumann nickte kurz. „Gute Arbeit, Paul. Danke, machen wir. Ick will sowieso zurück ins Kommissariat." Paul winkte beiden flüchtig zu und ging wieder. Baumann drehte sich auch zum Gehen, aber Haucke hielt ihn zurück: „Warte, Klaus. Wir sind noch nicht fertig!“ Klaus machte eine Kehrtwende. „Warum hast du das nicht gleich gesagt, du Flitzpiepe.“ Sein breites Grinsen zeigte an, dass er wieder der Alte war.
Der Pathologe zog Klaus am Ärmel hinter sich her und blieb vor seinem Schreibtisch stehen. „Da. Fällt dir was auf?“ Baumann kniff die Augen zusammen. „Nö.“ Haucke zeigte auf den Rand des Papiers. „Hier, das ist anders.“ Baumann stutzte. Das würde ja bedeuten, dass…Nein. „Du meinst, dat Sonett is auf anderem Papier geschrieben?“ Nicken. „Aber dat heißt ja nüscht. Der hat doch nich extra sein Papier mitge-

bracht oder?“ Baumanns buschige Augenbrauen zogen sich zusammen. Haucke zuckte mit den Schultern. „Finde es heraus, Klaus. Ach übrigens…“ Er griff nach einem Ausdruck. „Das wird dich interessieren. Es geht um den Fall > Kopf ohne Mann<.“ Aha, dachte Baumann, ist also auch schon bis zur Pathologie durchgedrungen. Er verkniff sich ein Grinsen und reagierte nicht. Nach einer Minute hatte auch Haucke begriffen, dass er keinen Lacher mehr erwarten konnte und sprach weiter: „Also, Lena hat mir aus beiden Asservaten der vermissten Personen, also von Peer Claasen und von Peter Rabe die DNA-Proben gegeben.“ Er machte eine Pause und schaute Baumann schmunzelnd an. Prompt kam die Reaktion, die er erwartet hatte. „Nu raus damit! Sonst hau ick dir een uff'n Deez!“ Sein Kollege fing laut an zu lachen: „Dich kann man ja leicht provozieren. Aber du hast übrigens lange nicht mehr so berlinert. Deine Frauen haben dich ganz schön im Griff, ne?“ Klaus boxte ihn auf die Schulter. „Nu erzähl schon weiter, Haucke.“
Der Pathologe entfernte sich kurz und holte ein weiteres Blatt aus dem Drucker. Dann legte er beide Ergebnisse nebeneinander auf seinen Schreibtisch. „Da, das ist der Beweis. Der Kopf gehörte definitiv Peer Claasen. So, jetzt kannst du in altem Dreck wühlen.“ Er ging einen Schritt zurück und fügte noch hinzu: „Das kannst du doch so gut. Hast ja bei den 21 Briefen lange genug geübt."
Baumann sprang nach vorn und packte den Pathologen an beide Oberarme. Sekunden später hingen seine Füße bereits in der Luft. Baumann schnaufte und

setzte sein schönstes Lächeln auf. „Na, wie is die Luft da oben? Vom Leichenschnippler zum Flugkapitän, dat is doch mal ne Karriere.“ Haucke bekam einen hochroten Kopf und antwortete nicht. Die Luft war wohl zu dünn da oben. Klaus ließ ihn wieder herunter und sagte: „Dit war Ü, mein Lieber.“ Sein Kollege zog sich die Ärmel glatt, die nach oben gerutscht waren und brummte: „Ja, ich weiß, dass das überflüssig war. Ich wusste ja nicht, dass du heute so überempfindlich bist und im Übrigen, habe ich noch was im Fall >Kopf ohne Mann<.“ Er drehte sich um und holte ein weiteres Blatt von seinem Schreibtisch. „Hier. Die DNA gehört einem der beiden Einbrecher, die im Eiskeller gewütet haben. Einer muss sich am verrosteten Geländer die Hand aufgerissen haben. Ich habe mit deinen Kollegen schon telefoniert, leider keine Übereinstimmungen.“

Klaus nickte und verließ stumm die Pathologie.

# König Thron

Baumann hatte Kommissar Lachner telefonisch Bescheid gegeben, dass der Totenschädel Peer Claasen zugeordnet werden konnte und ihn gleichzeitig darum gebeten, davon nichts bei der Befragung Carl Throns zu erwähnen. Schließlich könnte es sich um den Mörder handeln und zurzeit war die Faktenlage noch sehr dünn. Alles war möglich.

Das Firmengebäude der Thron Bau glich einem Palast. Die Strahlen der Nachmittagssonne tanzten auf der gläsernen Eingangsfront und verwandelten sie in einen blauen Spiegel. Thomas blieb stehen und schaute an der Glaswand nach oben in den wolkenlosen Himmel. Doch dann besann er sich auf seinen Termin und ging hinein. Das Foyer passte zu seinem ersten Eindruck und die Dame hinter dem gläsernen Empfangstresen lächelte ihm bereits einladend entgegen. Soviel strahlende Freundlichkeit war ihm suspekt und er ging zielstrebig auf die Empfangsdame zu. Er zückte seinen Dienstausweis. Sie lächelte: „Herr Kommissar Lachner, herzlich willkommen. Bitte nehmen sie einen Moment Platz. Meine Kollegin holt sie gleich ab und führt sie zu Herrn Thron. Er erwartet sie bereits."
Der Kommissar hatte sich kaum niedergelassen, als zwei äußerst attraktive Beine in lila High heels vor ihm standen. „Herr Kommissar Lachner?" Es war ihm peinlich, dass er so auf ihre Beine gestiert hatte, aber

aus der Sitzposition hier unten hatte er gar keine andere Wahl. Also erhob er sich aus dem viel zu tiefen und unbequemen Ledersessel und folgte der Stöckeldame in die Chefetage.
Glas schien für dieses Unternehmen charakteristisch zu sein, denn auch die Eingangsfront in die Geschäftsleitung war eine bemalte Glaswand. Auf der hatte sich ein Maler der Moderne ausgetobt. Thomas runzelte die Stirn. Naja, dachte er, ist eben alles Geschmackssache.
Carl Thron empfing seinen Gast mit weit geöffneten Armen und einem herzlichen Willkommen, als ob er einen Busenfreund begrüßen würde. Thomas war auf der Hut. Er bedankte sich für den angebotenen Kaffee und nahm Platz. Der Totenschädel spukte ihm im Kopf herum und er war froh, dass die Presse noch keinen Wind davon bekommen hatte. Es war allerdings nur eine Frage der Zeit bis alle Zeitungen es ausposaunen würden.
„Herr Thron, wir ermitteln in einem Fall, der scheinbar mit dem Jahr 1984 und dem Eiskeller der ehemaligen Bergedorfer Brauerei zusammenhängt. Ihr ehemaliger Geschäftspartner Peer Claasen hatte damals den Zuschlag für den Überbau des Eiskellers mit Wohnblocks erhalten. Dann war er aber plötzlich spurlos verschwunden. Sie waren zu dem Zeitpunkt nur stiller Teilhaber und haben nach dem Verschwinden von Herrn Claasen die Firma komplett übernommen. Ist das bis dahin richtig?"
Thron grinste breit. „Na, junger Mann, da haben sie ja ihre Hausaufgaben gemacht. Genau so war es."

Thomas richtete sich auf. „Kommissar Lachner, Herr Thron.“ Der angesprochene hob schützend die Hände: „Ja, schon gut, Herr Kommissar." Dann setzte er wieder sein breites Grinsen auf und Thomas war klar, dass die weißhaarige Gottheit vor ihm kein einfacher Gesprächspartner sein würde.
„Herr Thron, ich weiß, dass sie damals schon befragt worden sind, aber angesichts des aktuellen Falls überprüfen wir noch einmal alle Aussagen. Also schildern sie mir bitte unter welchen Umständen ihr Geschäftspartner spurlos verschwand."
Thron hob beide Arme und legte sie breit auf die Rückenlehne. „Ja, das war schrecklich. Meine Tochter hat Tag und Nacht geweint. Sie wollten heiraten. An dem besagten Morgen habe ich mich mit Peer im Eiskeller getroffen und einige der Arbeiter waren bereits dabei, Baumaterialien einzulagern.“ Thron machte eine Gedankenpause und Thomas hakte nach: „Ich denke, sie waren nur stiller Teilhaber. Wieso also haben sie aktiv mitgewirkt? Thron grinste: „Sie kannten Peer nicht…“ Sein Grinsen wurde breiter. „Der Junge brauchte eine starke Hand. Allein bekam der nichts auf die Reihe. Da habe ich ihn eben unterstützt. Macht man das nicht so in der Familie?“ Thomas verstand und fragte weiter: „Was für einen Eindruck machte ihr Geschäftspartner auf sie an diesem Morgen? War er anders als sonst?" Thron lachte. „Sie meinen noch konfuser als sonst?" Thomas nippte gerade an seinem Kaffee und stutzte. Am liebsten wäre der Kommissar aufgestanden und hätte die Gottheit kräftig durchgeschüttelt. „Wie meinen sie das?". Thron atmete tief

durch. „Der Junge war ja ganz nett und ich habe vieles meiner Tochter zuliebe getan, auch die finanzielle Unterstützung. Mit Geld konnte Peer definitiv nicht umgehen und organisieren erst recht nicht. Wie er diesen Megaauftrag an Land gezogen hat, ist mir bis heute ein Rätsel."
Thomas ließ die letzten Worte etwas sacken und beobachtete den König von Weitem. Er schaute gelangweilt in die Runde und nippte an seinem Kaffee. Es war Zeit, den Thron mal kurz von seinem Thron zu stoßen, dachte Lachner und musste unwillkürlich lächeln. Dann griff er an: „Herr Thron, wann haben sie ihren Geschäftspartner zum letzten Mal gesehen?" Er schien genervt: „Na, an diesem Morgen." Thomas hakte nach. „Sicher und danach nicht mehr?" Der König richtete sich auf. „Was soll die Frage? Das habe ich bereits vor…“ Er rechnete nach. „… 32 Jahren ausgesagt." Kommissar Lachner unterdrückte ein Lächeln und bohrte weiter: „Eigentlich kann ihnen das nur recht gewesen sein, dass ihr chaotischer Schwiegersohn in Spe plötzlich von der Bildfläche verschwunden war. Immerhin habe sie bereits nach einer Woche die Geschäfte komplett übernommen."
Der König sprang auf und die Krone fing an zu wackeln. „Was wollen sie damit sagen?!" Thomas lehnte sich zurück und schwieg.
„Ich habe ihn geliebt wie einen Sohn, trotz seiner Unfähigkeit im Geschäft. Was erlauben sie sich!? Meine Tochter war am Boden zerstört. Immerhin war sie auch noch von ihm schwanger." Thomas hob beschwichtigend die Hände und bat Herrn Thron sich zu

beruhigen. Dann hakte er nach. „Also haben sie ein Enkelkind, dass die Firma irgendwann übernehmen kann?" Thron saß wieder mit breiten Armen auf der Couch. „Ja, einen Enkelsohn, Cornelius." Thomas bemerkte, wie sich sein Hemd plötzlich über der Brust spannte und wartete ab. Thron kam ins Schwärmen: „Der Bursche ist schon jetzt in meine Fußstapfen getreten und seit 2014 gleichberechtigter Geschäftsführer neben mir. Ein wahrer Nachfolger." Dann setzte er sein erstes ehrliches Lächeln auf.
„Das freut mich für sie, Herr Thron. Arbeitet ihre Tochter auch im Unternehmen?"
Seine eiskalten Augen begannen zu strahlen: „Meine Anna hat ihr eigenes Architekturbüro und arbeitet mit uns natürlich eng zusammen."
Lachner hatte ihn wieder im Boot und schmierte ihm noch mehr Honig ums Maul: „Na, besser geht es ja nicht, Herr Thron. Das wünscht sich doch jeder Geschäftsmann. Dann bleibt ja alles in der Familie.“ Die Hemdknöpfe spannten sich bedenklich über des Königs Brust und Lachner überlegte kurz in Deckung zu gehen. Doch da beugte Thron sich nach vorn und bat ihm noch einen Kaffee an. Der Kommissar lehnte ab.

Die Tür wurde aufgerissen. „Großvater!“ Der blonde Schönling, der in den Raum stürzte, war sichtlich aufgewühlt. Seine blonden Haare standen auf Sturm und die Schweißränder an den Achseln seines Hemdes waren nicht zu übersehen. „Oh, sorry. Du hast Besuch.“ Thron war aufgestanden und legte ihm beruhigend eine Hand auf die Schulter. Dann flüsterte er ihm

etwas ins Ohr und schon kam der Jüngling artig auf Lachner zu und reichte ihm die Hand. „Cornelius Thron. Angenehm.“ Zu seinem Großvater gewandt sagte er ernst: „Ich muss dich dringend geschäftlich sprechen.“ Dann verließ er den Raum.
Was war denn das für ein Auftritt, dachte Lachner. König Thron reichte ihm seine Hand und bat um Verständnis, dass er sich jetzt wieder um das Geschäft kümmern müsse. Damit komplimentierte er den Kommissar hinaus und Lachner ging.

## Ich war es nicht.

Es war spät geworden und die Gedanken Baumanns drehten sich im Kreis. In beiden Fällen waren sie nicht wirklich vorangekommen und er war froh, dass er gleich mit Lena verabredet war. Sie klang am Telefon sehr aufgeregt. Doch als er um 21:00 Uhr immer noch auf sie wartete, wurde er unruhig. Endlich klingelte sein Telefon: „Lena, wo bleibst du?... Ach so...Wo? Ich komme." Sofort riss er seine Jacke vom Ständer und rannte los.

Baumann erschrak, als er die Bibliothek betrat. Von der selbstbewussten jungen Frau war nichts mehr übrig. Eva Sommer saß mit zerzausten Haaren, verweinten Augen und ausgewaschenem Jogginganzug im großen Ohrensessel. Lena hockte vor ihr und hielt ihre Hand. Er blieb im Türrahmen stehen und Zuri drängte sich mit dem Tablett an ihm vorbei. „Ich bringe Tee.“ Dann schaute sie fürsorglich zu Eva und sagte: „Der wird ihnen guttun." Die junge Frau blickte kurz auf und erhob sich. Sie ging zum Tisch, zog sich eine Tasse heran und setzte sich. Die Kommissare folgten ihr. Ohne Worte zog Lena eine Tüte aus ihrer Jacke und reichte sie Baumann. Der starrte auf die Zeilen und schüttelte seinen mächtigen Kopf. Der Vierzeiler war auch mit Feder, aber nicht mit Blut geschrieben und darunter stand ein eigenartiger Hinweis in Blockschrift:

*> ICH WAR ES NICHT<*

Baumann zog die Tüte näher an sich heran und starrte auf die vier Zeilen darüber. Italienisch. Lena zog ihr Handy aus der Hosentasche und öffnete die Übersetzung, die Paul Tanner ihr gesandt hatte.

*„Des Todes Bild, das fahle,*
*Vertreiben Amor`s Pfeile*
*Der Seele nicht zum Heile,*
*Da Amor mehr verwirrt als Todesschrecken."*

„Michelangelo Buonarroti.", hauchte Eva.
Lena nickte. „Ja, das hatte ich auch schon herausgefunden. Deshalb wollte ich dich sprechen.", sagte sie zu ihrem Chef. Der verstand nicht und schaute die beiden fragend an. Schließlich erklärte Eva: „Michelangelo Buonarroti war ein italienischer Maler, Bildhauer und Architekt, aber nicht nur das. Michelangelo war auch ein hervorragender Dichter. Seine Sonette sind außergewöhnlich und wunderbar." Baumann ging ein Licht auf: „Ah, die Sixtinische Kapelle!" Eva nickte und fuhr dann fort: „Ihre Kollegin hat mir das Sonett gezeigt, dass mein Vater..." Sie brach in Tränen aus und wollte aus dem Raum flüchten. Doch Zuri kam gerade herein und versperrte ihr den Weg. Die zierliche Hausdame nahm sie vorsichtig in die Arme und streichelte ihren Rücken. Eva ließ es zu, beruhigte sich wieder und kehrte zum Tisch zurück. Lena sprach sie vorsichtig an: „Wollen sie sich lieber hinlegen? Es ist schon sehr spät und wir reden morgen weiter, Frau Sommer." Sie schüttelte energisch den Kopf und fuhr

fort: „Also, wo war ich? Ach ja. Das Sonett. Ich weiß von meiner Mutter, dass mein Vater einige Originale besessen hat. Durch die Veräußerung ist er auf einen Schlag zum Millionär geworden. Nur das eine Sonett von Michelangelo hat er behalten. Er muss irgendeine Erinnerung daran geknüpft haben. Genau dieses Sonett hat er vor seinem… na, sie wissen schon." Sie fing wieder an zu weinen. Dann wischte sie sich die Tränen aus den Augen. „Alle Nachrichten sind Zeilen aus den Sonetten Michelangelos. Also wurde mein Vater deswegen ermordet?"
Baumann lehnte sich zurück und schaute einige Sekunden ins Leere. „Wir wissen es noch nicht. Diese Erkenntnis ist neu. Aber…“ er griff nach ihrer Hand. „.. wir werden es herausfinden." Sie nickte kurz und trank einen Schluck ihres Tees. Dann stand sie langsam auf und verabschiedete sich.

Am anderen Morgen führte Lenas erster Weg in die KTU. Sie wusste, dass Paul Tanner ein Frühaufsteher ist und vermutete ihn bereits um sieben Uhr hinter seinem Schreibtisch oder im Labor. Sie hatte recht. Ihr Kollege starrte angespannt auf seinen Bildschirm.
„Moin, moin.“ Paul schreckte hoch. „Ja, moin, Lena. Was machst du denn so früh hier?" Sie wedelte bereits mit der Tüte in ihrer rechten Hand: „Das ist das Original, das die Brieftaube gestern noch gebracht hat. Übersetzt hast du es ja schon. Und wir wissen mittlerweile, dass die Zeilen im Ursprung alle aus der Feder von Michelangelo stammen.“ Sie reichte ihm die Tüte. Er runzelte die Stirn. „War das nicht der mit der

Sixtinischen Kapelle? Der hat auch Sonette geschrieben?“ Lena nickte. Er nahm ihr die Tüte ab. „Na, dann gib mal her. Übrigens, wo lag die Nachricht?" „Im Briefkasten.“ Paul zog das Blatt vorsichtig mit einer Pinzette heraus. „Ich beeile mich. Versprochen.“ Lena lief bereits zum Ausgang. „Ruf mich an, wenn du Ergebnisse hast." Dann schloss sie die Tür hinter sich.

Um 8:00 Uhr saßen alle im Meetingraum. Lena hatte gerade das Whiteboard abgewischt und bewaffnete sich mit einem blauen Marker. Baumann gab ihr ein Zeichen und sie begann mit dem Fall >Mann ohne Kopf<. Zunächst berichtete sie von den Vermutungen der Ehefrau und den fachlichen Hinweisen Eva Sommers. Eigentlich glaubten sie, dem Motiv des Mörders auf der Spur zu sein, wenn da nicht der gewisse Satz wäre: *ICH WAR ES NICHT*.
„Als nächstes müssen wir uns um Peter Sommer, alias Hanssen kümmern. Das Mordmotiv liegt definitiv in seiner Vergangenheit, also bevor er Hamburg fluchtartig verließ. Wenn wir der ersten Nachricht Glauben schenken, hat Peter Hanssen 1984 gemordet.“ Sie zog die Kopie vom Tisch und las:

*„Glauben sie an die Todesstrafe für Mörder?"*

„Thomas, würdest du die Recherche übernehmen? Ich bin gleich noch mit Eva Sommer verabredet und anschließend mit ihrer Mutter. Sie liegt noch im Krankenhaus, aber wir dürfen sie ab heute Nachmittag befragen.“ Thomas hob den Daumen.

Sie fuhr fort. „Ich war noch in der KTU. Paul informiert uns, wenn er alle Nachrichten noch einmal abgeglichen hat.“ Ihr Telefon klingelte. „Oh, das ist er.“ Im Laufe des Telefonates fing Lena heftig an zu nicken. Dann legte sie auf. Klaus bollerte los: „Wat is? Raus damit!“ Lena setzte sich und atmete tief durch. „Also, alle Nachrichten wurden auf ein und demselben Seidenpapier geschrieben, außer dem Sonett.“ Baumann winkte ab. „Dat wussten wir schon. Weiter!“ Lena rollte mit den Augen. „O.k., weiter. Außer dem Sonett wurden alle Nachrichten mit derselben Feder und Tinte geschrieben. Das ist auch sicher.“ Klaus atmete tief ein und stand auf. „Dat bringt uns nich einen Kieselstein weiter.“ Lena hob die Hände. „Doch, denn das Sonett wurde mit einer Feder aus Sommers Sekretär geschrieben und die ist verschwunden. Und nur auf dem Sonett sind Fingerabdrücke. Zwei unterschiedliche, von Peter Sommer und einer weiteren Person, die wir aber nicht zuordnen können." Baumann schnaufte und warf sich zurück in den Stuhl. „Dat hilft uns auch nicht weiter. Warum sollte der Mörder immer mit Handschuhen arbeiten und gerade an dem Tag, an dem er vorhat, Sommer zu köpfen, nich? Dat macht doch keinen Sinn.“ Thomas meldete sich zu Wort: „Moment, Klaus. Gehen wir mal davon aus, dass derjenige, der die Nachrichten geschickt hat und der Mörder nicht ein und dieselbe Person sind." Baumann atmete schwer und starrte ins Leere. „Stimmt.“

Lena tippte schon einige Zeit auf ihrem Notebook umher. „Ich habe mir noch einmal das Gesprächsprotokoll von der Nachbarin angesehen.“ Klaus unterbrach: „Die von Thalheim, ne? Man, die is ja nich mal nach zehn Bier zu ertragen.“ Alle lachten, nur Lena sah ihn grimmig an. „Is ja jut, Klette. Mach weiter.“
Lena zog das Notebook an sich. „Sie hat da so eine Andeutung gemacht, dass Peter Sommer schon immer ein Schlitzohr war. Dem würde ich gerne noch einmal nachgehen." Klaus nickte, hob dann aber gleich die rechte Hand. „Stopp. Dat wird zu viel für dich. Geh du zu der alten Thalheim und ick gehe ins Krankenhaus zur Gnädigsten. Dann bleibt für dich nur noch die Tochter. Vivi, für dich habe ick noch wat zu recherchieren. Dat machen wir gleich. Thomas, du machst dat mit Hanssen.“
Karsten verschränkte seine Arme und schmollte: „Und was mache ich?" Klaus grinste: „N´ schlauet Gesicht oder meinetwegen auch n` blödes.“ Alle lachten, auch Karsten. Dann begann er zu grinsen. „Gleich macht ihr ein blödes Gesicht. Es gibt nämlich brandheiße Neuigkeiten.“ Plötzlich war Ruhe und Karsten fuhr fort: „Ich habe auf Facebook eine Wahnsinns Entdeckung gemacht." Er schob das Whiteboard beiseite und stellte den Beamer an. Dann tippte er kurz auf sein Handy und an der Wand erschien das riesige Foto eines jungen Mannes mit dem Schädel von Peer Claasen. „Oh Gott!", entfuhr es Vivi. Baumann schaute zu ihr hinüber. „Wat hat der damit zu tun?“ Dann drehte er sich wieder zu den anderen. „O.k., einen haben wir. Sehr gute Arbeit, Karsten. Weißt du

schon genau, wer das ist?" Der Kollege verneinte und bat noch um etwas Geduld. Er sei dabei an den Account des Burschen zu kommen. Morgen würde er wahrscheinlich alles auf dem Tisch haben.
Thomas rutschte unruhig auf seinem Stuhl hin und her und kam endlich zu Wort. Er berichtete von der Befragung Throns. Das Gespräch selbst hatte keine neuen Erkenntnisse gebracht, aber er wolle unbedingt noch mit dem Enkelsohn und der Tochter reden. Cornelius Thron ist ebenfalls Geschäftsführer der Thron Bau und seine Mutter selbstständige Architektin, die alle Planungen für das Unternehmen tätigt. Außerdem kann sie sicher noch mehr zu dem Verschwinden ihres damaligen Verlobten sagen und die näheren Umstände kurz umreißen. Immerhin ist aus dieser Liebe ein Kind entstanden und wer, wenn nicht sie, wird das Verschwinden ihres Verlobten aufklären wollen. Auch müsse er sie darüber informieren, dass der Kopf aus dem Eiskeller der von Peer Claasen ist, er also definitiv ermordet wurde.
„O.k.", sagte Baumann. „Dann befrag du den Sohn, der dich schon einmal gesehen hat und ich nehme mir die Mutter vor. Du hast ja auch noch zum ersten Fall mit der Recherche von Peter Hanssen zu tun." Er drehte sich zu Vivi. „Schatz, du machst mir bitte für heute Nachmittag einen Termin bei der Tochter von Thron und hilfst Karsten bei den Dingsda…äh Genehmigungen und so."
Alle in der Runde begannen zu grinsen. Baumann stand mal wieder auf dem Schlauch. „Wat is? Wat

grinst ihr denn alle so? Habt ihr n` Clown verschluckt?“
Karsten fasste Lena um die Hüfte und säuselte: „Schatz, du machst mir bitte für heute Nachmittag einen Termin…“ Alle lachten und Baumann wurde rot. Dann besann er sich und sprang auf. „Nu mach nich so’n Jewese, Jungchen! Dit war doch klar oder?“ Keine Antwort. Plötzlich riss Klaus seinen Schatz vom Stuhl, schwenkte sie nach hinten und gab ihr einen dicken Kuss. Dann grinste er in die Runde. „So. Allet klar? Dann, ran an de Buletten!“

## Sommer, alias Hanssen

Baumann sah die Stationsschwester mit großen Augen an. „Entlassen?“ Sie stemmte ihre feisten Hände in die Hüften und sah ihn genervt an: „Ja. Wie oft denn noch? Sie ist einfach gegangen, gegen den Rat des Chefarztes. Wir halten hier niemanden gegen seinen Willen fest! Und jetzt muss ich weiterarbeiten, Herr Kommissar."
Klaus drehte sich wütend um und stampfte Richtung Ausgang. Dann zog er sein Handy aus der Innentasche seines Jacketts und wählte Vivis Nummer. Er bat sie, bei der gnädigen Frau anzurufen und ihn anzumelden. Er wäre bereits auf dem Weg.

Der Reinbeker Weg leuchtete heute in einem besonderen Licht. Die Strahlen der Mittagssonne verwandelten auch die grauen Gemäuer einiger alter Villen in farbige Steinmauern. Selbst rostige Zäune bekamen durch das üppige Grün, das durch sie hinausquoll, einen Hauch von Nostalgie.
Klaus genoss den schönen Tag und summte vor sich hin. Er parkte am Straßenrand und steuerte auf den Eingang zu. Zuri öffnete ihm die Tür und bat ihn in der Bibliothek Platz zu nehmen. Sie entschuldigte die gnädige Frau für einen Moment und brachte ihm eine Tasse Tee.
Er wartete 20 Minuten. Dann wurde er ungeduldig und stand auf. Doch in diesem Augenblick kam Frau

Sommer auf ihn zu und entschuldigte sich für ihr Zuspätkommen.
Nachdem man sich kurz über ihren Gesundheitszustand ausgetauscht hatte, kam der Hauptkommissar zum eigentlichen Grund seines Besuches. Ihn interessierte insbesondere, wie die Gnädigste ihren Mann kennengelernt hatte. Emilia Sommer war sehr gefasst und erzählte die ganze Geschichte. Sie habe bis 1984 in dem Nobelrestaurant „La Colombe", etwa zwanzig Minuten von Kapstadt entfernt, als Kellnerin gearbeitet. Peter Hanssen war damals häufig Gast und hat mit dem Geld nur so um sich geworfen. Besonders häufig war er mit einem Ehepaar dort. Es ging um den Ankauf von Antiquitäten. Sie wisse aber nicht, wie das Ehepaar hieß.
Baumann wunderte sich: „Sagten sie nicht, dass er in Kapstadt wohnte? Warum fuhr er denn immer zwanzig Minuten aus der Stadt?"
Die Gnädigste lächelte. „Herr Hauptkommissar. Ich bitte sie. Wer etwas auf sich hält und vor allen Dingen, wer Geschäfte in Millionenhöhe abschließen will, geht doch nicht in jedes Restaurant. Der geht in DAS Restaurant. Das „La Colombe" gehört zu den besten 50 Restaurants der Welt! Es liegt mitten in einem Weingut, im Constantia Valley. Ohne Reservierung bekommen sie dort gar keinen Platz."
Wieder ein wenig schlauer, dachte Baumann und sagte nichts. Dann bat er sie, weiter zu erzählen und fragte, ob sie sich noch erinnern könne, um welche Antiquitäten es sich handelte.

„Eigentlich ist Peter seiner Passion immer treu geblieben. Und so handeln wir bis heute überwiegend mit Gemälden, alten Schriften, Büchern und Schmuck. Ich glaube es ging damals um alte Schriften. Er hatte mal ein weinrotes Lederetui mit im Restaurant, als er sich mit dem Ehepaar getroffen hat. Im Vorbeigehen habe ich gesehen, dass es mit weinrotem Samt ausgeschlagen war und darin lag ein vergilbtes Stück Papier."
Baumann dachte nach. „Könnte das ein Sonett gewesen sein?"
Die Gnädigste lehnte sich zurück. „Sie meinen…?"
Baumann nickte. „Vielleicht gab es ja viel mehr Sonette, als wir glauben und er hat sie bewusst nicht in Hamburg veräußert…"
Frau Sommer wurde blass. „Sie meinen, weil er sie unrechtmäßig erworben hat?…" Sie hielt sich die Hand vor den Mund. Baumann nickte. Dann fragte er weiter. „Hat er denn von Anfang an mit Geld um sich geworfen?" Sie dachte nach und nippte an ihrer Teetasse. „Hm. Warten sie. Nein. Ich glaube nicht, aber ich habe da eine Idee." Sie stand auf und verließ den Raum. Es dauerte eine Weile bis sie wieder das Zimmer betrat. In der Hand hatte sie ein kleines, in Leder eingeschlagenes Buch. Sie setzte sich und schlug es auf. Sie schien genau zu wissen, wo sie suchen musste. Dann sah sie auf und lächelte. „Mein Tagebuch. Als junges Mädchen habe ich immer Tagebuch geführt. Ich war damals erst zwanzig. Es hat mich irgendwie beruhigt, wissen sie." Ihre Augen fingen an

zu leuchten und Baumann huschte ein Lächeln über die Lippen.
„Also, genau, hier steht es:

*Donnerstag, der 24.Mai 1984*

*Endlich mal ein Mann, der mich wirklich beachtet und wie aufmerksam er ist. Er starrt mich nicht nur an, wie all die anderen. Manchmal kann er mich gar nicht ansehen, wenn ich an ihm vorbeigehe. Er ist nicht schön, aber interessant. Ich mag seine roten Haare. Als er gegangen ist habe ich ihm einfach zugezwinkert. Ob ich ihn wiedersehe?"*

Sie blickte auf und hatte immer noch dieses Strahlen in den Augen. Klaus musste schmunzeln. „Und sie haben ihn wiedergesehen.", sagte er. Sie nickte. Baumann hakte nach: „Können sie sich noch daran erinnern, was er das erste Mal bestellt hat?" Sie brauchte nicht lange überlegen. „Ja. Er trank ein Glas Wein, roten." Baumann stutzte. „Das war alles?" Sie nickte. „Warten sie. Ja. Er erzählte, dass er zufällig hier sei und wolle sich das Restaurant nur mal ansehen. Er saß an der Bar. Woanders war kein Platz frei. Ich sagte ja bereits, ohne Reservierung..."
Frau Sommer rollte nach und nach ihre ganze Liebesgeschichte auf. Klaus kam die Idee, dass Emilia nur ein Teil eines ausgeklügelten Plans war. Doch um den zu entschlüsseln, mussten mehr Fakten her, vor allem aus dem Jahr 1984 in Hamburg. Baumann hoffte auf

mehr Informationen von Kommissar Lachner und verabschiedete sich nach zwei Stunden. Die Hausherrin begleitete ihren Gast persönlich zur Tür und verabschiedete sich.
Als Klaus das Kommissariat betrat, knurrte sein Magen. Prompt drehte er sich wieder um und ging Richtung Kantine. Doch weit kam er nicht. Karsten stürmte ihm mit zwei riesigen Beuteln entgegen. „Da bist du ja, Chef. Dann sind jetzt alle da. Ich habe Essen mitgebracht." Klaus drehte sich um und riss ihm die Tür auf. Karsten stellte alles auf den Tisch im Meetingraum und den Rest erledigten die Damen. Es gab Gyros vom Kalb und vom Hähnchen, Salat, unterschiedliche Dressings, Fladenbrot und natürlich Kaffee und Tee. Endlich saßen alle und Klaus fragte: „Wie kommen wir denn zu der Ehre? Hast du heute etwa Geburtstag?" Karsten sah ihn erstaunt an: „Ja."
Baumanns Gesicht verfinsterte sich und er blickte vorwurfsvoll zu Vivi. Die grinste. „Du brauchst gar nicht so schauen. Ich habe dir alle Geburtstage in deinen Kalender geschrieben." Klaus druckste herum und stand schließlich auf. „Glückwunsch Kollege und die nächste Runde geht auf mich." Karsten grinste. „Schon gut, Klaus."
Nach dem Essen steckten Thomas und Klaus noch die Köpfe zusammen, um ihre Informationen über Hanssen auszutauschen. Von 1980 bis 1984 arbeitete er im Auktionshaus Rissen in Hamburg. Er hatte zuvor Kunst und Geschichte studiert. Alte Schriften und Bücher waren sein Spezialgebiet. Rissen war seine erste Anstellung nach dem Studium, auch wenn er hier

nicht ausschließlich seinem Lieblingsfach nachgehen konnte. Das Auktionshaus verkaufte vorwiegend alte Möbel. Doch auch auf diesem Gebiet bewies Hanssen sein fachliches Geschick und so wurde er 1984 zum zweiten Geschäftsführer ernannt. Das Ehepaar Rissen hatte keine eigenen Kinder und brauchte dringend junge Verstärkung in der Leitung des wachsenden Unternehmens. Damit hatte Hanssen natürlich auch Prokura und konnte schalten und walten wie er wollte. Seit 1990 gibt es das Unternehmen nicht mehr. Thomas überlegte kurz: „Ich denke, dass die Eheleute bereits alt waren und darum die Firma haben löschen lassen. So steht es im Register. Von einem Konkurs stand da nichts. Also haben sie noch sechs Jahre, ohne Hanssen, das Geschäft aufrechterhalten."
Es klopfte. Lena stand in der Tür. „Seit ihr gerade bei Hanssen?" Beide nickten. „Dann habe ich auch noch was." Lena zappelte vor Aufregung. Klaus winkte sie herein. „Nu, raus damit, Klette!" Dann platzte es aus ihr heraus: „Also, Frau von Thalheim sagt, dass sie schon einmal von Peter Hanssen etwas schätzen lassen hat, ein altes Gemälde. Das war 1984, im Februar. Er kam zu diesem Zweck in ihre Villa. Als sie das Zimmer kurz verlassen hatte, um ihm ein Glas Wasser zu holen, zog er einige Fächer ihrer Kommode und ihres Sekretärs auf. Sie traute ihm nicht und war deshalb hinter der Tür stehen geblieben. Als sie überraschend zurückkam, erschrak er und faselte was von sehr guter Verarbeitung und er wollte sich das mal von innen ansehen. Sie glaubte ihm natürlich kein Wort und warf ihn hinaus."

Klaus lehnte sich in seinen quietschenden Bürostuhl, verschränkte die Arme hinter dem Nacken und starrte an die Decke. „Dat heißt, dat er im Februar noch in Hamburg war und am 24.Mai 1984 in Kapstadt, wenn nicht schon früher. Wat war dazwischen passiert?" Dann setzte er sich wieder aufrecht hin und sah beide an. „Wir müssen den Zeitraum weiter eingrenzen. Los, an die Arbeit!" Mit einer kurzen Handbewegung scheuchte er alle, wie Hühner, aus dem Büro.

## Die Witwe

Anna Thron betrat den Raum und nichts war mehr wie zuvor. Klaus wagte kaum zu atmen. Er hatte noch nie eine so atemberaubend schöne Frau gesehen. Sie trug ein ärmelloses, blaues Armanikleid, keinen Schmuck und ihr langes, braunes Haar fiel offen über die Schultern. Ihr Gang glich dem eines Models und ihr sanftes Lächeln war einfach betörend. Was machte diese Frau nur so außergewöhnlich?
„Herr Hauptkommissar?" Die Göttin stand vor ihm. Baumann zuckte zusammen. „Wollen wir uns nicht besser setzen?" Er war immer noch in Gedanken. „Äh, ja, natürlich."
Als sie Platz genommen hatten, schaute er ungewollt auf ihre langen, schlanken Beine, die in schwarzen Pumps steckten. Wie können Frauen nur darauf laufen, dachte er.
„Herr Hauptkommissar, was kann ich für sie tun?" Klaus zögerte einen Moment. Diese Frau strahlte so viel Freundlichkeit und Souveränität aus, dass er nicht wusste, wie er dem begegnen sollte. Immerhin hatte er ihr eine sehr unschöne Nachricht zu überbringen. Also musste er seine eigentliche Vorgehensweise ändern und entschied sich zunächst für eine ungezwungene Unterhaltung. „Vielen Dank, Frau Thron, dass sie für mich Zeit haben. Mein Kollege hat von ihrem Vater erfahren, dass sie als Architektin arbeiten. Sind sie grundsätzlich nur für Thron Bau tätig?"

Sie lächelte sanft und verneinte dann. Natürlich würde sie alle Projekte ihres Vaters planen, jedoch täte sie das auch für andere Unternehmen in Hamburg.
Baumann merkte, dass er irgendwie die Kurve kriegen musste. „Wie lange arbeiten Sie schon als Architektin?" Sie lächelte. „Seit 1987, nachdem Cornelius, mein Sohn, drei Jahre alt war. Ich habe mich selbstständig gemacht und die ersten Projekte für Thron Bau übernommen. Im nächsten Jahr feiere ich mein 30-jähriges Jubiläum. Sie sind herzlich eingeladen, Herr Hauptkommissar."
Baumann schmunzelte und nickte ihr zu. Jetzt ist aber genug mit Smalltalk, dachte er. Nun war es an der Zeit die Karten endlich auf den Tisch zu legen. Er holte einmal tief Luft und begann: „Frau Thron, nun zu der Angelegenheit, in der ich ihre Mitarbeit benötige. Ich muss es leider gleich auf den Punkt bringen. Sie haben 1984 ihren damaligen Verlobten, Peer Claasen, als vermisst gemeldet. Ist das richtig?“ Ihr schönes, harmonisches Gesicht verzog sich plötzlich zu einer starren Maske und ihre braunen Augen wurden weit. Klaus versuchte es noch einmal: „Frau Thron, ist das richtig?" Langsam löste sich die Starre und sie schien ihre Contenance wieder zu erlangen. „Ja, das ist richtig."
Baumann merkte, dass er vorsichtig sein musste und noch nichts von dem Totenschädel im Eiskeller sagen konnte. Also fragte er zunächst: „Wann genau haben sie ihren Verlobten zum letzte Mal gesehen?" Die Starre kehrte in ihr Gesicht zurück, aber sie antwortete sofort: „Freitag, den 27. April 1984 um 13:00 Uhr."

Klaus war verblüfft und hakte nach: „Wieso wissen sie das so genau?" Sie verzog keine Miene und sagte: „Er hatte es eilig, ein Termin um 13:00 Uhr und er war bereits zu spät." Klaus bat sie, mehr über diesen Termin und diesen Tag zu erzählen, um noch etwas Zeit zu gewinnen.

Nach und nach erfuhr er, dass Peer Claasen am 19. April 1984, am Gründonnerstag, den Zuschlag für das Riesenprojekt an der Chrysanderstraße erhalten hatte. Der Firma fehlten jedoch die Umlaufmittel für die Vorfinanzierung der Baumaterialien. Um nicht wieder an den stillen Teilhaber, ihren Vater, herantreten zu müssen, hatte er einen anderen Weg gefunden, die Finanzkraft seines Unternehmens zu stärken. Was genau, wusste sie nicht. Auf jeden Fall, war er sehr aufgeregt, als er ging. Danach habe sie ihn nie wiedergesehen.

Als er an diesem Abend um 20:00 Uhr immer noch nicht zurückgekehrt war und sie ihn auch telefonisch nicht erreichen konnte, wurde sie unruhig. Sie habe dann gemeinsam mit ihrem Vater entschieden, die Polizei zu informieren. Natürlich habe man zu diesem Zeitpunkt noch nichts unternehmen können und sie mussten bis zum kommenden Tag abwarten. Dann wurde seitens der Polizei entschieden, nach ihrem Verlobten zu suchen, bis heute erfolglos.

Baumann atmete schwer und suchte nach Worten. „Frau Thron, wir haben ihren Verlobten gefunden." Ihr schmales Gesicht erstarrte und beide Hände krallten sich in die Sessellehnen. „Ja?“

Klaus überlegte, wie man einer Frau so eine grausame Nachricht überhaupt überbringen konnte, doch er hatte keine Chance. Er legte vorsichtig seine linke Hand auf ihre und begann: „Ich weiß gar nicht, wie ich ihnen das sagen soll, aber wir sind selber noch schockiert. Wir haben nur ein Teil der Leiche gefunden." Dann machte er zunächst einmal eine Pause und wartete auf ihre erste Reaktion. Sie schien gefasst und er sprach weiter. „Wir haben nur den Kopf gefunden." Ein leiser Aufschrei entfuhr ihren leicht geöffneten Lippen und sie war schlagartig leichenblass. Baumann versuchte wiederholt sie anzusprechen, doch sie zeigte keine Reaktion. Also redete er weiter, in der Hoffnung, dass sie ihn verstand. „Es tut mir leid, dass …"
Plötzlich hob sie demonstrativ beide Hände und schaute ihn ernst an: „Woher wollen sie wissen, dass es Peer ist, wenn sie nur… sie wissen schon, was ich meine? Das ist 32 Jahre her. Was können sie da noch erkennen? "
Baumann atmete einmal tief durch. „Ich wollte ihnen die genaueren Ausführungen eigentlich ersparen, aber wenn sie es wissen möchten, dann muss ich weiter ausholen. Wir haben den Schädel in einem Leinensack, eingemauert hinter einer Wand des Eiskellers, gefunden. Durch die besonderen klimatischen Bedingungen ist der Schädel in einem ungewöhnlich guten Zustand. Wir konnten die DNA mit der ihres Verlobten vergleichen und es handelt sich eindeutig um den Kopf von Peer Claasen."

Anna Thron sank in sich zusammen. Sie hielt die Handflächen schützend vor ihr Gesicht und flüsterte: „Dieses..." Baumann verstand nicht. „Wie bitte?" Doch sie schüttelte nur leicht den Kopf und löste langsam die Hände von ihrem Gesicht. Selbst der starre Gesichtsausdruck konnte ihrer Schönheit nichts anhaben. Sie schien wieder sehr gefasst zu sein und wollte wissen, was sie noch zur Aufklärung beitragen könne. Allerdings würde sie sich jetzt gern zurückziehen und zu einem späteren Zeitpunkt weitere Fragen beantworten. Klaus hatte Verständnis für die besondere Situation, bat sie aber noch darum, alles, was ihr zu den Umständen des Verschwindens einfiele, zu notieren. Wichtig sei nicht nur der Tag des Verschwindens, sondern auch die Tage davor. Insbesondere interessiere er sich dafür, mit wem Peer Claasen sich getroffen und ob er sich außergewöhnlich verhalten hatte. Alle Veränderungen, die mit ihm und seinem Umfeld zusammenhingen, seien von enormer Bedeutung. Dann verabschiedete er sich.
Sie nickte kurz und erhob sich dann. Ihr Lächeln wirkte jetzt aufgesetzt und Baumann merkte, dass sie unter einer enormen Anspannung stand. Dennoch ließ sie es sich nicht nehmen, ihren Gast hinauszubegleiten.

Klaus Baumann stand in der Sonne und holte erst einmal tief Luft. Auch ihn hatte dieses Gespräch viel Kraft gekostet.

# Der Fund

Karsten hatte inzwischen herausgefunden, wer der Junge ist, der das Foto gepostet hatte und Baumann wählte bereits die Nummer des Oldenfelder Gymnasium in Hamburg.
Die Dame am anderen Ende der Telefonleitung war sehr bestimmt, aber höflich. Als Hauptkommissar Baumann die Situation geschildert hatte, gab sie ihm bereitwillig alle Informationen über Marcus Müller. Klaus bat sie, den Schüler noch nicht darüber zu informieren, dass er mit ihm sprechen wolle und warum. Dann machte er sich auf den Weg.
Als er das Gymnasium in Hamburg Oldenfelde betrat, war es bereits nach 12:00 Uhr. Er versuchte sich an die Wegbeschreibung der Sekretärin zu erinnern, aber landete immer wieder in der Aula. Einige Schüler standen an der Eingangstür und schienen sich darüber zu amüsieren, dass der dicke Mann bereits das vierte Mal an ihnen vorbeimarschierte. Klaus blieb abrupt stehen und sprach sie an: „Wo finde ick dat Sekretariat?“ Die drei grinsten und Baumann riss der Geduldsfaden. „Wat is, ihr Flitzpiepen?“ Das Mädel mit dem Pferdeschwanz erbarmte sich seiner: „Kommen sie mit. Das is ein bisschen tricky.“ Klaus verstand nicht, lief aber hinter ihr her.
Frau Sander lächelte ihn an und reichte ihm die Hand. „Guten Tag, Herr Kriminalhauptkommissar Baumann. Setzen sie sich doch bitte. Ich lasse den Schüler gleich kommen. Wenn sie einen Moment

warten bitte.“ Klaus nahm Platz und war angenehm überrascht, wie freundlich er empfangen wurde. Er hatte sich die Sekretärin ganz anders vorgestellt.

Marcus betrat das Sekretariat. Grinsend ging er an Baumann vorbei und wurde ins Direktorenzimmer gebracht. Nichts ahnend, was man von ihm wollte, flegelte er sich auf einen der Stühle. Frau Sander bat ihn hier zu warten und verließ wieder den Raum. Als sie die Tür hinter sich geschlossen hatte, sprach sie Baumann an: „So, unser Direktor ist heute zu einer Konferenz. Das Bürschchen ist platziert. Sie haben also Ruhe und Zeit, ihn sich vorzunehmen." Ihr Gesicht verzog sich zu einem breiten Grinsen. „Darf ich das Bild einmal sehen, Herr Kommissar?" Baumann zog sein Handy aus der Tasche und hielt ihr das Foto unter die Nase. „Oh, mein Gott! Das ist ja gruselig! Aber das passt zu Marcus.“ Baumann steckte sein Handy wieder ein und stand auf. „Na, dann wollen wir mal. Ach, er ist doch 18 Jahre alt, richtig? Sonst müssten wir die Eltern benachrichtigen." Frau Sander lächelte. „Ja, ja, einmal hängen geblieben, nehmen sie ihn mal richtig in die Mangel. Das kann der Bengel vertragen." Also drückte Baumann die Klinke herunter und ging hinein.

Marcus sah ihn gelangweilt an. Baumann zog sich einen Stuhl heran und setzte sich verkehrt herum, so dass er die Rückenlehne vor sich hatte und legte seine Arme gemütlich ab. Sonst tat er nichts. Marcus verschränkte seine Arme vor der Brust und grinste ihn an. Langsam zog Baumann sein Handy aus dem Jackett, öffnete das Foto und hielt es dem Burschen unter die

Nase. Als dieser das Bild sah, fing er an mit seinen Beinen zu wippen. Baumann übte sich in Geduld und wartete ab. So saßen sie sich einige Minuten schweigend gegenüber.
Schließlich nahm Klaus sein Handy und wählte Lenas Nummer. „Baumann hier, schickt mir bitte eine Streife vorbei. Wir haben hier einen Bengel, der nicht redet. Vielleicht sagt er ja mehr, wenn er eine Nacht in der Zelle war."
Der Zellenanwärter sprang auf. „Was willst du denn von mir, Opa?" Baumann grinste. „Ah, der Fatzke kann sprechen!“ Lena war immer noch am Telefon und amüsierte sich. Baumann pfiff die Aktion zurück und steckte sein Handy wieder ein. „So, dann mal ganz von vorn. Das ist jetzt deine Chance, die Karre aus dem Dreck zu ziehen. Ick höre.“
Markus setzte sich wieder, verschränkte seine Arme vor der Brust und begann. Er erzählte von der Idee, im Eiskeller mit dem Motorrad einige Runden zu drehen. Er betonte immer wieder, dass sie nichts beschädigt haben, weder die Nebentür, noch das große Eingangstor. Sein Kumpel sei Profi. Dabei grinste er die ganze Zeit. Baumann fand das nicht lustig, aber riss sich zusammen.
Schließlich berichtete er weiter, dass sein Kumpel einem Steinhaufen ausweichen musste, der mitten in einem Quergang lag. Dadurch ist er frontal gegen eine Wand gefahren und es haben sich einige Steine gelöst. Nur deshalb konnten sie sehen, dass dahinter etwas eingemauert war.

„Wir waren neugierig. Ist doch klar, war wie ein Abenteuer, wie ne Schatzsuche, verstehste?“
Baumann nickte kurz, um ihn bei der Stange zu halten und Markus sprach weiter.
„Naja und dann haben wir uns das ganze näher angesehen und den Schädel gefunden. Real cool.“
Baumanns buschige Augenbrauen stießen aneinander und das hatte nichts Gutes zu bedeuten. Er stand auf und lief einige Schritte auf und ab. Nur nicht so voreilig, dachte er. Der Junge ist gerade in Plauderlaune. Also setzte er sich wieder und fragte: „Wie heißt denn dein Kumpel? Ich darf doch du sagen?“ Marcus grinste: „Klar. Du is o.k., aber meinen Kumpel halten wir hier mal schön raus. War alles meine Idee. Der is unschuldig. Real.“
Baumann lehnte sich jetzt noch weiter nach vorn und flüsterte: „Geht nich, denn er ist ja der Profi im Türknacken. Wie war das? Keine Schäden, richtig? Aber geknackt ist geknackt. Real.“
Marcus blähte seine Wangen kurz auf und lies dann die Luft mit einem Stoß hinaus. „Shit. O.k. Kann ich ihn anrufen, is grad Pause?“ Klaus nickte.
Wenige Minuten später stand Rainer Tews im Direktorenzimmer und beichtete den Rest des Streiches, nur von der alten Renaissancetruhe sagten beide nichts.
Baumann beorderte die Kandidaten nach der Schule ins Kommissariat und riet ihnen dringend auch dort zu erscheinen, wenn sie das Strafmaß, was ihnen blühte, möglichst klein halten wollten. Die Burschen nickten zustimmend und so ging der Kommissar davon aus, dass sie auch erscheinen würden.

Um 16:00 Uhr trafen beide tatsächlich ein und Klaus bat Lena an der Befragung teilzunehmen.
Nach 30 Minuten wussten sie genauso viel wie vorher. Aber eine Sache war immer noch nicht geklärt. Was war noch hinter der Wand? Lena zog den dunkelbraunen Nussbaumsplitter aus der Tüte und hielt ihn demonstrativ in die Höhe. „Das ist von einem sehr alten Gegenstand abgebrochen, der aus Nussbaumholz besteht. Also, was war noch hinter der Wand versteckt?" Marcus blies seine Wangen auf und stieß die Luft auf einmal hinaus. Dann flegelte er sich noch tiefer auf den Stuhl. „Da war nichts. Real." Lena glaubte ihm nicht, denn das nervöse Wippen seiner Knie verriet ihn. Sie wandte sich Rainer zu. Doch der zuckte nur mit den Schultern.
Baumann riss der Geduldsfaden. „Ick kann auch anders. Ick zieh dir de Hammelbeene lang, wenn de jetzt nich gleich de Gusche uff machst!“
Rainer sah ihn mit großen Augen an. Er zog seine Stirn in Falten und schob seine Sonnenbrille höher in die braunen Locken. „Können sie das bitte noch einmal wiederholen?"
Baumann grinste und lehnte sich zurück: „Nö.“ Lena stieß ihn in die Seite und übersetzte: „Hauptkommissar Baumann hat gesagt, dass er dir die Beine langzieht, wenn du jetzt nicht endlich redest."
Rainer schmunzelte. „Mein Onkel kommt auch aus Berlin. Dachte ich mir doch, Berliner Schnauze, ne?“
Baumann holte tief Luft und Rainer merkte, dass er den Bogen überspannt hatte. „War nicht so gemeint, Herr Hauptkommissar."

Markus hatte die ganze Zeit geschwiegen und wippte immer noch mit seinem Knie. Schließlich stieß Rainer ihn an und sagte: „Nu red schon. Das kommt doch sowieso raus."
Nach und nach erfuhren die Kommissare die ganze Wahrheit und wo sie die Truhe jetzt finden konnten. Markus hatte sie in einem alten Schuppen zwischengelagert. Seinem Opa hatte er noch nichts davon gesagt. Er wollte ihn damit überraschen.
Um 18:00 Uhr waren die Knaben abgefertigt und ihre Aussagen waren unterschrieben. Baumann hatte versprochen, sich für sie einzusetzen, da es ihre erste Straftat war. Er meinte, dass jeder einen dummen Jungenstreich im Leben guthat. Damit entließ er sie ins Freie.
Mit Markus war er allerdings um 19:00 Uhr noch am Schuppen verabredet, um die Truhe in Empfang zu nehmen. Also ging er rüber zur KTU und informierte Paul. Gegen 18:50 Uhr waren sie an der besagten Stelle und Markus erwartete sie schon.
Als Paul und Klaus die Truhe sahen waren sie sprachlos. Auch wenn sie Laien waren und den Wert nicht wirklich einschätzen konnten, so war ihnen klar, dass dieses Möbelstück mit Sicherheit sehr wertvoll ist. Sie luden es vorsichtig in den Wagen und brachten es zunächst in die KTU.
Dort angekommen, überlegte Baumann Eva Sommer anzurufen und sie um Hilfe zu bitten. Doch das wagte er nicht. Lena hatte morgen früh sowieso einen Ter-

min mit ihr und er würde sie bitten, vorsichtig nachzufragen, ob ihr Unternehmen die Truhe einer Expertise unterziehen könne.

Es war bereits vier Tage her, dass man die kopflose Leiche des Peter Sommer gefunden hatte und Evas Augen waren immer noch verweint. Kommissarin Arnold versuchte sie zu trösten, doch es war vergebens. Eva machte sich immer noch große Vorwürfe, dass sie ihren Vater bereits mittags allein gelassen hatte, um den Tag mit ihrem Freund zu verbringen. Peter Sommer musste seiner Tochter fest versichern, spätestens um 17:00 Uhr mit dem Taxi nach Hause zu fahren, was er auch getan hatte. Aber Angestellte berichteten, dass er nach einem Telefonat am Nachmittag fluchtartig das Auktionshaus verließ. Also was hatte ihn so aufgebracht? Sein Handy war spurlos verschwunden. Die Auswertung seiner Gespräche hatte ergeben, dass er um 16:45 Uhr von einem Prepaidhandy angerufen worden war. Mit wem hatte er also telefoniert?
Schlussendlich konnte Eva Sommer auch nicht weiter zur Lösung beitragen und Lena versuchte jetzt taktvoll die Überleitung zu ihrer nächsten Frage. „Frau Sommer, darf ich ihnen noch eine fachliche Frage stellen, bitte?“ Sie nickte. „Wir benötigen in einem anderen Mordfall die fachliche Unterstützung eines erfahrenen Kunstexperten. Vielleicht können sie jemanden empfehlen. Es geht um eine alte Truhe, vermutlich sehr alt.“ Lena schaute sie fragend an und Eva

reagierte schneller als erwartet: „Ich helfe ihnen. Dann komme ich mal auf andere Gedanken. Gleich?“

Gegen 11:00 Uhr betraten die Fachfrau und Kommissarin Arnold die KTU. Eva blieb schon beim Eintreten ruckartig stehen, als sie die Truhe sah. Sie begrüßte Paul Tanner nur flüchtig und ging langsam um die Antiquität herum. Erst nach der dritten Runde begann sie, sich zu äußern.
„Das ist definitiv eine Renaissancetruhe. Italien, Mitte bis Ende 16. Jahrhundert. Massives Nussbaum. Deckel von Godronnierprofil eingefasst. Die Front ist symmetrisch durch Reliefschnitzereien ornamentiert. Im Zentrum, unter dem Schlüsselloch, stehender Adler. Seitlich eingerollte Akanthuszweige und -blüten. In ihnen wiederholt sich das Adlermotiv. An den Seiten eiserne Tragehenkel. Das originale Schloss ist erhalten. Der Schlüssel… Moment…“ Sie griff geschickt unter die Truhe und tastete den Boden ab. Plötzlich verzog sich ihr Gesicht zu einem Lächeln und sie zog einen Schlüssel hervor. Dann sprach sie weiter: „… Schlüssel ist auch vorhanden."
Danach öffnete sie vorsichtig den Deckel und schien über die Einfachheit des Innenlebens sichtlich enttäuscht zu sein. Sie tastete die Seiten ab und öffnete ein etwa DIN A4 großes Fach. Sonst schien sie nichts Besonderes darin zu finden. Also drehte sie weiter ihre Runden und kam endlich zu einem Endergebnis: „Ich schätze den Wert dieser Renaissancetruhe, ohne genauere Expertise, auf etwa 25.000 €.“

Die Kollegen starrten sich an. „Donnerwetter!“, rutschte es Paul heraus. Eva grinste. „Ja, dafür geben Kunstliebhaber noch viel mehr Geld aus. Das ist noch keine große Summe, aber die Truhe ist wirklich sehr schön. Darf ich fragen, wo sie stand? Sie ist in einem tadellosen Zustand.“
Kommissarin Arnold verneinte und wies auf den laufenden Fall hin. Dann bedankte sie sich bei Eva Sommer für ihre Unterstützung und verabschiedete sie, nichtsahnend, dass diese Truhe sie noch ein weiteres Mal zusammenbringen würde.

Als Lena die BMW-Tür zuschlug, war es bereits 12:30 Uhr. Sie freute sich auf den Freitagnachmittag und war froh, dass sie endlich mal einige Überstunden abbummeln konnte. Heute Abend war sie mit Vivi verabredet und morgen war der verspätete Frühjahrsputz angesagt.
Sie startete den Wagen und fuhr los.

# Gefunden

Das Wochenende war wie immer zu kurz, besonders für Lena, die außerdem noch am Sonntag Bereitschaft hatte. Doch die neuesten Erkenntnisse schweißten das Team besonders zusammen und so saßen alle bereits an diesem Montagmorgen um 7:30 Uhr im Meetingraum. Zusätzlich hatte sich Paul Tanner angemeldet, er habe eine wichtige Information.
Im Fall >Kopf ohne Mann< gab es noch keine neuen Erkenntnisse. Thomas Termin mit Cornelius Thron war heute um 10:00 Uhr angesetzt und Klaus hatte aus Anna Thron auch nichts Neues herausbekommen. Es galt herauszufinden warum der Kopf von Peer Claasen in dieser wertvollen Renaissancetruhe lag. Aber warum stand diese im Eiskeller der Brauerei? Hatte der Bauunternehmer sich hier mit der Person getroffen, von der Anna Thron berichtet hatte? Wer war sein 13:00-Uhr-Termin?
Baumann verteilte Aufgaben. „Karsten, du hast ja in der Akte die Fotos der Truhe. Such mal in WWW, ob die irgendwie schon mal angeboten wurde oder so….na, du weißt schon, wat ick meine." Karsten hob die Daumen. „Geht klar, Chef." Klaus rieb sein Ohrläppchen. „So und ick kiek in die alte Akte, wat die Kollegen damals herausgefunden haben." Sein Ohr war schon rot.
Als er immer noch vor sich hin grübelte, lenkte Lena ein: „Ich könnte wegen der Truhe auch noch Eva

Sommer befragen. Die ist doch schließlich vom Fach.“ Baumann nickte.
Im Fall >Mann ohne Kopf< waren sie hingegen schon deutlich weiter. Thomas Lachner hatte inzwischen von Karsten Unterstützung bekommen. Sie hatten herausgefunden, dass es eine Nichte gibt, die nach der Schließung des Auktionshauses Rissen, den Großteil des Geschäftes abgewickelt und nach dem Tod des Ehepaares auch den Haushalt aufgelöst hatte. Viele Dinge liegen noch auf dem Boden und im Keller der Villa verstaut. Morgen, um 15:00 Uhr, sind sie mit ihr verabredet.
Dann meldete sich Baumann wieder zu Wort: „Haucke hat mir noch die Übersetzung gemailt, ihr wisst schon, was auf dem Brett stand." Keiner wusste, was Klaus meinte. Er ärgerte sich darüber, dass er heute so neben sich stand und erklärte noch einmal genauer. „Das Samuraischwert war doch an einer Wandhalterung angebracht. Darunter standen chinesische Schriftzeichen. Übersetzt heißt das:

*Kämpfe mit Leidenschaft,*
*siege mit Stolz,*
*verliere mit Respekt,*
*aber gib niemals auf.*

Ick weiß nich, ob es in einem Zusammenhang mit dem Mord steht, aber ich habe es sicherheitshalber übersetzen lassen." Als niemand darauf reagierte, stand er auf. „Man, wat seid ihr denn heute für ne müden Tassen.?

O.k., dann erst mal ein Witz, damit eure grauen Zellen aufwachen. Also, *in der Pathologie füllt der Assistent den Totenschein aus. Sagt der Oberarzt zu ihm: „Sie müssen beim Ausfüllen des Totenscheines mehr Sorgfalt walten lassen". Der Assistent schaut ihn fragend an. Darauf der Oberarzt: „Sie haben schon wieder in der Spalte Todesursache ihren eigenen Namen eingetragen!"*
Baumanns Gesicht entfaltete sich zu einem breiten Grinsen. Dann erst fingen die ersten an zu lachen. Schließlich fügte Klaus hinzu: „Wahrscheinlich hat der Schnippler darum so viel zu tun? Der produziert seine Leichen am Fließband." Dann brach das Gelächter aus und die Stimmung war gerettet.

Die Tür des Meetingraumes wurde aufgerissen und Viviana schrie vor Schreck auf. Paul Tanner stand verschwitzt vor ihnen und japste nach Luft.
„Der Kopf…der Kopf…Zuri…der Kopf."
Baumann stand auf und zog ihn auf den nächsten Stuhl. „Nu komm mal runter. Wat is mit dem Kopp?"
Tanner japste immer noch, sprach jetzt aber weiter: „Sie hat ihn gefunden….Sommer."
Alle starrten ihn an.
Klaus besann sich kurz und sprang dann auf: „Paul, wo sind die Gnädigste und ihre Tochter, auch in der Villa?" Er schüttelte den Kopf. „Nein, Zuri...alleine."
Baumann wandte sich an Lena: „Klette, krieg raus wo die beiden sind. Karsten, du übernimmst meine Aufgabe und schaust dir die alte Vermisstenakte an. Los, Paul. Wir fahren."

Die Kollegen von der 112 waren bereits vor Ort und hatten die Hausdame versorgt. Zuri dämmerte vor sich hin. Man hatte ihr eine größere Dosis Beruhigungsmittel spritzen müssen, da sie unaufhörlich schrie und weinte. Paul lief gleich zu ihr und hielt ihre Hand. Dann drehte er sich fragend zu Baumann. Der nickte und sagte: „Schon gut."
Als die Dame vom psychiatrischen Dienst eintraf, brauchte Paul nicht mehr bei seiner Freundin bleiben und konnte endlich seiner Arbeit nachgehen.
Zuri hatte den Schirmständer samt Kopf im Gebüsch, neben den Mülltonnen gefunden. Der Anblick hätte den stärksten Mann umgehauen.
Paul war gerade dabei weitere Spuren zu sichern und Klaus sah sich im Garten um. Er ärgerte sich darüber, dass man vor sieben Tagen nicht weiter nach dem verschwundenen Schirmständer und dem Kopf gesucht hatte. Er war deswegen brummig. Lena rief an. „Klette, wat is?...Nee, ick bin nicht schlecht gelaunt, ick bin stinksauer!“ Schließlich teilte sie ihrem Chef nur mit, dass sie bei Eva Sommer im Auktionshaus ist. Wo sich die Ehefrau des Toten aufhielt, wusste niemand.
Baumann ging weiter zu Paul Tanner, um noch einige Fragen los zu werden. „Paul, wieso habt ihr eigentlich nich weiter nach dem Kopp gesucht?“ Der Kollege zuckte verlegen mit den Schultern. „Na dit hilft uns jetzt auch nicht weiter!“ Paul schwieg.
Klaus ging mürrisch auf und ab. „Wieso hat der Mörder den Kopp überhaupt mitgenommen und wie hat er dat Haus verlassen?“ Jetzt wurde Paul munter, denn

er hatte bereits die Antwort auf eine der Fragen: „Er hat den Schirmständer, samt Kopf einfach aus dem Fenster geworfen. Hier, sieh mal, das Gesicht ist voller Erde und Gras.“ Klaus wagte einen Blick und würgte. „Bö, man, ick kann die Kleine verstehen. Der Anblick is…äh.“ Er drehte sich angewidert weg. Paul grinste und stand auf. „Hier, siehst du die Abschürfungen am Schirmständer? Und hier sind die am Fenstersims.“ Baumann stellte sich auf Zehenspitzen und versuchte durch das Fenster in den Innenraum zu blicken. Seine Vermutungen stimmten. Das Fenster gehörte nicht zum Musikzimmer. Also warum rannte der Mörder erst mit dem Schirmständer samt Kopf in einen anderen Raum, um ihn dann dort aus dem Fenster zu werfen? Wortlos ließ er Paul stehen und lief wieder ins Haus. Der Raum, den er rechts neben der Eingangstür des Musikzimmers vermutet hatte, war nicht vorhanden. Baumann ging grübelnd weiter. Der Tatort war immer noch versiegelt. Klaus holte sein Taschenmesser hervor und schlitzte wütend das Papier auf. Als er eintrat, fiel sein erster Blick auf den Boden. Er war froh, dass die Truppe der Tatortreinigung noch nicht hier gewesen war und ging weiter Richtung Fenster. Er öffnete das rechte und schaute hinaus. Bingo. Da war das Fenster, was er gesucht hatte. Er drehte sich um, aber da war keine Tür. Kopfschüttelnd ging er in die Richtung wo er eine Tür vermutete und bei genauerem Hinsehen war da tatsächlich ein Schalter, eine Art Taster. Er drückte drauf. „Ick werd verrückt, ne Schiebetür.“ Dann lugte er vorsichtig hinein. „Paul! Paul, komm mal und bring dein ganzes Zeug

mit. Mach! Schnell!" Klaus hing aus dem weit geöffneten Fenster des Musikzimmers und gestikulierte wild mit seinen Armen. Der Kollege sah ihn verdutzt an, schnappte sich seine Utensilien und lief los. Als er in den Raum kam, verstand er sofort die Aufregung und starrte auf die offene Schiebetür. „Da ist eine Tür?" Er stellte seinen Koffer ab, zog einen Overall und Überschuhe heraus und schlüpfte in beides hinein. Als er sich einen ersten Überblick verschafft hatte, zog er sein Handy aus der Tasche und rief die Kollegen der SPUSI an: „Ich brauche euch hier. Wir haben einen Raum übersehen…Ja, du hast richtig gehört, übersehen. Bring das ganze Equipment mit….Ja, alles."
Baumann war die ganze Zeit im Musikzimmer auf- und abgegangen und grübelte. Dann rannte er plötzlich auf Paul zu. „Der hat sich versteckt." Tanner starrte ihn erschrocken an und bepinselte weiter den Fensterrahmen. „Mann, Paul, der Mörder. Er hat sich hier versteckt." Paul stand auf und sah ihn nachdenklich an. „Hm, aber woher wusste er, dass hier eine Tür ist?" Dann hob er den Zeigefinger und beantwortete sich die Frage selbst: „Er kannte sich hier aus." Baumann grinste. „Ja, Sherlock Holmes, oder die Tür war offen." Paul sah enttäuscht nach unten. Dann kam ihm erneut ein Gedanke: „Und warum war sie dann zu und wir haben das übersehen?" Klaus nickte: „Hast recht. Ick muss mit den Kollegen noch mal alles durchgehen. Ick bin weg."

Bereits nach 30 min war Baumann im Kommissariat und froh, dass Lena bereits wieder da war. Er musste jetzt dringend die Fakten neu ordnen. Das konnte er mit ihr am besten. Also lief er direkt auf ihren Schreibtisch zu. „Klette, ich brauche dich jetzt, bitte." Lena sah auf und lehnte sich grinsend nach hinten. „Wenn du mich so nett bittest, ist es ernst, habe ich recht?" Klaus nickte. „Komm, wir schnappen uns einen Kaffee und tauchen ab." Damit wies er grinsend auf sein Büro.
Zunächst informierte er Lena über die neue Situation am Tatort, also wo die Hausdame den Schirmständer inklusive Kopf gefunden hatte. Aber viel interessanter war, dass der Mörder sich in den Nebenraum geflüchtet haben musste und den Schirmständers hier aus dem Fenster geworfen hatte. Alle Spuren weisen eindeutig darauf hin.
Lena sprang auf. „Das passt, Klaus. Mach mal das Befragungsprotokoll von Frau von Thalheim auf!" Sie tippte wild auf Baumanns Bildschirm. Er öffnete besagtes Protokoll und Lena suchte nach einer bestimmten Aussage. „Hier. Da steht es: Ich wollte gerade das Musikzimmer betreten, als ich ein lautes Rascheln vernahm." Klaus überlegte. „Dann war der Mörder im Nebenraum und hatte sich schnell versteckt. Das heißt, dass er um 22:10 Uhr noch im Haus war. Der Mord war also gerade geschehen."
Lena starrte in den Raum und schüttelte dann ihre braune Mähne. „Aber warum nimmt er den Kopf mit und wirft ihn dann aus dem Fenster?"

Baumann hob die Hand. „Warte. Wie ist er eigentlich wieder rausgekommen? Auch aus dem Fenster? Ick ruf Paul an.“ Er wählte. „Baumann. Habt ihr Faserspuren am Fensterbrett des Nebenraumes gefunden?...aha…aha…jut…bis später.“ Dann nickte er Lena zu und sagte: „Schwarze Fasern, Rest später, sagt Paul."
Baumanns Telefon klingelte. „Baumann…ach du schon wieder…wat is?...aha…wie?...wat? Dat is ´n dicker Hund! Wo war die denn? Die knöpf ick mir persönlich vor.“
Klaus knallte den Hörer auf den Schreibtisch und sprang auf. Doch Lena hielt ihn fest. „Was ist denn?“ Klaus atmete schwer. „Die Gnädigste hat uns alle verarscht. Stell dir vor, die kleine Hausdame hat Paul heute beim Frühstück erzählt…“ Lena fiel ihm ins Wort: „Beim Frühstück?“ Klaus rollte mit den Augen. „Ja, ick weiß, hab mit ihm schon gesprochen, aber wat willste machen. Die sind schwer verknallt.“ Er zuckte mit den Schultern und Lena schmunzelte.
„Also, sie hat ihm erzählt, dass die gnädige Frau gar nich auf der Vernissage in London war. Sie habe einen Anruf einer aufgeregten Freundin entgegengenommen, die sich darüber beschwert hat, dass Frau Sommer sie bereits das zweite Mal auf einer Vernissage versetzt hätte. Wat sagste nu?“
Lena machte dicke Backen. „Puh, das ist wirklich ein Ding. Nur wo ist sie jetzt? Nicht mal ihre Tochter weiß es. Sag mal, hat sie etwa ihren eigenen Mann…?“ Klaus schüttelte energisch seinen großen

Kopf. „Nee, Klette. Aber die kann sich doch nich in Luft aufgelöst haben?“
Plötzlich ging die Tür auf und Emilia Sommer stand vor ihnen. „Sie wollten mich sprechen, sagt meine Tochter?“

Bereits seit 30 Minuten erzählte die Gnädigste die ganze Wahrheit, die sich hinter den angeblichen Besuchen von Ausstellungen, Künstlertreffen und eben auch der Vernissage in London, verbarg. Peter Sommer hatte sich in den letzten Jahren mehr und mehr dem Geschäft gewidmet und schon lange nicht mehr seiner Frau. Bei einer Vernissage in Paris habe sie ihn dann kennen gelernt. „Zufälligerweise heißt er auch Peter.", sagte sie lachend. „Also versprechen konnte ich mich nicht." Sie lachte laut auf. Lena und Klaus sahen Frau Sommer ernst an und sie erzählte weiter. Peter wisse das Leben zu genießen, was ihrem Mann schon lange abging. Von ihm wurde sie endlich wieder als Frau wahrgenommen. An dem Tag, an dem ihr Mann ermordet wurde, war sie wirklich in London, aber bei ihm. Dann zog sie eine Visitenkarte aus ihrer weißen Valentino Handtasche und schob sie den Kommissaren über den Tisch.
Baumann las: „Peter…Was? Das ist ihr Freund? Ick werd verrückt!“
Sie nickte und Lena zog die Visitenkarte neugierig zu sich. Dann war auch sie sprachlos. Die Luxushotels waren ihr mehr als bekannt. Jetzt war Lena klar, was die Gnädigste mit diesem Satz, er wisse das Leben zu

genießen, gemeint hat. Denn als Milliardär wird er das wohl wirklich auskosten.
Frau Sommer waren die erstaunten Gesichter natürlich nicht entgangen und sie bekräftigte noch einmal: „Sie können Peter gerne konsultieren. Uns ist klar, dass sie wissen wollen, wo ich an diesem Tag war. Wir hätten unsere heimliche Liebe sowieso demnächst öffentlich gemacht. Ich hatte vor, mich von meinem Mann zu trennen."
Die Kommissare sahen sie mit großen Augen an. Doch dann fragte Baumann noch einmal nach: „Wieso haben sie dann so ein Gewese um ihren Mann gemacht, als er verschwunden war?"
Plötzlich saß die Gnädigste kerzengerade auf dem Stuhl und ihr großer Busen fing an zu beben. Sie rang nach Luft. „Das ist nicht ihr Ernst, Herr Kriminalhauptkommissar! Er ist doch trotzdem mein Mann und ich habe ihn mal sehr geliebt. Außerdem ist er der Vater meiner einzigen Tochter. Was erlauben sie sich!“ Sie war aufgesprungen und ihre großen dunklen Augen sprühten vor Wut. Ohne ein weiteres Wort zuzulassen, drehte sie sich um und rannte aus dem Kommissariat.

## Das Telefonat

„Schön mal wieder deine Stimme zu hören. Geht es dir gut?...mir auch. Wie laufen die Hotels?...Hm…Hm…Das klingt doch alles super. Du machst das schon…Ich weiß noch nicht wie lange ich bleiben werde. Aber eigentlich ist ja jetzt alles vorbei. Er ist tot. Was soll ich eigentlich noch hier?...Nein, ich habe es ihm nicht gesagt, nicht mehr sagen können. Aber jetzt ist sowieso alles zu spät. Irgendwie hat er seine Bestrafung bekommen und ich habe mir nicht einmal die Finger schmutzig gemacht…Traurig? Nein. Aber ich hätte ihm gern in die Augen gesehen, du weißt schon…Aber lass uns von etwas anderem reden. Wie geht es Ikechi? Wie macht er sich als Geschäftsführer in dem neuen Hotel?...gut…sehr gut. Ich komme bald zurück und unterstütze euch wieder. Da gibt es nur ein kleines Problem…vielleicht auch ein großes…Reg dich nicht auf…nein, ich bin gesund…nein, ich bin auch nicht schwanger…Onkelchen…Onkelchen…Nun lass mich doch endlich mal ausreden…Also, ich habe mich verliebt…nein…in einen Deutschen…Wieso? Mein Vater war auch Deutscher…Nein. Der doch nicht, ich meine den, bei dem ich aufgewachsen bin, nicht meinen leiblichen….Ja, es ist mir ernst und ich denke ihm auch…Das werde ich sehen wenn ich ihn damit konfrontiere.
So, jetzt muss ich noch was erledigen. Ich meld mich heute Abend noch einmal.“

Es war bereits spät als sie zurückrief. Das Telefon hatte schon zehn Mal geläutet, doch am anderen Ende nahm niemand ab. Sie schaute noch einmal auf die Uhr. In Kapstadt war es genauso spät wie hier in Deutschland. Es gab keine Zeitverschiebung. Also wo war ihr Onkel um 21 Uhr? Für einen Hotelier hatte das Abendgeschäft doch erst richtig begonnen. Sie legte enttäuscht auf.

Um Mitternacht wurde sie von ihrem Handy geweckt. „Ja….Du? Ich habe heute schon mit Onkelchen geredet. Er sagt, du machst dich gut als Geschäftsführer. Ich bin stolz auf dich.“ Sie schmatzte einen Kuss ins Handy und lachte. „Lach nicht. Ich bin wirklich stolz auf dich…Was ist?...Wo bist du?...Ikechi!“

# Verschlungene Wege

Baumann hatte sein ganzes Team zusammengetrommelt und auch Haucke und Paul eingeladen.
Im Fall >Mann ohne Kopf< schienen sie der Lösung näher zu kommen. Sicher war, dass jemand einen Mord rächen wollte. Klar war auch, dass in der Nähe des Schreibtisches überwiegend ein und dieselben Fußspuren identifiziert wurden. Am umgekippten Stuhl hingegen, wurden nur wenige, aber wesentlich größere Fußspuren gefunden. Also müssen mehrere Personen im Raum gewesen sein.
Lena meldete sich zu Wort: „Warum gehen wir eigentlich von einem Mörder aus? Vielleicht waren es ja zwei."
Paul Tanner hob die Hand. „Das macht keinen Sinn, Lena. Warum versteckt sich dann nur einer? Ich gehe laut Spurenlage eher davon aus, dass der Mörder erwischt wurde und der Beobachter erschrocken geflohen ist."
Baumann starrte schon eine Ewigkeit Löcher in die Luft und stand plötzlich unerwartet auf. Er streckte seine Arme Richtung Decke und reckte sich. „Wir spielen jetzt mal einige Möglichkeiten durch. Also, laut deinem Bericht, Paul, sind die meisten Abdrücke von einem Turnschuh Größe 40, richtig?“ Nicken. „Das sieht verdammt nach einer Frau aus, oder?“ Baumann schaute in die Runde. Vage Zustimmung. „Die anderen Abdrücke sind Größe 44, also eher ein Mann, richtig?“ Nicken. „O.k. Also ein Mann und

eine Frau. Wer war der Mörder und wer der Beobachter?"
Der Rechtsmediziner war die ganze Zeit auf und abgegangen, jetzt aber stehen geblieben und hob die Hand: „Moment. Sommer wurde vor seiner Hinrichtung noch gequält. Vergesst nicht die Einstiche auf der Hand. Er wurde geknebelt und ihm wurde die Klinge des Schwertes unter das Kinn gehalten. Das zeigen eindeutig die leichten Einschnitte am Hals. Also muss der Peiniger wesentlich länger und vor allen Dingen früher im Raum gewesen sein und auch mehr Fußabdrücke hinterlassen haben. Ergo, wenn Klaus recht haben sollte, war es die Frau oder besser gesagt der kleinere Turnschuh, der Sommer massakriert hat."
Thomas lehnte am Fenster mit verschränkten Armen. Das cremefarbene Hemd machte ihn noch blasser als er sowieso schon war. Er hatte die ganze Zeit nichts gesagt. Das machte Lena neugierig. „Na, Thomas, was brütest du aus? Hast du eine Idee?" Der Kollege zuckte nur kurz mit den Schultern. Dann tippte er auf den Bildschirm und öffnete die eingescannten Nachrichten. „Hier. Ich muss die ganze Zeit an die letzte Nachricht denken:

*ICH WAR ES NICHT!*

*„Des Todes Bild, das fahle,*
*Vertreiben Amor`s Pfeile*
*Der Seele nicht zum Heile,*
*Da Amor mehr verwirrt als Todesschrecken.*

Es geht um Liebe. So was schickt doch kein Mann. Jetzt stellen wir uns doch mal vor, dass der kleine Turnschuh und diese Nachricht zusammengehören…“
Alle starrten ihn an und schwiegen. Klaus riss beide Daumen nach oben. „Klasse, Thomas. Wir sind auf dem richtigen Weg. Also, dann will uns diejenige sagen, ich war im Raum, aber ich habe nicht getötet und….“ Baumann ließ sich auf den Stuhl fallen. „…dat is `n dicker Hund. Dann sind alle Nachrichten vom Kleinen Turnschuh.“
Thomas sprach weiter: „Wenn wir das jetzt in Verbindung mit der Nachricht bringen, ergibt das alles einen Sinn. Also, der Tod vertreibt die Liebe, was die Seele verletzt, aber die Liebe ist anhaltend über den Tod hinaus und verwirrt den Kleinen Turnschuh bis heute.“
Lena und Vivi fingen an zu klatschen. „Thomas, du bist ja ein richtiger Frauenversteher. Das hätte ich dir gar nicht zugetraut.“, rief Vivi und strahlte ihn an. Der Kollege wurde rot und winkte ab. Aber Baumann bestätigte: „Doch, doch, dat is klasse kombiniert, Thomas. Dat passt zu dem, wat die Gnädigste erzählt hat und zur ersten Nachricht. Mach die mal auf, Thomas.“ Er wies auf den Bildschirm. Dann las er laut:

*„Glauben sie an die Todesstrafe für Mörder?"*

Wen hat Sommer, alias Hanssen, getötet? Wenn Thomas Theorie stimmt, dann weiß der Kleine Turnschuh Bescheid. Aber er droht nur. Er tötet nicht."
Nach weiteren zwei Stunden und keinen neuen Erkenntnissen, löste Baumann die Runde auf und schickte alle in die Mittagspause. Er jedoch schnappte sich Vivi und lud sie spontan zum Essen ein. Heute wollte Klaus mal Pizza. „Scheiß auf die Kollonien, Schatz. Ick brauch jetzt wat Ungesundes zwischen die Zähne." Vivi hakte ihn unter und sie zogen los.
Während des Essens lenkte Viviana das Thema bewusst Richtung Urlaub. Klaus hatte es schon mehrfach vertagt und unter dem Vorwand verschoben, dass er noch keine Zeit hatte, sich damit zu befassen. Heute wollte Vivi ihn auf jeden Fall festnageln. Es war immerhin Juni und bis August nicht mehr viel Zeit. Sie wusste, dass Klaus nicht gern in einen Flieger steigen würde und dass es sein eigentlicher Grund war, diesem Thema ständig aus dem Weg zu gehen. Darum machte sie es ihm leicht. „Schatz, ich habe jetzt den idealen Urlaubsort für uns und du brauchst nicht in ein Flugzeug zu steigen." Sie schaute ihn mit großen Augen an und wartete auf eine Reaktion. Doch mehr als ein „Hm." kam nicht, denn Schatz hatte sich eben einen großen Bissen der Salamipizza in den Mund geschoben. Also verkündigte sie fröhlich: „Tata! Wir fahren an die Nordsee." Klaus verschluckte sich und begann zu husten. Er schüttelte unentwegt den Kopf. Reden konnte er nicht. Viviana sah ihn stirnrunzelnd an: „Was heißt hier nein? Ich habe alles gebucht und du kommst mit." Klaus tupfte sich die Tränen aus den

Augen und nahm einen großen Schluck der Apfelsaftschorle. Dann erst konnte er antworten: „Nordsee? Muss dat sein. Da war ick doch schon und immer, wenn ick grade die Badehose anhatte, war dat Wasser weg.“ Erst bekam Vivi große Augen und dann konnte sie sich das Lachen nicht mehr verkneifen. Der Kellner eilte herbei und bat sie um Ruhe. Klaus zückte schnell sein Portemonnaie und zahlte. Dann nahm er Viviana an die Hand und zog die Lachnudel aus dem Lokal. Kaum vor der Tür klingelte Baumanns Telefon. Tanner redete viel zu schnell. Klaus verstand nur Bruchteile und musste ständig nachfragen. Außerdem hatte Vivi sich immer noch nicht beruhigt und er hatte Mühe sich selbst das Lachen zu verkneifen. Also unterbrach er das Gespräch und verabredete sich mit Tanner in der KTU. Seinem Schatz gab er einen Klaps auf den Po. „Wenn du jetzt nicht gleich aufhörst zu gackern, komme ich wirklich nicht mit an die Nordsee.“ Das Lachen verstummte.

Paul empfing Klaus mit offenen Armen. „Komm rein. Also, ich habe mir noch einmal die Spurenfolge angesehen. Hier. Der kleine Turnschuh ist erst vor dem Sekretär hin und her gelaufen und immer um den Schirmständer herum. Der hat also zu diesem Zeitpunkt noch an seinem Platz gestanden. Sieh.“ Er tippte auf seinen Bildschirm. „Dann führen die Spuren hin zum Fenster und wieder zurück zum Sekretär. Schließlich muss er oder sie in die kleinen Blutstropfen getreten sein, die wir rechts neben dem Sekretär auf dem Boden gefunden haben. Hier, sieh. Danach

ist diese Person direkt in Richtung Haustür gelaufen und hat kleine Abdrücke der Blutstropfen hinterlassen. Das heißt, dass der Kleine Turnschuh, keinesfalls der Mörder sein kann."
Baumann starrte ihn mit offenem Mund an und schwieg. Paul stieß ihn an. „Klaus, alles in Ordnung?"
Baumann nickte nur und tippte auf den Bildschirm. „Dat heißt, die großen Fußspuren gehören auf jeden Fall dem Mörder. Is ja klar, die eine da…", er tippte wieder auf den Bildschirm. „… is ja direkt auf dem Abdruck vom Schirmständer." Paul klopfte seinem Kollegen auf die Schulter. „Richtig, Klaus!"
Baumann runzelte die Stirn und fing laut an zu denken: „Der Mörder selbst tritt in das Blut seines Opfers, hört ein Geräusch, sackt den Kopp ein und versteckt sich schnell im Nebenraum? Wat is wenn der kleine Turnschuh zurückgekommen is?"
Paul atmete tief durch. „Klaus, mach es doch nicht komplizierter als es ist, bitte. Ich glaube, dass eure Theorie auf wackligen Beinen steht. Peiniger und Mörder sind sich gar nicht begegnet. Da war eine dritte Person. Außerdem wissen wir jetzt anhand der Blutflecken, dass die auf und unter dem Schreibtisch etwa von 20 Uhr stammen. Mit dem Blut hat Sommer auch das Sonett geschrieben. Die große Blutlache ist durch das Köpfen entstanden, also erst circa 22 Uhr. Wann ist also der eine gegangen und der andere gekommen?"
Baumann ließ sich auf einen naheliegenden Holzstuhl fallen. „Ick bin baff. Aber wenn dat so war, wie du

sagst, dann muss der Peiniger gar nich die Nachrichten geschrieben haben. Dat passt doch alles nich zusammen?"
Paul setzte sich auf einen der Hocker und schüttelte den Kopf. „Nö, eigentlich nicht." Beide sahen sich schweigend an. Schließlich tippte Baumann unruhig auf seine Uhr und sagte, dass er noch mit Karsten verabredet sei. Er hoffe auf einige neue Fakten in diesem Fall. Dann verabschiedete man sich und beschloss am Nachmittag zu telefonieren.

Um 14:00 Uhr betrat Baumann das Kommissariat und wurde von einer Menschentraube empfangen, die sich um Karstens Schreibtisch gebildet hatte. Zügig ging er darauf zu. „Wat is denn hier los?" Alle Köpfe drehten sich ruckartig um und die Kollegen wichen zurück. Erst jetzt sah Klaus die Bilder auf Karstens Schreibtisch. „Hallo, Klaus. Das sind die Stücke der letzten Auktion, die Peter Hanssen damals vorbereitet hatte, das heißt, die Fotos davon. Die Nichte des Ehepaar Rissen hat mich ein wenig in den alten Sachen kramen lassen. Ich fahre auch gleich noch einmal hin. Sieh. Für jede Auktion gibt es einen Katalog. Hier. Die letzte Auktion, die von Hanssen geführt wurde, war am 26.April 1984. Bei allen anderen Auktionen danach wird sein Name nie wieder erwähnt. Ich habe die Kataloge bis 1990 hier." Er zeigte auf einen Karton zu seinen Füßen.
Die Kollegen waren inzwischen wieder an ihre Schreibtische zurückgekehrt und Baumann drehte an

seinem Ohrläppchen. „Dat heißt, wir können den Zeitraum weiter eingrenzen.“ Karsten grinste. „Richtig. Peter Hanssen war definitiv am Mittwoch vor Ostern 1984 noch in Hamburg und spätestens vier Wochen danach schon in Kapstadt. In diesen vier Wochen muss es passiert sein.“

Baumann schüttelte den Kopf. „Nee, dat stinkt. Der war früher in Kapstadt. Hier! In den anderen Katalogen liegt eine Liste der Interessenten. Hier nich.“ Er wies auf die letzte Auktion von Peter Hanssen. „Krieg mal raus, warum nich oder noch besser, besorg die und versuch einige zu erreichen, die bei dieser Auktion anwesend waren. Vielleicht is ja damals wat vorgefallen.“ Karsten starrte ihn beeindruckt an. „Nu los!“, bollerte sein Chef und er sprang auf.

Lena hatte inzwischen mit dem Milliardär gesprochen und erfahren, dass Emilia Sommer wirklich bei ihm war und nicht nur das. Es gab eine Unmenge an Zeugen, die sie beide sowohl auf einem Event in London als auch in Lokalen und Bars gesehen haben. Die Gnädigste war also entlastet.

Im Fall >Kopf ohne Mann< kamen sie nicht einen Zentimeter weiter. Keiner hatte diese Truhe je gesehen und auch das Internet, das sich bekanntlich alles merkt, spuckte keine Informationen aus. Sie traten immer noch auf der Stelle.

Thomas war gerade auf dem Weg zu Cornelius Thron, um seinen verschobenen Termin mit ihm endlich nachzuholen. Der kleine Prinz hatte ihn bereits zwei

Mal vertröstet. Darum hatte Thomas sich vorgenommen, ihn erst einmal Maß zu nehmen.
Er betrat das zweite Mal den Glaspalast der Thron Bau und steuerte direkt auf den Tresen zu. Die Dame dahinter begrüßte ihn überfreundlich. Thomas zückte seinen Ausweis und schob ihn über den Tresen: „Lachner, Kriminalpolizei. Zu Herrn Cornelius Thron." Die Blondine zuckte kurz zusammen und griff dann zum Telefon. Kurz darauf, legte sie achselzuckend wieder auf und schaute ihn verlegen an. „Er scheint nicht an seinem Platz zu sein. Hatten sie einen Termin?" Thomas traute seinen Ohren nicht. Jetzt war das Maß voll und er wurde laut: „Ja und richten sie ihrem Juniorchef aus, dass ich jetzt ungemütlich werde. Er erhält jetzt eine offizielle Vorladung von uns. Sollte er dann wieder nicht erscheinen, werde ich ihn persönlich in Gewahrsam nehmen. Dann darf er sich eine Zelle gern mal von innen ansehen!"
Die Blondine starrte ihn mit offenem Mund an und zeigte stumm zur Eingangstür. Thomas drehte sich um. Cornelius Thron stand hinter ihm und jetzt war es ihm peinlich, dass er gerade so ausgerastet war. Er reichte ihm die Hand und stellte sich kurz vor.
Cornelius lächelte: „Warum diese Aufregung, Herr Kommissar. Ich bin doch noch pünktlich." Er tippte auf seine Rolex und grinste ihn an. Lachner winkte nur ab und nickte.
Kurz bevor sie die Chefetage betraten, schaute Thomas noch einmal auf die bemalte Glaswand. Heute fand er das moderne Kunstwerk gar nicht so übel und wiegte den Kopf. Der Junior reagierte sofort:

„Gefällt es ihnen?“ Ohne eine Antwort abzuwarten, sprach er weiter: „Das hat ein Freund von mir gemalt, ein sehr viel versprechender, junger Künstler. Wir haben eine Stiftung gegründet und fördern aufstrebende Talente."
Lachner antwortete ihm darauf, dass er das sehr lobenswert findet, um wenigstens etwas zu sagen. Dann öffnete sich auch schon die gläserne Wand und sie traten ein.
Kaum, dass der Kommissar Platz genommen hatte, klingelte Juniors Handy. Er hob kurz entschuldigend die Hand, setzte sich und nahm ab. Das erste was Lachner auffiel, war das Leuchten in Cornelius Augen. Dann drehte der junge Mann ihm den Rücken zu und begann zu flüstern: „Ja, ich freu mich auch… Das machen wir… Bis später, mein Engel… Ich dich auch.“ Als er sich umdrehte hatte er immer noch dieses verklärte Lächeln im Gesicht und erschrak, als Lachner ihn anstarrte. Sofort versuchte er seine Contenance wieder zu erlangen, räusperte sich kurz und fragte den Kommissar, wie er weiterhelfen könne. Doch Lachner kam sofort auf das eben geführte Telefonat zurück und fragte ihn direkt: „War das ihre Verlobte?“ Cornelius Thron hatte mit dieser Frage offensichtlich nicht gerechnet und schaute etwas beschämt auf die Tischplatte. „Nein, so weit sind wir noch nicht. Aber, ja, das war meine Freundin."
Thomas bohrte weiter: „Haben sie deswegen zwei Termine verschoben?" Der Junior versuchte seinem Blick standzuhalten, was ihm aber nicht gelang. Er

nickte schüchtern. „Ja.“ Jetzt schmunzelte Lachner ihn an: „Na, das kann ich verstehen. Frisch verliebt?" Cornelius lächelte schüchtern und wurde ein wenig rot. „Ziemlich frisch, vier Wochen."
Der Kommissar kam nun endlich zum eigentlichen Grund seines Besuches. Er tastet sich zunächst langsam vor, um herauszufinden, was Cornelius über seinen Vater wusste. Thomas war erstaunt, wie detailgetreu der junge Mann die Vergangenheit seines Erzeugers kannte. Seine Mutter musste ihm das Leben von Peer Claasen in allen Einzelheiten geschildert haben. Allerdings fiel Lachner auf, dass er über die aktuellen Ereignisse nicht in Kenntnis gesetzt worden war. Also sah er es als seine Aufgabe an, Cornelius Thron jetzt darüber aufzuklären.
Dem Junior stand Schweiß auf der Stirn und es schien alles Blut aus seinem Gesicht gewichen zu sein. Thomas beugte sich nach vorn und fragte vorsichtig: „Herr Thron, kann ich ihnen helfen? Soll ich jemanden rufen?"
Der junge Mann schaute ihn an und atmete einmal tief durch. „Nein, danke. Es geht schon wieder.“ Er starrte auf die Schreibtischplatte, stand plötzlich auf und drehte Lachner den Rücken zu. Rums! Seine flache Hand knallte an die Fensterscheibe. Lachner zuckte zusammen. Cornelius schrie: „Warum weiß ich nichts davon?“ Dann drehte er sich ruckartig um. „Weiß mein Großvater Bescheid?" Lachner nickte stumm und der Junior stürmte aus dem Büro. Mit dieser Gefühlsregung hatte der Kommissar nicht gerechnet und schaute dem jungen Mann erschrocken hinterher.

Nach etwa 10 Minuten betrat er wieder den Raum und entschuldigte sich für seinen Ausbruch.
Das restliche Gespräch verlief sachlich, aber führte zu keinen neuen Erkenntnissen. So verließ Thomas Lachner bereits nach weiteren 15 Minuten den Glaspalast der Thron Bau und kehrte ins Kommissariat zurück.

# Zwischen den Zeilen

Karsten wühlte sich seit einigen Stunden durch die alten Akten und Aufzeichnungen des Auktionshauses Rissen. Seine roten Haare waren völlig durchgeschwitzt und standen auf Sturm.
„Na, Pumuckl! Allet klar?“ Baumann stand in der geöffneten Bodentür und grinste ihn an. Karsten erschrak und reckte seinen Hals aus den Papierstapeln. Jetzt konnte er seinen Chef sehen. Drohend hob er die Fäuste und Baumann musste lachen. „Allet klar, Karsten. Den Spitznamen hat ja schon Petra. Wie geht es ihr denn auf der Polizeischule? Allet in Butta?“ Karsten nickte und blätterte weiter in den verstaubten Akten. Doch dann hob er noch einmal den Kopf. „Wie bist du hier eigentlich reingekommen?“ Baumann grinste wieder: „Durch die Tür.“ Karsten verdrehte genervt die Augen: „Mensch, Chef!“ Der winkte nur ab und sagte: „Die nette Dame da unten hat mir gesagt wo du bist und gemeint, du könntest bestimmt mal ne Pause gebrauchen. Hier oben wäre eine brütende Hitze. Und ick muss sagen, sie hat recht. Komm, mach Schluss für heute oder nimm dir meinetwegen wat mit.“ Karsten kam langsam hinter den Aktenstapeln hervorgekrochen und hielt noch einige Ordner unter dem Arm. „O.k., die hier sind alle aus den Jahren 83 und 84.“ Klaus nickte zustimmend und lud Karsten zum Feierabendbier ein. Unterwegs rief er Vivi an, dass sie nicht auf ihn warten solle, es könne später werden.

„So und jetzt will ick endlich mal in die olle Kneipe am Michel." Karsten amüsierte sich über seinen Chef. „Du meinst >Old Commercial Room< oder?" Baumann runzelte die Stirn. „Ach, so heißt die?"
Kurz darauf bog er in die Englische Planke und fand gleich einen Parkplatz.
„Goldmedaille für Labskaus, Eisbein, Scholle und Seezunge.", las Klaus laut vor, als er vor dem Eingang stand. Er klatschte sich auf die Schenkel. „Goldmedaille, ha, ick werd verrückt. Na, dann wolln wir mal." Er ging voraus und öffnete die Tür.
Sie hatten Glück, gleich rechts am Fenster war ein Tisch frei und Baumann ließ sich sofort auf einen Stuhl fallen. Dann schweifte sein Blick durch den Raum und er sagte erst einmal nichts. Karsten musterte seinen Chef von der Seite und schmunzelte. Vorsichtig schob er ihm die Karte zu: „Hier, kuck erst mal rein." Baumann nahm schweigend an, doch seine Augen tanzten immer noch über die Wände. Es gab viel zu sehen und das Mahagoniholz war ganz nach seinem Geschmack. Schließlich öffnete er die Speisekarte und fing gleich wieder an zu staunen: „Ach nee, weiß du wer an diesem Tisch hier schon allet gesessen hat? Bundeskanzler Helmut Schmidt, Götz George, Franz Beckenbauer...ha und sogar Olle Netzer. Ick bin baff." Dann blätterte er endlich weiter. „Erst mal ne Molle, ne Kollege?" Karsten verstand nicht und Klaus fing darauf gleich an zu lachen. „Ein Bier?", wiederholte er und Karsten nickte zustimmend. „So.", sagte Klaus „...und dann werde ick mal Labskaus probieren und du?" Er schaute den Kollegen wartend an.

Der druckste. „Wat, haste keinen Hunger oder keine Knete?...aha, Letzteres, wa? Ick habe doch gesagt, ick lade dich ein. Nu mach dir mal nich ins Hemde. Also auch Labskaus?“ Karsten nickte schüchtern.
Als der Kellner die Teller auf den Tisch stellte, rümpfte Klaus angewidert die Nase. „Wat is denn dat, Kollege?“ Karsten lachte. „Labskaus.“ Klaus stocherte mit der Gabel im Kartoffelstampf. „Dat sieht ja aus wie Moppelkotze.“ Karsten hielt sich den Zeigefinger vor den Mund: „Pst. Das muss so, eben Labskaus. Das wolltest du doch.“ Klaus schüttelte den Kopf: „Nee, dat wollte ick nich. Dat sieht ja aus, wie schon mal gegessen.“ Karsten rutschte unruhig hin und her und beugte sich dann zu seinem Chef hinüber: „Klaus, Labskaus sieht so aus. Koste doch mal. Das schmeckt prima. Iss es am besten zusammen mit der Roten Beete und dem Ei. Kuck, so wie ich. Das ist Kartoffelstampf mit Rindfleisch und Zwiebeln. Koste.“
Nach langen Überredungsversuchen, schob sich Baumann endlich eine Fuhre Essen in den Mund und der Kollege harrte der Dinge, die jetzt kommen würden. Aber er wurde angenehm überrascht. Klaus schob gleich noch eine Gabel hinterher und noch eine und noch eine. Er hatte seinen Teller schneller leer als Karsten und lehnte sich genüsslich in den Stuhl. „Man, wie kann ein Essen, dat so Scheiße aussieht, so gut schmecken.“
„Hmhm. Also hat es geschmeckt, der Herr?“ Der Kellner schaute ihn ernst an. „Ähm, ja, ja, sogar sehr

gut.“, stotterte Klaus und Karsten sah grinsend aus dem Fenster.
Als sie das Lokal verlassen hatten, prustete Karsten laut los und konnte sich bis zum Auto nicht beruhigen. Jetzt musste Baumann auch lachen. „Wo kam der auf einmal her. Ick hab mich so erschrocken. Hat der gehört, wat ick gesagt habe?“ Der Kollege nickte und lachte zugleich.
In der Nähe des Winterhuder Marktplatzes hatte Karsten sich endlich beruhigt. Klaus bog in die Ohlsdorfer Straße ein und hielt an. Karsten verabschiedete sich und sagte: „Aber du hast nicht einmal auf dem Thron gesessen.“ Klaus verstand nicht und fragte nach. „Na, das Herrenklo. Das ist eine Legende. Mehr verrate ich nicht.“ Baumann beschloss, noch einmal mit Vivi dort essen zu gehen. Das Klo musste er sehen.

Am anderen Morgen war Karsten der erste und hatte sich bereits im großen Meetingraum ausgebreitet. Kataloge, handschriftliche Notizen, Fotos, alles hatte er nach Datum sortiert und säuberlich nebeneinandergelegt. Er blätterte gerade in einem der alten Ordner, als Lena den Raum betrat. „Was ist denn hier los?“ Er schaute kurz auf, aber reagierte nicht. Irgendetwas hatte ihn gerade gefesselt und er flüsterte: „396, also sollte da noch ein Gegenstand aufgenommen werden.“ Lena trat näher an ihn heran. „Was meinst du?“ Karsten tippte auf die handschriftliche Notiz unter der Auflistung. „Hier. Das ist Hanssens Handschrift und das ist die Liste der Gegenstände, die am 26.April

1984 unter den Hammer kommen sollten. Die Nummer 396 hat er noch hinzugefügt. Unter Daten hat er noch Ende 17. Jahrhundert mit Fragezeichen eingetragen, aber unter Titel steht nichts, auch nicht unter Maße und unter Schätzpreis." Lena drehte sich eine Locke um den Zeigefinger und überlegte. „Vielleicht konnte er den Gegenstand nicht mehr mit aufnehmen. Der Katalog war sicher schon gedruckt. Zeig ihn mir mal." Karsten griff sofort an die richtige Stelle und legte den Auktionskatalog auf den Tisch. Sie blätterte bis zur Nummer 395 vor und hoffte noch einen Anhaltspunkt zu finden, aber da war nichts. Enttäuscht klappte sie ihn wieder zu. Plötzlich zog sie ihn wieder an sich und fuhr langsam über den glänzenden Einband. Dann hielt sie ihn gegen das Licht und schaute seitlich über die glatte Fläche. „Hier, sieh mal." Jetzt bückte sich auch der Kollege und folgte ihrem Blick. „Ja, da steht was." Dann rannte er los und stand plötzlich mit Bleistift und Papier neben ihr. „Gleich werden wir sehen, was da steht." Er legte das Blatt auf den Einband des Kataloges und fuhr Strich für Strich mit dem Bleistift darüber, so dass eine große, dunkle Fläche entstand. Doch in dem Grau erschienen nach und nach einige Zeichen, die jetzt deutlich zu erkennen waren. „Tata!" Karsten grinste stolz. „396 und dahinter ein Fragezeichen. Er wusste also noch nicht, ob er den Gegenstand mit aufnehmen würde." Lena überlegte. „Oder er wusste nicht, ob er ihn überhaupt bekommen würde." Sie schlang eine große Locke ihres Haares um den Zeigefinger und wurde nachdenklich. „Das Fragezeichen stand aber nicht auf der Liste, die du mir eben gezeigt hast. Also von der kann es nicht durchgedrückt sein. Er muss sich eine private Notiz auf einem anderen Zettel gemacht haben…und… hier…“ Sie zeigte wieder auf den Katalogdeckel. „…hier steht noch was.“ Karsten wiederholte die Prozedur und es kamen erneut Zahlen zum Vorschein. „24/4 und darunter eine 16 oder 10 mit einem Minus dahinter.“ Der Kollege füllte seine Wangen mit Luft und lies sie laut wieder heraus. „Keine Ahnung, was das heißen soll.“ Lena starrte auf die Zahlen und entschied kurzerhand Eva Sommer anzurufen. Sie sollte doch die Schreibweise ihres Vaters kennen. Gewohnheiten legt man doch bekanntlich nicht ab. Also rief sie die Tochter im Auktionshaus an und fragte nach. Eva sagte ihr sofort, dass es sich bei der ersten Zahl um das Datum handelte. Ihr Vater trennte gewöhnlich immer mit Schrägstrichen, wenn es sich um eine Datumsangabe handelte. Das andere konnte sie am Telefon nicht deuten und bat um eine Fotografie. Die Kommissarin erklärte ihr, wie sie die Zeichen sichtbar gemacht hatten und dass es sehr schwierig sein würde, es zu fotografieren oder einzuscannen. Aber sie bot ihr an, ins Auktionshaus zu kommen und Eva willigte ein.

Bereits dreißig Minuten später parkte Lena ihren BMW gegenüber dem Auktionshaus Sommer. Das riesige Eckgebäude am Rothenbaum hatte sie bereits aus der Ferne beeindruckt. Die klassizistischen Stilelemente sprangen dem Betrachter förmlich entgegen. Die Fenster der ersten und zweiten Etage wurden von

weißen Säulen umrahmt, auf denen dachähnliche Formen prangten. Lena hielt den Atem an. Sie war schon häufig am Rothenbaum gewesen, aber hatte sich nie die Zeit genommen, diese wundervollen Villen näher zu betrachten. Noch einmal ließ sie ihre Blicke über das Gebäude schweifen und blieb an den säulengetragenen Balkonen hängen, die an beiden Seiten der Villa ihren Abschluss fanden. Atemberaubend, dachte sie und wechselte endlich auf die andere Straßenseite. Am Eingang hielt sie noch einmal inne und schaute hoch zum mächtigen Rundbogen über sich. Dann griff sie die Klinke der gläsernen Tür und trat ein.
Als erstes wurde sie von einer schier unendlichen Zahl Gemälde erschlagen. Die Wände hingen voll davon und sie schwankte zwischen Begeisterung und Entsetzten. Sie fühlte sich von den wuchtigen goldenen und braunen Rahmen förmlich erdrückt und trat sofort nach rechts an die Fensterfront. Hier dominierten gläserne Vitrinen und sie genoss deren Leichtigkeit, wenn auch die Inhalte eher finanzielle Schwergewichte zu sein schienen. Edelsteinbestückte Colliers in allen Farben und Formen, Ohrringe, Diademe, Armbänder und Ringe, alles, was ein Frauenherz höherschlagen lässt. Lenas hingegen galoppierte schon und so zuckte sie zusammen als Eva Sommer sie ansprach: „Moin, Frau Kommissarin." Sofort stieg ihr die Röte ins Gesicht. Die junge Frau lachte: „Oh, habe ich sie erschreckt?" Lena antwortete nicht und reichte ihr gleich die Hand. Der Fachfrau war nicht entgangen, dass sich ihr Besuch sehr für den alten Schmuck interessierte und so bot sie ihr an, nach dem Gespräch

eine Führung zu machen. Lena nickte zustimmend und folgte ihr ins Büro. Sie zog das Blatt mit den außergewöhnlichen Zeichen aus ihrer Tasche. Die Tochter nickte. „Ja, das ist seine Handschrift und so pflegt er sich Notizen zu machen. Das heißt definitiv 24.April und das darunter 10 Uhr. Sicher ein Treffen wegen eines Ankaufs. So macht er das immer." Dann hielt sie plötzlich inne. „Ähm…so machte er das, meine ich." Ihre Augen wurden feucht und sie drehte sich kurz um, zog ein Taschentuch aus einer Box und fragte: „Kann ich bitte mal den Katalog sehen, von dem sie gesprochen haben?" Lena reichte ihn ihr und die junge Frau fühlte vorsichtig über den Einband. „Was ist denn das hier?" Lena erklärte ihr kurz, dass es die fortlaufende Nummer im Katalog ist, unter der der neue Gegenstand aufgenommen worden wäre. Darum sicher auch das Fragezeichen. Eva lächelte und blätterte interessiert durch diverse Kunstschätze. „1984. Wow. Da war an mich noch gar nicht zu denken." Dann gab sie den Katalog wieder zurück. „Ich hoffe, dass ich ihnen helfen konnte." Lena dankte ihr. Aber jetzt freute die Kommissarin sich auf die persönliche Führung. Eva Sommer lächelte ihr zu. „Ich verrate ihnen jetzt mal ein Geheimnis. Ich bin die ungekrönte Königin der Experten für exklusiven Schmuck. Wenn sich Kollegen weltweit nicht sicher sind, fahre ich zwecks Expertise auch mal nach Kapstadt, Honkong oder Paris. Je nachdem, wo die Schätze zu besichtigen sind. Also, dann tauchen wir mal ab in die Welt von Glanz und Gloria." Sie standen vor den Vitrinen, die Lena bei ihrer Ankunft bereits bewundert

hatte. Sie erfuhr als erstes, dass hier nur Kopien ausgestellt waren. Lena war überrascht und Eva lächelte verschmitzt. „Täuschend echt, nicht wahr? Nach dem letzten Einbruch haben wir uns abgesichert. Kommen sie, jetzt zeige ich ihnen die wahren Schätze."
Sie bestiegen einen gläsernen Aufzug. Als sich die Tür öffnete, wagte die Kommissarin kaum zu atmen. Sie blieb in der offenen Tür stehen und wusste nicht, wo sie zuerst hinschauen sollte.
„Kommen sie bitte." Eva Sommer reichte ihr die Hand. Lena nahm an und folgte ihr. „Hier sehen sie eines meiner Lieblingsstücke jüngeren Datums, ein Gold-Diamant-Collier aus dem Jahre 1980. Vielleicht kaufe ich es selbst." Sie zwinkerte Lena zu und ging weiter. Hier ein sehr schönes Stück, ein Perlen-Parure." Lena runzelte die Stirn und die Frachtfrau reagierte sofort: „Entschuldigung, Frau Arnold. Ich verliere mich häufig in den Fachbegriffen. Also, zur näheren Erklärung, eine Parure ist abgeleitet vom französischen „Parure de bijoux" und bedeutet Schmuckkombination, deren Einzelteile in Design und Materialwahl aufeinander abgestimmt sind. Paruren kamen während des 17. Jahrhunderts in Europa auf und waren wichtige Statussymbole der Dame von Stand. Das hier ist aus dem Jahre 1960 und gehörte einer Dame aus Wien."
Sie ging weiter und öffnete einen kleinen Schrank an der Fensterfront, drückte ihren Daumen auf einen kleinen Bildschirm und sofort fuhr eine Schublade heraus. Danach schlug sie das darauf liegende grüne Samttuch um und Lena ging einen Schritt zurück.

„Der ist ja riesig." Die Fachfrau lächelte. „Ja, das ist ein großer, ungefasster Brillant und bevor sie fragen, er hat einen Schätzwert von ca. 50.000 €. Ich bin gespannt was er am kommenden Wochenende auf der Auktion erzielt." Damit bedeckte sie ihn wieder mit dem schützenden Tuch und ihr Daumen versenkte die Schublade in ihren Urzustand.
Nach einer Stunde verabschiedete sich Lena endgültig und bedankte sich noch einmal für die Privatführung.

Im Kommissariat angekommen, informierte sie Karsten gleich über das neue Puzzleteilchen, doch der hatte inzwischen eine viel größere Entdeckung gemacht. Peter Hanssen war zur Auktion am Abend des 26. April 1984 gar nicht erschienen. Karsten hatte die Bieterliste gefunden und mit einer Freifrau von Thun gesprochen. Die Dame konnte sich sehr gut an das Durcheinander von damals erinnern. Der Herr Auktionator war wie vom Erdboden verschluckt und Herr Rissen musste dann statt seiner die Auktion durchführen. Sie könne sich besonders gut daran erinnern, da sie an diesem Abend ein Smaragdcollier ersteigert hatte, das immer noch zu ihren Lieblingsstücken zähle. Lena überlegte. „Das heißt ja, dass er also noch früher aus Hamburg verschwunden war.“ Karsten nickte. „Ja, Lena und das könnte bedeuten, dass er am 24. April 1984 auf ein besonders exklusives Stück gestoßen ist, das er selbst haben wollte.“ Lena unterbrach ihn: „Nein, nicht selbst haben. Er wollte es schwarz verkaufen und nicht über das Auktionshaus.

Er muss sofort erkannt haben, dass er etwas Außergewöhnliches oder Seltenes angeboten bekam und hat seine große Chance gewittert." Karsten kratzte sich am Hinterkopf. „Welche Chance?" Lena schnaubte: „Man, Karsten... reich zu werden." Karsten schlug sich die Hand an die Stirn: „Klar...aber dafür musste er töten, da der Besitzer es sich vielleicht anders überlegt hatte."

Die beiden sprachen so laut, dass Klaus herbeieilte. Als Karsten den Zusammenhang erklärte, klatschte Baumann vor Freude in die Hände. „Klasse, Karsten. Wieder ein Stück weiter!"

## Traurige Erinnerung

Sie saß auf der Terrasse am Alsterufer und blickte seit einiger Zeit auf das Foto in ihrer Hand. Für die Schönheit der Natur hatte sie heute keine Augen.
„Mom? Was hast du?" Er kam näher und kniete sich vor sie. „Aber, Mom, du hast ja geweint. Was ist denn?“ Erst jetzt bemerkte er die Fotografie und verstand. Die aktuellen Ermittlungen der Hamburger Kriminalpolizei hatten alles wieder in ihr hochkommen lassen. Er bemerkte ihr Zittern und berührte vorsichtig ihre Hand. Sie war eiskalt. Er erschrak. Vorsichtig legte er seinen Kopf auf ihren Schoß. Ein kleines Lächeln huschte über ihr Gesicht und sie begann seine blonden Haare zu streicheln. Das mochte er schon als kleiner Junge, dachte sie. Anna beugte sich zu ihm hinunter und küsste sein Haar. Ihr geliebter Cornelius war das Einzige, was von Peer übriggeblieben war, von einer einst so wundervollen, innigen Liebe. Tränen liefen ihr über die Wangen und sie fing leise an zu schluchzen. Cornelius hob den Kopf und sah seine Mutter traurig an. Sie stand seit Tagen völlig neben sich. Auch Großvater kam nicht an sie heran. Selbst in geschäftlichen Dingen hatte sie sich zurückgezogen und verkroch sich meistens in der Bibliothek des Hauses. Umso mehr freute er sich, dass sie heute endlich einmal auf der Terrasse war und diesen wundervollen Frühlingstag genoss. Immer noch sah er sie an, aber Anna schien ihrer Welt völlig entrückt zu sein. Sie blickte starr über die Alster.

Er nahm ihr das Foto aus der Hand und sprach sie nochmals an: „Mom, es ist so lange her. Ich weiß, dass du ihn sehr geliebt hast. Aber du bist so eine wundervolle, liebenswerte und schöne Frau. Sieh dich doch an."
Er zog sie mit einem Ruck nach oben und sie erschrak. „Cornelius, was soll das!?" Unbeirrt zog er sie weiter auf die Mitte der Terrasse und drehte sie wie eine Ballerina um ihre eigene Achse. Anna lachte und in ihrem pfirsichfarbenen Dolce & Gabbana Kleid sah sie heute aus, wie ein junges Mädchen. Die aufgesetzten Puffärmel unterstrichen diesen Eindruck und die silbernen Rundknöpfe auf der Knopfleiste glänzten in der Sonne.
Cornelius drückte seine Mutter ganz fest an sich und flüsterte ihr ins Ohr: „Ist es nicht endlich an der Zeit, sich neu zu verlieben? Geb dir und der Liebe doch wenigstens eine Chance. Bitte, Mom." Dann küsste er ihre Wange und fügte hinzu: „Übrigens, tolles Kleid."
Zunächst hatte sie noch gelächelt, aber jetzt sagte sie mit ernster Miene: „Du bist frisch verliebt, mein Schatz und jetzt glaubst du, dass es mich im Frühling auch erwischen sollte. Das ist doch Unfug. So etwas kann man nicht planen, Cornelius."
Er küsste abwechselnd ihre Hände und schaute sie mit einem verklärten Blick an. „Hast ja recht, Mom. Ich habe wirklich sehr viele Schmetterlinge im Bauch. Ist sie nicht wundervoll? Sie ist ein Engel und das Beste

was mir seit langem passiert ist. Ich wünsche mir einfach so sehr, dass du auch jemanden für dein Herz findest. Kannst du das verstehen?"
Sie nickte und strich sanft über sein Haar. „Ja, mein Schatz. Das möchte ich doch auch. Nur jetzt geht es gerade nicht. Es ist einfach viel zu viel passiert und ich brauche ein wenig Zeit, um darüber hinweg zu kommen. Gib mir die Zeit."
Cornelius gab sich mit dieser Antwort zunächst zufrieden und verabschiedete sich. Anna atmete tief durch und ließ ihren Blick endlich über die wundervolle Natur gleiten. Sie liebte es, über das Wasser zu sehen und immer wieder blieb ihr Blick an den schlanken Ästen der Weide hängen. Ihre langen Zweige hingen so tief, dass sie das Wasser der Alster berührten.
Anna schaute auf ihre Uhr. Elf. Sie entschied sich einen Tee zu machen und stand auf.
„Clara, du bist ja noch hier." Das Hausmädchen war gerade dabei den Marmorboden in der Küche zu polieren. „Ja, gnädige Frau." Anna Thron rollte mit den Augen. „Clara, bitte lass das, mit der gnädigen Frau. Wie oft soll ich dir das noch sagen. Frau Thron reicht völlig." Die Angestellte lächelte sie an: „Aber, gnädige Frau." Anna winkte ab und ging hinüber zur Teemaschine, bereitete alles vor und stellte sie an. Dann wandte sie sich wieder an ihr Hausmädchen mit der Bitte, ihr den Tee auf die Terrasse zu bringen, wenn er fertig ist. Noch im Weggehen klangen ihr die letzten Worte Claras im Ohr „Selbstverständlich, gnädige Frau." Kopfschüttelnd ging sie weiter.

Anna nippte schon lange an ihrem Tee und genoss den neuen Spring Darjeeling, den ihre Freundin ihr gestern aus dem Teekontor mitgebracht hatte. Sie liebte ihn pur, ohne jeglichen Schnickschnack. Anna genoss den letzten Schluck und lächelte in sich hinein. Cornelius hatte Recht. So konnte es nicht weitergehen. Sie hatte ja im Laufe der Jahre mehrere Beziehungen begonnen, aber das Richtige war einfach nie dabei gewesen. Vielleicht würden Cornelius und Eva sie wirklich ein bisschen anstecken und sie bekäme auch wieder Lust auf die Liebe. Doch in den letzten Wochen war so viel passiert, dass sie erst einmal Abstand brauchte. Außerdem musste sie noch einiges aufklären, um endlich wieder Ruhe und Frieden zu finden. Sie nahm sich vor, morgen mit dem Kommissar offen zu reden. Egal, welches Versprechen sie einmal gegeben hatte. Jetzt musste endlich Schluss sein mit dem Versteckspiel, sonst würde sie nicht nur ihr Leben, sondern auch das ihres Sohnes zerstören. Sie fasste in ihr Jackett und zog den Briefumschlag heraus, den sie seit Tagen ständig mit sich trug. Vorsichtig schaute sie sich um und war sicher, dass sie ihn noch einmal ungestört lesen konnte. Langsam zog sie die Seite aus dem abgegriffenen Kuvert und faltete sie auf. Noch immer hatte sie große Schwierigkeiten die Schrift zu lesen. Magda Claasen musste diese Zeilen kurz vor ihrem Tode niedergeschrieben haben. Sie erinnerte sich noch gut, dass die alte Dame an ihrem 80. Geburtstag kaum aus ihrem Zimmer kam. Erst am Nachmittag empfing sie ihre Gäste und verabschiedete sich bereits am frühen Abend. Am anderen Morgen hatte

ihr Hausarzt dann ihren Tod festgestellt und Anna bestätigt, dass die alte Dame bereits in den Abendstunden ihres Geburtstages verschieden war.
Annas Gedanken waren weit in jene Zeit zurückgeschweift und sie erschrak, als ihr ein junger Mann vom Wasser her zurief: „Einen wunderschönen Sonntag, Frau Thron. Ist Cornelius auch da? Vielleicht hat er ja Lust, mit mir eine Runde zu paddeln?“ Er sah sie abwartend an. Anna steckte den Brief ins Kuvert zurück und rief ihm zu: „Moment, Felix, ich hole ihn."
Einige Minuten später stand der Paddler bereits fertig umgezogen am Steg und begrüßte seinen Freund: „Moin, moin, Felix. Tolle Idee, vor allem bei diesem Superwetter!" Kurz darauf saß auch Cornelius im Kanu und versenkte sein Paddel im Wasser.

Anna Thron hatte den beiden noch eine Weile hinterhergeschaut und genoss die warmen Strahlen der Sonne. Dann besann sie sich und holte das Kuvert wieder aus ihrer Jacke, klappte das Briefpapier auf und begann zu lesen.

*Meine liebe Anna,*

*ich weiß, wie sehr Du meinen einzigen Sohn geliebt hast und ich weiß, dass Du seinen Sohn zu einem wunderbaren Mann erziehen wirst. Cornelius ist jetzt schon ganz sein Vater und obwohl er ohne ihn aufwachsen muss, hast Du ihn das bisher nicht vermissen lassen. Wenn Peer jetzt auf uns herabblicken könnte,*

*wäre er sehr glücklich und vor allem sehr stolz auf dich, wie Du das Leben meisterst.*
*Mein liebes Kind, ich habe Dich so sehr in mein Herz geschlossen und bin so glücklich darüber, dass ich meine letzten Jahre in Deinem Hause verbringen durfte. Darum fällt es mir auch sehr schwer, Dir heute mein größtes Geheimnis anzuvertrauen. Ich habe all die Jahre geschwiegen, um Dich und Cornelius zu schützen. Ich bin mir sicher, dass mein Sohn das auch so gewollt hätte.*
*Nun aber zu der Wahrheit, die ich Dir viele Jahre vorenthalten habe. Dafür muss ich aber in der Geschichte meiner Familie zurückgehen.*
*Wie Du weißt, war ich vor dem Krieg schon einmal verheiratet. Urbano Colonna war ein wundervoller Mann. Er las mir jeden Wunsch von den Augen ab. Wir waren so verliebt, wie man eben mit zwanzig verliebt sein kann. Aber wir schrieben damals das Jahr 1930 und es waren schwere Zeiten für Verliebte. Er stammte aus einer besonderen Familie. Die Colonna gehörten schon immer zu einer der bedeutendsten Adelsfamilien Roms. Sie waren fürstlichen Standes und gehörten zum Europäischen Hochadel. Ich war mit Sicherheit nicht standesgemäß und so hatte Urbano viele Anfeindungen seiner Familie zu ertragen. Das war auch der Grund, warum wir schließlich in Deutschland lebten und nicht in Italien. Alle Gegenstände, die ihm heilig und wichtig waren, brachte er in unser neues Heim nach Hamburg. Darunter befand sich auch eine außergewöhnlich schöne Truhe, die*

*wir von einem Onkel Urbanos zu unserer Hochzeit geschenkt bekommen hatten.*
*Als mein geliebter Mann dann später während des Krieges verstarb und große Teile unseres Hauses in Schutt und Asche lagen, entschied ich mich mein restliches Hab und Gut zu nehmen und noch einmal neu zu beginnen. Wie Du weißt, habe ich viele Jahre an der Elbe ein kleines Café geführt und dort auch meinen zweiten Mann kennengelernt. Ich hatte ein weiteres Mal Glück in der Liebe und so heiratete ich Hans Claasen im Mai des Jahres 1946. Auf Kinder haben wir zwar immer gehofft, aber nicht mehr daran geglaubt. Als ich dann tatsächlich schwanger wurde und noch mit 39 meinen lieben Sohn gebar, konnte ich mein Mutterglück erst gar nicht fassen. Peer war mein Engel. Mein lieber Peer. Ich vermisse ihn so sehr und er ist mir immer noch so nah, als ob er uns gestern erst verlassen hätte.*
*Du weißt, wie sehr ich mir gewünscht habe, dass Ihr heiratet und ich nahm mir vor, Euch mit meinem ersten Hochzeitsgeschenk zu überraschen, dass uns damals der Onkel Urbanos überreicht hatte. Die Renaissancetruhe war unbeschädigt durch das Ganze Auf und Ab meines Lebens gekommen und sollte nun Euch Glück bringen. Darum hatte ich mich aufgerafft und wollte das schöne Stück etwas aufpolieren. Doch als ich versehentlich eine Stelle der Truhe berührte, öffnete sich ein geheimes Fach, von dem ich bis zu diesem Zeitpunkt nichts wusste. In ihm befanden sich viele vergilbte Papiere, mit denen ich nichts anfangen*

*konnte. Ich nahm mir vor, mich später darum zu kümmern und schloss das Fach wieder. Die Truhe allerdings putzte ich auf Hochglanz, um sie Euch später zu überreichen.*
*Doch mein Plan sollte leider nicht aufgehen.*
*Ich weiß es noch wie heute. Peer stand vor mir und war freudig erregt und traurig zugleich. Er hatte tatsächlich den Zuschlag für das große Bauprojekt an der Chrysanderstraße erhalten. Dieser Auftrag rettete nicht nur das Überleben seiner Firma, sondern machte ihn auch endgültig unabhängig von Deinem Vater. Du weißt, meine liebe Anna, wie sehr ihn das belastet hat. Endlich wäre er finanziell unabhängig geworden. Das wollte er Dir doch immer beweisen. Es sollte sein Hochzeitsgeschenk an dich werden. Aber was nützte ihm dieser Auftrag, wenn er nicht wusste, mit welchen Mitteln er die Baustoffe vorfinanzieren sollte. Keinesfalls wollte er wieder an Deinen Vater herantreten…*

„Anna, da bist du ja!“ Thron Senior stand am Terrasseneingang und kam auf seine Tochter zu. Sie erschrak und ließ den Brief wieder in ihrem Jackett verschwinden. „Was versteckst du da vor deinem alten Vater?“ Anna sah ihn ernst an und dachte nicht daran, ihm zu antworten. Er verstand und küsste sie auf die Stirn. „Ich bin hier, um dich ins *Jacobs* einzuladen. Der Tisch ist zu zwölf Uhr reserviert.“ Er sah sie wartend an und schließlich gab sie mit einem kurzen Nicken zu verstehen, dass sie damit einverstanden war.

Es war Juni und Sonntag, außerdem schien die Frühjahrssonne heute so intensiv wie an einem Sommertag. Anna freute sich über die Idee ihres Vaters, obgleich sie sich zunächst überfallen fühlte. Das war eben seine Art. Er musste immer die Fäden in der Hand halten.
Als der Mercedes in die Tiefgarage fuhr, fing ihr Herz an zu hüpfen. Sie freute sich wie ein kleines Kind, das zum ersten Mal auf den Rummel durfte, obwohl sie schon so oft im Jacobs gewesen war. Sie stiegen aus und der Fahrstuhl brachte sie in die Lobby.
Anna Thron betrat den weichen Teppich und ging auf die gläserne Doppeltür zu. Bereits nach wenigen Schritten kam ihr der Restaurantleiter entgegen. „Gnädige Frau, es ist uns eine besondere Ehre sie wieder in unserem Hause begrüßen zu dürfen." Erst dann blickte er ihren Vater an und fügte hinzu: „... Sie natürlich auch, Herr Thron." Anna schmunzelte in sich hinein und schritt durch die Restauranttür, die ihr bereits aufgehalten wurde. Der Restaurantleiter schaute ihr schmeichelnd hinterher und genoss sichtlich den Anblick dieser atemberaubenden Frau. Ihre schmalen Hüften wiegten sich sanft und die schwarze Seide ihres Armanikleides schmeichelte ihren Formen. Die goldenen Absätze der schwarzen Samthighheels blinkten bei jedem Schritt auf, wenn die Sonnenstrahlen darauf fielen. Als König Thron auch die offene Tür passiert hatte, folgte der Mann im schwarzen Anzug seinen Gästen und hielt Anna den Stuhl. Immer noch lächelte er sanft und überreichte den Herrschaften die Menükarten. Thron stutzte und wandte sich

verärgert an den Angestellten: „Ich habe bereits die Ente für zwei Personen vorbestellt.“ Anna schaute ihn an und ihr wolkenverhangener Blick war nicht zu übersehen. Sie schlug die Karte auf und reagierte nicht, aber der Restaurantleiter: „Gnädige Frau, wie ich sehe, haben sie andere Vorstellungen. Darf ich ihnen ein Glas Champagner bringen?“ Wieder lächelte er und wagte ein kleines Zwinkern. Sie zwinkerte zurück und hauchte: „Ja, sehr gern. Champagner wäre jetzt wundervoll.“

Der nette Herr in schwarz war schon längst hinter der Glastür verschwunden als König Thron sich verärgert über den Tisch lehnte und seine Tochter ansprach: „Was sollte das, Anna?“ Sie sah ihn lange an und überlegte, ob sie wirklich darauf antworten sollte. Doch dann tat sie es: „Ich entscheide selbst, was ich esse! Deine Übergriffigkeit, Vater, werde ich nicht mehr dulden, ein für alle Mal, merke dir das!“

Sein Unterkiefer setzte sich in Bewegung. Er ließ sich nach hinten in den Stuhl sinken und atmete tief durch. Doch bevor er antworten konnte, stand bereits der nette Herr in schwarz neben ihm. „Herr Thron, ich habe ihnen selbstverständlich auch ein Glas Champagner mitgebracht. Ich hoffe, das ist recht so?“ Noch bevor der Kelch das weiße Tischtuch berührt hatte, griff der König zu und kippte sich das Edelgetränk in den Rachen, knallte das Glas auf den Tisch und sagte: „Davon können sie gleich eine Flasche bringen.“ Der Restaurantleiter sah ihn verwundert an, bediente dann aber zunächst Anna Thron und fragte höflich, ob sie schon gewählt habe.

„Ja, bringen sie mir bitte zunächst den geräucherten Hüttenkäse und als Hauptgang den gebratenen Nordsee Steinbutt." Sie reichte ihm die Speisekarte und zwinkerte ihm zu. Er erwiderte. Dann wandte er sich an den König und fragte ihn, ob er die Vierländer Ente trotzdem haben wolle. Natürlich würde er ihm die zweite Portion einpacken. Thron schnaubte. „Ja, in Gottes Namen." Der Restaurantleiter konnte sich ein Grinsen nicht verkneifen und antwortete: „Gern, auch das." Er verschwand und Anna begann herzhaft zu lachen. Schließlich kehrte der Zwinkerer mit der Flasche Champagner zurück und bediente den immer noch brummigen Thron. Dann wandte er sich an Anna: „Gnädige Frau, ich übergebe sie nun in die Hände meines versierten Kollegen und empfange die nächsten Gäste. Natürlich stehe ich ihnen jeder Zeit zur Verfügung. Der Sommelier wird noch mit einer Weinempfehlung zu ihren Speisen auf sie zukommen." Dann verbeugte er sich leicht und sagte: „Ich empfehle mich zunächst."
Die Mittagssonne hatte sich breit gemacht über der Elbe und die Lindenterrasse vor dem Restaurant füllte sich. Anna sah sehnsuchtsvoll nach draußen.
„Gnädige Frau, darf ich ihnen im Anschluss einen Tisch auf der Lindenterrasse reservieren, vielleicht für einen Espresso oder ein Dessert?"
Unfassbar, dachte sie. Er kann mir meine Wünsche von den Augen ablesen. So einem Mann würde sie gern verfallen.
„Frau Thron?" Er lächelte immer noch.
„Sorry, sehr gern, wie aufmerksam von ihnen."

Er nickte kurz und ging. Der König schaute ihm grimmig hinterher und brummte: „Schleimer.“ Anna schüttelte nur den Kopf und war froh, dass der Sommelier bereits auf sie zu kam. Er empfahl ihr für die Vorspeise einen Rosé, den sie, nach einer kurzen Verköstigung, hervorragend fand. Zum Fisch entschied sie sich für einen Riesling Auslese trocken. Ihr Vater blieb stur beim Champagner und sie fragte sich, wie er eigentlich nach Hause kommen wollte. Eines wusste sie bereits, mit ihm würde sie keinesfalls Heim fahren.

Eigentlich hatte Anna sich vorgenommen, mit ihrem Vater noch einmal über die Vergangenheit zu reden. Die aktuellen Ermittlungen hatten sie aufwühlt, wie lange nicht mehr. Aber das war in seiner Stimmung sicher nicht ratsam. Sie fragte sich sowieso, warum er so gereizt war und konnte sich nicht vorstellen, dass allein ihre vorherige Aussage ihn so unter Dampf gesetzt hatte. Also vertagte sie das Gespräch und sah auch schon ihre Vorspeise nahen.

„Frau Thron, für sie der geräucherte Hüttenkäse mit Rüben, Beeten und Quitte.“ Dann stellte er sich kurz vor: „Mein Name ist Volker Bernhard. Ich werde sie im Laufe ihres Aufenthaltes hier in unserem Restaurant bedienen. Ich wünsche ihnen einen guten Appetit, gnädige Frau und hoffe, dass diese außergewöhnliche Vorspeise ihnen munden wird." Damit machte er einen kurzen Diener und ging.

Anna genoss den vollkommenen Service dieses Hauses und war froh, dass ihr Vater sie eingeladen hatte. Er saß ihr immer noch schmollend gegenüber und

hatte sich bereits selbst ein weiteres Glas Champagner eingegossen.
„Vater, möchtest du nicht zu deinem Hauptgang einen schönen Rotwein trinken? Fahren kannst du sowieso nicht mehr. Wir lassen das Auto hier stehen und werden es morgen abholen. Ich bestelle uns später ein Taxi." Thron nickte und jetzt huschte ihm sogar ein kleines Lächeln über das verbissene Gesicht. Anna hob kurz die Hand und der Kellner stand augenblicklich neben ihr. „Was kann ich für sie tun?" Sie wies auf ihren Vater, der antwortete: „Welchen Wein empfehlen sie mir zur Ente, junger Mann?" Der hob nur kurz die Hand, entschuldigte sich und versprach, dass er sofort den Sommelier vorbei schicken würde.
Als sich Thron endlich, nach drei Verköstigungen, für den Shiraz entschieden hatte, wurden bereits die Hauptgerichte kredenzt. Anna strahlte, als sie den Steinbutt sah. Die Ente wäre ihr viel zu schwer gewesen, aber ihrem Vater gingen schier die Augen über, als diese am Nebentisch tranchiert wurde.
Sie genoss den butterzarten Fisch und die Ruhe. Wenn er isst, kann er wenigstens nicht reden, dachte sie und musste schmunzeln. Doch er hatte ihr Lächeln wahrgenommen. „Was hast du, Anna?“ Sie erschrak. Hatte sie was gesagt? Oh, Gott. Hoffentlich nicht. „Was meinst du, Vater?“ Er hakte nach. „Du hast gelächelt. An was hast du denn gedacht?“ Sie stellte sich dumm. „Habe ich das? Naja, ich genieße einfach das Essen. Übrigens eine sehr gute Idee von dir. Danke, Vater.“
Er wippte wohlwollend mit dem Kopf und schob sich ein großes Stück Entenbrust in den Mund. Anna sah

angewidert weg. Wie kann man so einen fetten Braten nur an so einem herrlichen Sonnentag essen, dachte sie und tauchte den Steinbutt in die Zitronensauce.

Die Lindenterrasse war bereits gut gefüllt und die Temperaturen auf 23 Grad Celsius geklettert. Anna hatte sich für einen Cappuccino entschieden, ihr Vater für einen Espresso.
Ihre Blicke wanderten über die Elbe und sie genoss die wärmenden Strahlen der Sonne. Sie ärgerte sich, dass sie keine Sonnenbrille eingesteckt hatte und kniff ihre Augen zusammen. Aber sie ließ sich die Stimmung nicht vermiesen, genoss die wundervolle Aussicht und nippte an ihrem Cappuccino.
Um 14:00 Uhr drängte Thron zum Aufbruch. Er wolle noch einige Unterlagen durchsehen. Darum ließ er ein Taxi bestellen und erhob sich. Anna blieb sitzen und entschied sich noch zu bleiben. Thron stampfte davon und verließ das Lokal ohne sich bei ihr zu verabschieden.
Das beeindruckte Anna nicht. Heute wollte sie nur diesen wundervollen Tag genießen, sonst nichts.

# Die Überraschung

Das Stimmengewirr im Kommissariat war so laut, dass ihre Rufe darin versiegten. Also versuchte sie es ein drittes Mal und stieg dafür auf einen Stuhl. Sie formte mit ihren Händen eine Art Megaphon vor dem Mund und schrie so laut sie konnte: „Achtung! Achtung! Petra an alle!“ Plötzlich kehrte Stille ein und alle Köpfe drehten sich zu ihr um. Das war genau die Aufmerksamkeit, die sie sich gewünscht hatte, wenn sie das erste Mal ins Kommissariat zurückkam. „Na bitte, geht doch!“, rief sie und hüpfte fröhlich vom Stuhl.
Viviana fing als erste an zu lachen und nach und nach stimmten alle mit ein. Baumanns sonorer Bass war am lautesten zu hören und er war es auch, der auf sie zustürmte und sie einfach an seine Brust drückte.
„Pumuckl, ick werd verrückt!“
Petra befreite sich aus seinen Armen und konterte: „Ich dachte, dass bist du schon.“
Jetzt brach ein schallendes Gelächter aus und Baumann klatschte sich auf die Schenkel vor Vergnügen. „Da isset ja wieder, dat kleine Biest. Na wenigstens bist du noch die alte. Schön, dass du uns besuchst. Also nochmals, herzlich willkommen, Frau angehende Kommissarin.“ Klaus reichte ihr freundschaftlich die Hand und lächelte immer noch. Petra griff zu und sagte: „Naja, Klaus, so weit ist es ja noch lange nicht. Aber ich arbeite daran und dachte mir, dass ich mein erstes Praktikum bei euch mache.“

Alle starrten sie an und es dauerte eine Weile, bis die Kollegen begriffen. Lena klatschte in die Hände. „Super! Willkommen im Team.“ Dann reichte sie ihr die Hand und auch Klaus griff noch einmal zu und sagte: „Ick weiß von nüscht.“ Petra lachte: „Das war ja der Plan. Sonst wäre es doch keine Überraschung.“ Die Praktikantin grinste.

Schließlich wurde schnell ein Schreibtisch organisiert, der neben Lenas noch Platz fand und Petra machte sich bereits mit den neuen Fällen bekannt, indem sie schon in Baumanns Papierakten stöberte. Manchmal war Papier eben doch von Vorteil, hatte Klaus gesagt und grinsend auf Karsten geschaut, der immer noch an den Kabeln des neuen Computers herumdokterte.

Das Montagsmeeting wurde um eine Stunde verschoben, damit der Neuankömmling auch daran teilnehmen konnte und so war es bereits viertel vor neun, als sich alle nach und nach im großen Meetingraum einfanden. Baumann begann: „Wie weit sind wir im Fall >Mann ohne Kopf< ? Lena, du hast doch schon mal alles zusammengefasst. Fang mal an.“

Lena stand auf und zeigte auf die Wand, an der sie bereits alles vorbereitet hatte. „Also, wir wissen, dass Peter Hanssen, alias Sommer, aus Hamburg und später auch aus Kapstadt geflohen ist, weil er schriftliche Drohungen erhalten hatte, die ihn unter anderem auch als Mörder titulieren. Wir gehen davon aus, dass er durch seine Position im Auktionshaus Rissen die Möglichkeit hatte an wertvolle Objekte heranzukommen. Das hat er in einem Fall für sich ausgenutzt. Die

letzte Auktion vor Ostern im Jahre 1984 hatte er federführend vorbereitet und sollte sie auch leiten. Aber zu diesem Termin war er nicht mehr erschienen. Er war untergetaucht. Wir wissen, dass er sich vor der Auktion mit einem Klienten getroffen hat, um ein weiteres Stück zu besichtigen, dass er in die Versteigerungsliste mit aufnehmen wollte. Wir haben sowohl den alten Katalog aus dem Jahre 1984 gefunden als auch einige handschriftliche Notizen von Peter Hanssen, die das beweisen. Wir wissen jedoch nicht, um welche Antiquität es ging. Auf jeden Fall, war er zwei Wochen nach seinem Verschwinden in Kapstadt und schien, nach Aussagen seiner jetzigen Frau, mit Geld um sich zu werfen. Doch nach zehn Jahren, also 1994, flieht er erneut, jetzt als Peter Sommer. Er verlässt Kapstadt mit Frau und sechsjähriger Tochter Eva, weil sein Verfolger ihn aufgespürt und wieder eine Drohung gesandt hatte. Erst nach 22 Jahren hat er Peter Sommer dann wiedergefunden, hier in Hamburg und die Drohungen an ihn gehen weiter.
Es stellt sich für mich die Frage, warum derjenige sich Jahre damit begnügt, Hanssen, alias Sommer, zu drohen. Er hätte ihn doch schon längst töten können. Also warum jetzt? Oder ist derjenige, der ihn Jahre bedroht hatte, gar nicht sein Mörder? Der Beantwortung dieser Frage sind wir auch schon ein Stück nähergekommen, denn es gibt zwei unterschiedliche Fußabdrücke der Größe 40 und 44 am Tatort. Also muss derjenige, der Sommer geköpft hat, nicht zwingend von den Nachrichten gewusst haben. Wenn Sommer so ein Ganove war, wie es sich jetzt herausstellt, hatte er sicher viele

Feinde. Nur dann müssen wir von einem ganz anderen Motiv ausgehen und fangen eigentlich wieder von vorne an."
Lena ließ sich erschöpft auf ihren Stuhl fallen und atmete tief durch. Die Enttäuschung in ihren Augen war nicht zu übersehen. Baumann begann mit den Handknöcheln seiner rechten Hand auf die Tischplatte zu klopfen und nach und nach taten die Kollegen es ihm gleich. Lena blickte auf und ein kleines Lächeln huschte über ihr Gesicht. Trotzdem war sie verärgert, dass sie in diesem Fall nicht weiter vorankamen. Doch plötzlich hatte sie einen Einfall und sprang auf. „Wir haben an einer Stelle den Faden verloren. Warum kam Peter Sommer, laut Aussage der Hausdame, so verärgert, um kurz vor 18:00 Uhr, nach Hause und warum hatte er keinen Hausschlüssel dabei?"
Baumann stand schnaubend auf und begann am langen Tisch auf und ab zu gehen. Doch dann blieb er genau vor Lena stehen und schaute sie nur an. Er schwieg. Erst als Lena seinen Arm berührte, bemerkte er, dass er ganz in Gedanken war. Ein eigenartiges Zucken in seinen Mundwinkeln deutete an, dass er gleich etwas zu verkünden hatte. Alle Blicke waren auf ihn gerichtet und niemand wagte, etwas zu sagen.
„Das Schwert." Klaus grinste in die Runde. Alle starrten ihn immer noch schweigend an und schienen nicht zu begreifen, was ihr Chef meinte.
„Das Schwert.", wiederholte Baumann. „Es ging um das Schwert, das er eigentlich in die Auktion mit aufnehmen wollte. Zuri hat gesagt, es sei sein Lieblingsschwert. Es hatte ja sogar einen Ehrenplatz in seinem

Lieblingsraum, dem Musikzimmer, dass er viel lieber mochte als die Bibliothek. Das hat seine Frau auf jeden Fall ausgesagt." Baumann rannte zu Petra, die seine Papierakte vor sich liegen hatte und zog sie vom Tisch. Schnell hatte er das Gesuchte gefunden. „Hier, vielleicht macht ja in diesem Zusammenhang der Spruch doch einen Sinn." Er holte tief Luft und las vor:

*„Kämpfe mit Leidenschaft,*
*siege mit Stolz,*
*verliere mit Respekt,*
*aber gib niemals auf."*

Thomas hatte bisher nichts gesagt und Karsten hatte heute sowieso nur Augen für Petra. Aber die war mehr als konzentriert und meldete sich vorsichtig zu Wort: „Darf ich?"
Baumann lachte. „Na klar, allet wat hilft. Immer her damit!"
Petra rutschte unruhig auf ihrem Stuhl hin und her und wusste nicht so recht wie sie beginnen sollte. Erst als die Kollegen ihr Mut zusprachen, begann sie ihre Idee zu formulieren: „Ich weiß, dass wir immer noch bei dem ersten Fall sind, aber mir ist da was aufgefallen, von dem ich natürlich nicht weiß, ob es Sinn macht. Aber ich dachte, wir könnten ja mal darüber nachdenken."
Baumann wurde ungeduldig. „Raus damit. Wir beißen nicht!"

Sie blieb trotzdem vorsichtig und sprach leise weiter: „Naja, ich habe mir ja zur Einstimmung die Akten beider Fälle durchgelesen und mir ist dabei etwas aufgefallen."
Vorsichtig zog Petra zwei Fotos heraus und hielt einen weiteren Zettel in ihrer Hand, auf den sie jetzt schaute und etwas nachzulesen schien. Die anderen Kollegen wurden jetzt auch unruhig. Lena legte ihre Hand auf Petras und sagte: „Du bist hier ein vollwertiges Mitglied. Deine Meinung ist uns genauso wichtig, wie die von allen anderen hier. Also trau dich. Du hast doch in der Vergangenheit schon bewiesen, dass du ein super Gespürt hast. Wir freuen uns über jedes Puzzleteil, was uns zum Ziel führt, o.k.?"
Petra schien ruhiger zu werden und sprach endlich weiter: „Also, wie schon gesagt, ich bin darüber gestolpert, weil ich beide Akten zugleich durchgelesen habe. Hier, die Schnittwunden an beiden Schädeln sind, meiner Meinung nach, völlig identisch. Ich habe auch den Bericht von Dr. Pistorius gelesen, aus dem hervorgeht, dass es sich bei beiden Tatwaffen um eine schmale sehr scharfe Klinge gehandelt haben muss. In dem Fall Sommer kennen wir ja die Tatwaffe. Wenn wir noch herausfinden könnten, ob es sich in dem alten Fall um die gleiche Tatwaffe handelt und dann vielleicht noch wüssten, wann Herr Sommer dieses Schwert erworben hat oder wie lange es schon in seinem Besitz ist…"
Thomas blies laut die Luft aus seinen Wangen. „Alle Achtung, Petra. Du hast uns mal wieder ganz schön vorgeführt. Wir waren zwar auch schon auf dem Weg,

dass beide Fälle irgendwie zusammenhängen, aber an das Schwert hatten wir bisher nicht gedacht."
Sie lächelte.
Baumann war schon eine Weile aufgestanden und schüttelte seinen großen Kopf. „Also, Mädchen. Ick habe dir schon einmal gesagt, dass du spitze bist. Sei nicht immer so schüchtern und super übrigens. Also werd ick mal mit der Gnädigsten reden und Petra, du rufst Paul in der KTU an."
Dann setzte er sich und übergab das Wort an Thomas, der die Sachlage des zweiten Falles zusammenfasste. „Im Fall >Kopf ohne Mann< treten wir ganz schön auf der Stelle. Die Truhe ist nirgendwo verzeichnet gewesen. Eva Sommer war uns mehr als behilflich. Sie hat Zugriff auf weitaus größere und ältere Datenplattformen und Archive als wir, aber nirgends eine Spur von dieser verdammten Truhe. Ich habe schon überlegt, ob das gute Stück das sein könnte, was Hanssen in die Auktion mit aufnehmen wollte. Aber dann hätte er sie nicht zurückgelassen...Außerdem stammt sie aus einem anderen Jahrhundert." Thomas kratze sich am Hinterkopf und seine rote Nasenspitze zeigte an, dass auch er sehr angespannt war.
Lena sah ihn fragend an und drehte schon einige Zeit eine Haarsträhne um ihren rechten Zeigefinger. „Sag mal, Thomas, was meintest du mit dem Jahrhundert?"
Er öffnete das Gesprächsprotokoll und wies auf den Bildschirm: „Hier, Eva Sommer hat festgestellt, dass die Truhe aus dem 16. Jahrhundert stammt, Mitte bis Ende, um es ganz genau zu sagen. Hanssen hat damals

handschriftlich Ende 17. Jahrhundert in der Liste vermerkt, wie Karsten herausgefunden hat. Das kann also nicht stimmen. Die Truhe kann es nicht sein. Die sind doch schließlich alle vom Fach. Da verschätzt man sich doch nicht glatt um ein ganzes Jahrhundert." Das war überzeugend. Dem hatte niemand was entgegenzusetzen.
Petra räusperte sich kurz und begann dann eine weitere Vermutung zu äußern: „...und wenn er sich nun mit einem Geschäftspartner getroffen hat, einem Subunternehmer. Er hatte doch, wenn ich das richtig gelesen habe, den Generalauftrag für die Bebauung in der Chrysanderstraße erhalten, richtig?" Sie schaute zu Baumann. Der nickte und Petra sprach weiter: „Dann hat er doch einige Gewerke innerhalb dieser Ausschreibung vergeben müssen und da waren doch bestimmt richtig große dabei. Denn wenn ich das richtig gelesen habe, hat die Firma von Claasen nur den reinen Hoch- und Tiefbau selbst realisiert. Alle anderen Gewerke hätte er an Subunternehmer vergeben müssen, also Heizung, Sanitär, Fenster, Fliesen und was da noch alles zugehört. Das sind doch auch riesige Aufträge für die einzelnen Firmen, oder?" Sie schaute wieder zu Baumann, der abermals nickte und sprach weiter: „Was, wenn er sich von einem Subunternehmer Geld vorschießen lassen hat und ihm dafür mehr Kohle zurückführen wollte, mit Zinsen also. Vielleicht war es sogar ein anderer Hochbauer, der sich diesen Auftrag erhofft hatte. Ich meine, vielleicht sind wir einfach nur auf einer völlig falschen Fährte wegen dieser dämlichen Truhe, versteht ihr?" Als alle

schwiegen, sprach sie einfach weiter: „Vielleicht ist das mit der Truhe einfach ein Zufall. Der Eiskeller der Brauerei stand zu dem Zeitpunkt leer, unbenutzt, da haben sich alle möglichen Leute rumgetrieben.“
Jetzt meldete sich Lena zu Wort: „Aber warum lag dann der Schädel in der Truhe?“
Petra schien das Ganze jetzt mehr und mehr Spaß zu machen und sie konterte: „Woher wissen wir das?“
Lena schaute sie entsetzt an. „Ließ mal den Bericht. Die Knaben haben den Schädel in der Truhe gefunden.“ Petra schüttelte stumm den Kopf und blätterte in Baumanns Papierakte. Sie wurde fündig und drehte Lena das Befragungsprotokoll zu. „Hier. Da steht nur, dass sie den Schädel, wie auch die Truhe hinter der Wand gefunden haben, nicht den Schädel in der Truhe.“
Lena schnaubte und riss den Hefter an sich. Stur las sie Zeile für Zeile noch einmal durch. Petra hatte recht.

# Endlich Sonntag

„Endlich Sonntag.“ Lena rekelte sich in ihrem Strandkorb, den sie gerade in der vergangenen Woche gekauft hatte. Die Temperaturen waren um 9:00 Uhr bereits so hoch, dass sie im Bikini frühstückte. Lena schaute in das frische Grün ihres Gartens, aber konnte einfach nicht abschalten. Das letzte Gespräch am Freitag mit Petra hatte sie so aufgewühlt, dass sie seither aus dieser Gedankenspirale nicht mehr herausgekommen war. Wer hatte Peer Claasen ermordet? Solange sie das tatsächliche Motiv nicht kannten, drehten sie sich weiter im Kreis.
Lena knallte ihre Kaffeetasse wütend auf den Tisch als sie merkte, dass sie gedanklich schon wieder beim Job war. Sie griff nach ihrem Handy, dass sie sich in die Bikinihose geklemmt hatte und wählte Vivis Nummer. Doch bereits nach einmaligem Klingeln drückte sie den roten Hörer und ärgerte sich, dass sie an diesem schönen Sonntag stören wollte. Irgendwie war ihr besonders heute klargeworden, dass sich ihr ganzes Leben nur um die Arbeit drehte. Sie musste dringend was ändern.
Ihr Handy läutete und mit einem kurzen Blick auf das Display sah sie, dass es Viviana war. Sie zögerte kurz, aber nahm den Anruf an: „Hallo, Süße. Entschuldige, dass ich euch so früh gestört habe… nein, alles gut... habe nur Langeweile… nein, macht euch einen schönen Sonntag und entschuldige nochmals." Dann legte sie wieder auf.

Viviana saß nachdenklich auf ihrem Balkon in der Sonne und wartete auf Klaus, der sie um 9:30 Uhr abholen wollte. Irgendetwas in Lenas Stimme hatte ihr nicht gefallen. Sie war in letzter Zeit sehr gereizt und bei jedem bisschen Ärger gleich auf der Palme. Sie nahm sich vor, nachher mit Klaus darüber zu reden. Er kannte sie ja schon viel länger.
Es klingelte an der Tür und als Vivi sie öffnete, schaute sie in ein riesiges Blumenmeer. Ganz langsam ließ Baumann den Strauß sinken und seine buschigen Augenbrauen kamen zum Vorschein. Viviana strahlte. „Für mich?“ Klaus hielt ihr die Blumen jetzt direkt vor die Brust und war endlich hinter dem Meer zu sehen. „Na klar, für dich. Bitte.“
Vivi konnte es gar nicht fassen und senkte ihre Nase immer wieder in die duftenden Farben. Schließlich zog sie Klaus in die Wohnung und tippelte aufgeregt in die Stube, um die richtige Vase herauszusuchen.
Erst als alles so arrangiert war, dass es ihrem kritischen Blick standhielt, kam sie zur Ruhe. Die Beschenkte strahlte immer noch und setzte sich unaufgefordert auf Baumanns Schoß. Nach einem langen Kuss bedankte sie sich nochmals für diesen wundervollen Blumenstrauß und drückte Klaus fest an sich.
Baumanns braune Augen hüpften hin und her. „Weißt du, was heute für ein Tag ist?" Vivi sah ihn erschrocken an. Eigentlich vergaß sie keine Ehrentage. Grübelnd sah sie nach unten und zuckte zusammen, als Klaus ihr in die Hüfte zwickte. „Macht nix, is mir gestern zufällig aufgefallen…“ Er wippte vergnügt mit

seinen Augenbrauen und freute sich, dass seine Geliebte nicht darauf kam. Die wurde jetzt noch unruhiger: „Nun sag schon. Das ist nicht nett von dir.“ Klaus gab ihr schnell einen Kuss und flüsterte ihr ins Ohr. „Heute vor vier Wochen haben wir auch hier bei dir gesessen und haben uns das erste Mal geküsst.“
Viviana setzte noch hinzu: „…und du warst erst so schüchtern und wolltest warten, weißt du noch?“
Baumann lief rot an. „Nu is jut. Anderet Thema!“
Viviana fing an zu lachen und stand auf. „Wohin willst du mich denn heute ausführen? Du klangst so geheimnisvoll.“ Klaus sprang auf und war wieder der Alte. „Dat wird nich verraten. Komm!“

Viviana hielt den Atem an. „Das ist nicht dein Ernst? Klaus, das is ja…das ist ja ein Traum. Hast du den etwa gekauft?“ Er schüttelte leicht den Kopf: „Nö, aber für heute gehört er uns. Du wolltest doch immer Cabriolet fahren.“ Viviana umrundete gerade das schwarze Schmuckstück und hatte Baumanns letzte Worte gar nicht gehört. „Ist der schön und die roten Ledersitze erst. Ist das ein Schmuckstück.“ Sie glitt vorsichtig mit den Handflächen über das weiche Leder. „Einsteigen bitte“, rief Klaus und warf sich in den Fahrersitz. Vivi lachte, nahm Platz und gab ihm einen Schmatzer auf die Wange. „Und wo fahren wir jetzt hin?“ Er zuckte nur mit den Schultern und sagte: „Lass dich überraschen.“
Bis zur Großen Elbstraße waren sie gut durch die Stadt gekommen, aber hier schien sich heute ganz Hamburg ein Stelldichein zu geben. Kein Wunder bei

diesem schönen Wetter. Klaus brummte: „Wat wolln die denn alle hier?“ Vivi streichelte ihm sanft über die Wange: „Wir haben doch Zeit.“ Danach streichelte sie den weichen Sitz und strahlte. Klaus schmunzelte zu ihr hinüber und freute sich, dass seine Überraschung gelungen war.
Sie hatten die Fischauktionshalle hinter sich gelassen und fuhren gerade auf das Restaurant Henssler & Henssler zu, als der Verkehr vor ihnen stockte. „Wat nu?“, entfuhr es dem Fahrer. Er reckte seinen Hals in die Höhe und versuchte einen Blick zu erhaschen. „Nüscht. Versteh ick nich.“ Sie legte ihre Hand beruhigend auf sein Knie und lächelte ihn an. Klaus verstand und wartete ab. Doch sein Knie wippte unruhig. Dann ging es endlich weiter und man sah die Ursache des stockenden Verkehrs. Es wurde ein BMW abgeschleppt und der Fahrer besagten PKWs tobte. Vivi schmunzelte und drehte sich noch einmal um, als Klaus an dem aufgebrachten Blondschopf vorbeifuhr. Kurz darauf bog er links ab auf die andere Seite der Großen Elbstraße und hielt an. Viviana zappelte vor Freude und gab Klaus einen flüchtigen Wangenkuss. „Super Idee.“, flüsterte sie. „Jetzt weiß ich auch, warum ich mich so schick machen sollte. Ach, übrigens, der neue Anzug steht dir ausgezeichnet, Liebling. Und vor allen Dingen mal Blau, obwohl du eigentlich auf Grau stehst.“ Sie zwinkerte ihm zu und er verstand. Klaus musste grinsen und hatte gar nicht bemerkt, dass ein junger Mann bereits vor ihm stand und auf den Autoschlüssel wartete. „Entschuldigen sie, dürfte

ich ihren Wagen parken?“ Klaus erschrak und antwortete: „Wenn ick ihn wiederkriege.“ Er fing an zu lachen als er in das entsetzte Gesicht des jungen Mannes sah und setzte hinzu: „Das war ein Witz.“ Der räusperte sich kurz, nahm den Schlüssel und stieg in den Wagen.

Das Restaurant war gut gefüllt und Baumann war sehr froh, dass er reserviert hatte. Über die Getränke war man sich schnell einig und so stießen sie nach kurzer Zeit bereits mit Champagner an.

Baumann hatte, wie immer, Bärenhunger und schlug vor eine Vorspeise zu bestellen. Sein Schatz versuchte ihn etwas zu bremsen und fragte, ob er sich den Fischereihafenteller mit ihr teilen würde. Er willigte ein. „Dat war eine gute Idee von dir zu teilen. Ick bin ja jetzt schon satt.“, sagte Klaus und beugte sich zu Vivi hinüber. Sie nickte zustimmend. „Passt denn noch was hinein?“ Klaus richtete sich sofort wieder auf und trommelte leicht auf seinen Bauch: „Na klar.“ Dann beugte er sich wieder zu ihr: „Aber jetzt brauch ick Fleisch.“

Viviana hatte sich für das Thunfischsteak entschieden, Klaus hingegen für ein saftiges Steak vom Rind. Auf Kartoffeln verzichtete er. Dafür bestellte er sich ein großes Bier.

Vivi hatte es sich auf der neuen Fernsehcouch bei Klaus bequem gemacht und massierte ihre Füße. „Ihr Weiber und hohe Hacken. Warum tut ihr euch dat an?“ Klaus stand grinsend im Türrahmen und hielt die Kaffeekanne in der Hand. Vivi steckte ihm frech die

Zunge aus. Die Antwort kam sofort: „Ick leg dich gleich übers Knie! Wenn du das noch einmal machst.“ Klaus stellte die Kanne auf den Couchtisch und hob demonstrativ den rechten Zeigefinger. Vivi grinste und streckte ihm noch einmal die Zunge aus. Dann versuchte sie schnell aufzuspringen, aber Klaus war schneller.

Aneinandergeschmiegt lagen sie bereits am Nachmittag im Bett und hatten sich vorgenommen es bis Montagmorgen auch nicht mehr zu verlassen.

## Scharfe Erkenntnis

Paul hatte mit Zuri ein schönes Wochenende verbracht und damit alle Vorschriften über den Haufen geworfen.
Heute war er schon seit 7:00 Uhr im Labor, um sich noch einmal die feinen Papierfasern anzusehen, die sie im Geheimfach der Truhe gefunden hatten. Nach ersten Erkenntnissen waren diese etwa so alt wie die Antiquität selbst. Mehr konnte er zu diesem Zeitpunkt nicht sagen. Viel interessanter hingegen war der Abgleich an den Wirbelsäulen der Opfer. Also machte er sich auf den Weg in die Rechtsmedizin. Er klopfte und als Haucke nicht antwortete, trat er ein.
„Moin, moin.“, rief der Pathologe. „Was willst du denn so früh von mir? Hast du kein Zuhause?" Paul reagierte nicht darauf und berichtete gleich von Petras Idee. Haucke sah ihn erstaunt an. „Pfiffiges Mädel, die Kleine. Na dann wolln wir mal, Kollege. Das lässt sich ja herausfinden.
Schlussendlich stand fest, dass beide Männer mit ein und derselben Waffe getötet wurden, mit Hanssens Samuraischwert. Paul verabschiedete sich und ging. Haucke räumte gerade seine Utensilien wieder in die Schränke als sein Handy klingelte. „Klaus, alter Knabe. Was gibt es?.. Was?... Wo?... Ich komme."
Paul hatte inzwischen versucht Baumann zu erreichen, vergebens. Also fuhr er hinüber zum Kommissariat. Er wusste, dass Klaus montags immer der erste war.

Doch als er heute die Bürotür öffnete, kam ihm nur ein scharfer Duft von Desinfektionsmitteln entgegen. Der gesamte Raum war leer, auch Baumanns Aquarium. Also versuchte er ihn noch einmal auf dem Handy zu erreichen. Nach fünfmaligem Klingeln hob immer noch niemand ab und Paul wählte die nächste Nummer, Lenas. Wieder nichts. Er ließ sich auf den nächsten Stuhl fallen und überlegte. Was war denn hier los? Er schaute kurz zur Uhr und schüttelte den Kopf. Acht und das Kommissariat war menschenleer. Dann wählte er eine weitere Nummer und hatte Glück. „Thomas, wenigstens du gehst ans Telefon. Man, wo seid ihr denn alle?..Aha…aha…ich schicke Sven vorbei…Das ist der neue Kollege von der SPUSI. Wir hören uns später.“

Dr. Pistorius bog in die Chrysanderstraße ein und sah von weitem bereits eine Anzahl von Polizeiwagen. Er parkte des Platzmangels wegen 100 Meter davor und zog zügig seinen Koffer aus dem Auto. Thomas hatte ihm bereits von weitem zugewunken und wartete am Eingang des Eiskellers.
„Bist du geflogen?", rief Lachner ihm zu. Haucke schmunzelte nur. Als er endlich schnaufend vor ihm stand, fragte er: „Habe ich das richtig verstanden, die restliche Leiche lag auch hinter der Wand? Wieso habt ihr die nicht gleich gesehen?" Thomas nickte und hob schützend die Hände. „Da fragst du den Falschen und außerdem lag die auch in einem Sack, der extra

eingemauert war. Lass dir das am besten vom Hausmeister erklären.“
Klaus und Viviana kamen gerade aus dem Eiskeller. Baumann hob flüchtig die Hand und eilte an ihnen vorbei. „Moin, Haucke, wir gehen, ist sonst niemand im Kommissariat. Lena hat frei und Karsten ist zu einem Computerlehrgang für so ein neues Programm. Thomas, du übernimmst. Den Rest heute Mittag. Ick schmeiß ne Runde Pizza. 12:00 Uhr o.k.?" Beide nickten kurz und gingen weiter.
Der Hausmeister lief aufgeregt hin und her. Als er den Kommissar zurückkommen sah ging er auf ihn zu: „Ich habe das wirklich nicht gesehen, Herr Lachner. Sie hatten ja bereits alles wieder freigegeben und wir wollten die Wand ordnungsgemäß verschließen. Dafür mussten wir noch einige lose Steine aus der Wand lösen. Plötzlich ist die ganze Steinmauer zusammengebrochen und da habe ich es gesehen." Haucke ging einen Schritt auf ihn zu. „Was haben sie gesehen, Herr Tönjes?“ Der Hausmeister sah hilfesuchend zu Lachner. Der legte seine Hand auf Tönjes Rücken und sagte: „Sie haben alles richtig gemacht. Also erzählen sie unserem Rechtsmediziner bitte noch einmal, was sie mir erzählt haben.“ Der Hausmeister berichtete haarklein, was er nach dem Zusammenbruch der Wand entdeckt hatte.
Gerade als die drei Männer zum Fundort gehen wollten, rief sie eine männliche Stimme zurück. Alle drehten sich ruckartig um und schauten auf den winkenden jungen Mann in zerschlissenen Jeans. Wenige Meter vor ihnen stoppte er und holte tief Luft. „Sorry, wollte

sie nicht erschrecken. Moin, mein Name ist Sven Müller. Ich bin der Neue in der SPUSI." Er reichte ihnen die Hand. Thomas griff zu. „Na, endlich bekommt das Team Unterstützung. Herzlich willkommen." Dann gingen sie gemeinsam weiter.

Baumann wurde inzwischen von Paul Tanner aufgeklärt, dass Petra mit ihren Vermutungen recht hatte. Die Frage war jetzt nur, ob Hanssen auch der Mörder von Peer Claasen war oder der Säbel erst später in seinen Besitz kam. Klaus wünschte sich, dass er mit seiner ersten Vermutung Recht behalten würde. Dann hätten sie eine echte Fährte und schleunigst beide Fälle auf einmal gelöst. Doch das wäre viel zu schön, um wahr zu sein.
Nachdem er Viviana im Büro abgesetzt hatte, fuhr er direkt nach Hamburg Bergedorf, denn er musste bereits um 10:00 Uhr bei der Gnädigsten sein. Er hoffte von ihr zu erfahren, seit wann Peter Sommer dieses Schwert besaß.
Als er vor dem Reinbeker Weg 21 aus dem Auto stieg und hinüber zur Sommerschen Villa schlenderte fielen ihm die üppig blühenden Rosen auf. Sie säumten den gesamten Weg bis hin zur Treppe des Hauses. Baumann blieb stehen und beugte sich zu einer weit geöffneten Blüte hinunter. Er sog den Duft durch die Nase und lächelte. Dann küsste er die Blüte und ging weiter. Ruckartig blieb er stehen. Karin. Erst jetzt war ihm bewusst geworden, dass er seine verstorbene Frau nachgeahmt hatte. Baumann stand immer noch an derselben Stelle und sein Blick verdunkelte sich. Seit

Wochen war er nicht an ihrem Grab gewesen. Sein Herz begann zu rasen und ihm wurde heiß.
„Herr Kriminalhauptkommissar! Herr Baumann!" Frau Sommer stand am weit geöffneten Eingang und versuchte schon seit längerem, auf sich aufmerksam zu machen. Erst als sie ihm entgegenkam, bemerkte er sie. „Entschuldigung, Gnä…, äh Frau Sommer, ich komme schon."
Der Tee, der ihm angeboten wurde, war noch sehr heiß und so zog Baumann mit dem kleinen zierlichen Löffel einen Kreis nach dem anderen. Wie hypnotisiert schaute er dabei auf den kleinen Strudel inmitten des Tees. Er wartete auf Frau Sommer, die nach dem Eintreten gleich an ihr Telefon geeilt war. Doch Klaus war so mit dem Rühren beschäftigt, dass er die Abwesenheit der Gnädigsten sogar zu genießen schien.
„So, da bin ich wieder. Entschuldigen sie, dass ich sie habe warten lassen, aber das war ein wirklich sehr wichtiges Telefonat. Ich habe ihnen aber auch schon einige Unterlagen herausgesucht, leider ist keine Rechnung dabei. Hier ist nur ein Echtheitszertifikat, das ihnen sicher nicht weiterhelfen wird. Es ist von einem Gutachter aus München ausgestellt worden, bereits 1979."
Baumann nippte vorsichtig an seinem Tee, der jetzt leider kalt war. Verärgert stellte er die Tasse auf den Tisch. „Sie sagten doch, dat sie ihren Mann im Mai 1984 dat erste Mal gesehen haben, richtich?" Sie nickte. „Kurz danach waren sie schon ein Paar, richtich?" Sie nickte wieder. „Wo haben sie das Schwert das erste Mal gesehen? In Kapstadt?"

Sie stemmte ihre Hände in die Hüften und plusterte sich auf. „Sie können ja Fragen stellen! Das weiß ich doch jetzt nicht mehr! Wissen sie, was ich alles in den Kopf zu nehmen habe?"
Baumann grinste. „Nö."
Die Gnädigste lief rot an und holte tief Luft: „Das war eine rhetorische Frage!"
Baumann grinste immer noch. „Ach so. Trotzdem überlegen sie bitte, wann sie diesen Säbel das erste Mal gesehen haben. Bitte." Setzte er nachdrücklich dahinter. Frau Sommer schien sich etwas beruhigt zu haben und setzte sich auf einen Stuhl. Dann legte sie ihr rundes Kinn zwischen Daumen und Zeigefinger und schaute grübelnd an die weiße Stuckdecke. Erst jetzt fielen Klaus die kleinen Engel auf, die im Reigen um den großen Kronleuchter tanzten.
„Ich weiß es. Moment." Frau Sommer war aufgesprungen und rannte aus der Bibliothek. Baumann starrte ihr hinterher und harrte der Dinge, die da kommen würden.
Bereits wenige Minuten später kam die Gnädigste mit einem Album zurück und lächelte. „Hier ist das Beweisstück." Baumann dachte, die ist ja wie ausgewechselt. Versteh einer die Frauen. Dann richtete er seinen Blick auf das angebliche Beweisstück und wartete ab. Frau Sommer hatte bereits einige Seiten umgeblättert und war anscheinend an der richtigen Stelle angekommen. „Da, wusste ich es doch. Hier. Sehen sie. Peter hängt den Säbel in unserem Apartment auf. Das war im August 1984. Ich weiß noch, dass er erst einige Tage vorher begonnen hatte, von dem guten

Stück zu reden und dass wir unbedingt eine schöne Stelle an der Wand dafür finden müssten." Baumann lehnte sich enttäuscht zurück und fragte: „Sie meinen, er hat ihn wahrscheinlich erst in Südafrika erworben?" Sie zuckte mit den Schultern. „Das weiß ich nicht." Dann brach die Diva wieder in ihr durch: „Was sie alles von mir wissen wollen! Ich bin doch kein Lexikon." Baumann grinste: „Schade." Dann stand er ruckartig auf und wartete erst gar nicht auf eine entsprechende Antwort, reichte ihr die Hand und verabschiedete sich. An der Tür drehte er sich allerdings noch einmal um. „Aber falls ihnen oder ihrer Tochter dazu doch noch etwas einfallen sollte…" Sie fiel ihm ins Wort: „... Ja. Ja. Dann melden wir uns."

Baumann hatte die Pizzakartons im Aquarium abgestellt und sein Jackett auf den Bügel gehangen. Bereits nach wenigen Minuten roch sein Büro wie eine Pizzeria und der mediterrane Duft zog durch das gesamte Kommissariat. Es dauerte nicht lange bis die Kollegen nach und nach vor seiner Tür standen und so war es auch nicht verwunderlich, dass nunmehr vier Augenpaare sehnsüchtig auf den Stapel Pizzakartons starrten. Klaus lachte. „Ihr müsstet mal eure Gesichter sehen. Dat werde ick mir merken. Jetzt weiß ich, wie man euch anlocken kann." Er lachte laut los. „Los! Ab in den Meetingraum." Thomas griff sich den Stapel und ging voraus. Die anderen besorgten Bestecke und Servietten und folgten ihm.
„Haucke, Petra, ihr kommt gerade richtig!" Klaus winkte ihnen zu. Als die Pizzen alle in der Mitte des

Tisches drapiert und von Vivi sorgfältig in Stücke geschnitten waren, gab Baumann sie endlich frei. Alle langten kräftig zu.
„Na dann, ran an die Buletten! Aber danach is Meeting.“, sagte Klaus und biss in die Pizza. Alle kauten bereits und nickten ihm zu. „Ihr seht aus wie diese Wackeldackel.“ Er ahmte die Bewegung nach und sein senores Lachen halte durch den Raum.
Gegen 13:00 Uhr kamen auch Paul ins Kommissariat und so war die Runde vollständig.

Das Skelett und der gefundene Schädel gehören zu ein und derselben Person, Peer Claasen. Das konnte Haucke definitiv bestätigen. Klar war auch, dass Petra mit ihrer Vermutung Recht hatte. Leider konnten sie jedoch nicht davon ausgehen, dass Peter Sommer das Schwert bereits vor dem Mord im Eiskeller besaß. Frau Sommer hatte nur ein Gutachten gefunden, keine Rechnung. Wenn also das Schwert die Tatwaffe bei beiden Morden war, galt es herauszufinden, wem es vorher gehörte. Baumann schaute zu Petra hinüber. „Das wäre doch eine Aufgabe für unsere Praktikantin, die uns schließlich auf diese Fährte gebracht hat." Er lächelte sie an. Petra schaute etwas schüchtern auf die Tischplatte und nickte. „Gut, ich mach mich nachher …Warte mal Chef. Gutachten?" Er brummte zustimmend und Petra fragte weiter: „Darf ich das mal sehen?" Baumann schob ihr den Hefter zu. „Wat haste jetzt wieder, Du kleine Spürnase?" Petra war bereits in den Schriftsatz vertieft, den der Münchner Gutachter verfasst hatte. Dann begann sie laut zu lesen:

„...antikes Katana Kunitoki, wahrscheinlich 1610-1650." Dann lehnte sie sich zurück und wartete ab. Thomas reagierte als erster: „Das ist 17. Jahrhundert. Du meinst, das könnte die fehlende Antiquität sein, die Peter Hansen damals als Nummer 396 aufgelistet hatte?“ Petra nickte stumm und Paul meinte: „Das würde ja bedeuten, dass er wegen des Schwertes gemordet hat. Aber dann hätte er es ja doch schon vor dem Mord gehabt, richtig?"
Alle schienen sich momentan ihren eigenen Reim darauf zu machen, aber Vivi begann laut zu denken: „Selbst, wenn das stimmen sollte, macht das doch keinen Sinn. Ich denke er hat in Kapstadt mit Geld um sich geworfen. Er hat das Schwert doch behalten und nicht verkauft. Woher also der Reichtum?" Ein Raunen ging durch den Raum und die schöne Idee platzte wie eine Seifenblase. Doch Petra gab nicht auf: „Was ist, wenn er das Schwert nur als Verteidigung mit sich geführt hat?"
„Dann müssen wir nur noch wissen, was er verteidigen wollte." Lena stand plötzlich im Raum und alle starrten sie an. Baumann erhob sich und ging auf sie zu. „So geht dat nich, Klette. Du hast heute frei. Was willst du also hier?" Ohne zu antworten drehte sie sich um und verließ den Raum. Klaus überlegte eine Weile und folgte ihr.
Lena kauerte in Baumanns Bürosessel. Die Lehne hatte sie zur Tür gedreht, so dass Klaus sie erst gar nicht sehen konnte. Doch durch das Wippen seines Stuhls war er auf sie aufmerksam geworden, ging in sein Büro und schloss die Tür.

„Was is los, Klette?“ Langsam drehte er den Stuhl und sah in ihr verweintes Gesicht. „Bist du krank?“ Wieder kullerte ihr eine Träne über die Wange, aber sie schwieg. Klaus zog sich einen Besucherstuhl vor den Schreibtisch und setzte sich. Vorsichtig griff er nach ihrer Hand und nahm sie in seine. Ihre zierlichen Finger waren eiskalt und zitterten. Ihre Mundwinkel zuckten. Zu einem Lächeln reichte es nicht. Doch eine Antwort war sie ihm auf jeden Fall schuldig. Klaus war immer wie ein Vater zu ihr gewesen und er würde sie bestimmt verstehen.
„Ich bin einsam.“, hauchte sie.
Baumanns braune Augen wurden weit und er wusste zunächst nicht, was er darauf sagen sollte. Gerade als ihm was Sinnvolles einfiel, sprach Lena weiter: „Meine letzte Beziehung ist über zwei Jahre her. Tommy hatte mich damals so verletzt, dass ich von Männern erst einmal die Schnauze voll hatte. Als Tantchen dann starb und ich das Haus geerbt hatte, war das für mich wie ein Zeichen. Darum habe ich mich auch in Hamburg beworben und bin weg aus Berlin. Anschließend habe ich mich nur in die Arbeit gestürzt. Das Übliche eben, um zu vergessen. Naja und beim Arbeiten ist es dann auch geblieben, aber eben nur Arbeit, verstehst du?“ Wieder fing sie an zu weinen und sprach dann schluchzend weiter: „Alles um mich herum ist verliebt. Du und Vivi, Petra und Karsten und Paul in seine Zuri. Ich werde noch verrückt!“ Sie war aufgesprungen und schlug die flache Hand an die Wand.

„Die kann nüscht dafür.“ Baumann grinste, ging zu ihr und nahm sie in den Arm. „Mensch, meine Kleene. Der Richtige kommt nich einfach so angeflogen. Da muss de schon selbst wat für tun.“
Lena drückte den Berg von sich und starrte ihn an: „Und was soll ich deiner Meinung nach machen? Flirthotline? Internet Dating?“
Es klopfte und beide starrten erschrocken zur Glastür. Ein junger Mann wedelte auffällig mit einem Ordner und trat dann ein. „Moin, Herr Baumann, das wird sie interessieren.“ Er reichte Lena die Hand: „Übrigens, ich bin der Neue. SPUSI. Ich weiß nicht, ob das schon zu ihnen durchgedrungen ist. Sven Müller.“ Baumann musste schmunzeln. Für seine Empfindung, hielt sie seine Hand etwas zu lange fest.

## Die Sensation

Eva hatte es sich gerade auf der Terrasse bequem gemacht und schaute verträumt auf den plätschernden Springbrunnen im Garten. Doch ihre Gedanken wanderten immer wieder zu ihrem Vater und sie konnte ihre Tränen nicht unterdrücken. Bilder zogen an ihr vorbei, Bilder von einer unbeschwerten, wundervollen Kindheit in Südafrika. Sie hatte ihren Vater so abgöttisch geliebt, wie keinen anderen Menschen auf dieser Welt und sie tat es immer noch. Doch dann musste sie lächeln. Nein, das stimmte ja gar nicht mehr. Cornelius war vor vier Wochen in ihr Leben getreten. Seither war alles anders. Sie hatte tausende Schmetterlinge im Bauch und liebte diesen Mann so innig, wie sie es sich immer gewünscht hatte. Mit ihm könnte sie ein Leben lang glücklich sein. Sie strahlte und griff nach ihrem Sektglas. Ihr Herz begann schneller zu schlagen. Sie musste seine Stimme hören, jetzt. Sie sprang auf und rannte ins Haus. Doch an der Terrassentür lief sie ihm direkt in die Arme und erschrak.

„Schatz, du hier?" Er lächelte sie an und gab ihr einen zärtlichen Begrüßungskuss. Dann schaute er ihr tief in die Augen. „Ja, ich habe etwas mit dir zu besprechen." Eva sah ihn neugierig an und wartete. Cornelius räusperte sich und bat sie dann, sich zu setzen. Er zog Eva auf den nächsten Terrassenstuhl und setzte sich neben sie. Dann begann er zu reden: „Wie du weißt, haben

wir beide unsere Väter verloren. Mit dem Unterschied, dass ich meinen leider nie kennen lernen durfte. Sicher ist das für dich viel schwerer, als für mich. Trotzdem quält mich die Ungewissheit, was mit meinem Vater vor so vielen Jahren passiert ist. Außerdem bin ich verwirrt. Mein Großvater und meine Mutter benehmen sich eigenartig und die Stimmung zu Hause ist, gelinde gesagt, auf dem Tiefpunkt. Darum habe ich eine kleine Bitte an dich." Cornelius machte eine Gedankenpause und Eva sah ihn mit großen Augen an. „Gern, Schatz. Wie kann ich dir helfen?"
Er räusperte sich kurz und sprach weiter: „Ich habe dir letztens nicht alles erzählt." Cornelius nahm ihre Hand. „Mein Vater wurde im Eiskeller gefunden."
Eva wurde ungeduldig. „Ja, das hast du mir bereits erzählt. Und?"
Cornelius räusperte sich nochmals: „Ja, aber nur ein Teil seiner Leiche." Sie starrte ihn an und er redete weiter. „Der Kopf, Eva. Es war nur der Kopf." Er vergrub sein Gesicht in seine Hände. „Es ist so grausam, so grausam. Ich kann es immer noch nicht fassen." Als er seinen Kopf wieder hob, schaute er in ihre aufgerissenen Augen. Ihr Mund stand offen und Tränen liefen ihr über die Wangen. Er drückte ihre Hände und zog sie dichter an sich heran. „Was ist? Entschuldige, wenn ich dich damit schockiert habe, aber ich dachte, du solltest das wissen." Er schaute sie immer noch an und Eva holte tief Luft, griff nach ihrem Sektglas und nahm einen großen Schluck. Dann stand sie auf und lief auf der großen Terrasse auf und ab, bevor sie endlich zu sprechen begann: „Liebling, ich habe dir auch

nicht alles gesagt." Cornelius stand jetzt auch auf und kam auf sie zu. „Was meinst du?" Eva antwortete nicht, ging an ihm vorbei und rief nach Zuri, die gleich darauf die Terrasse betrat. „Bring uns bitte eine Flasche Champagner und zwei frische Gläser. Danke." Dann setzte sie sich und bat auch Cornelius, wieder Platz zu nehmen. Bis die Angestellte mit dem Getränk kam, saßen sie sich schweigend gegenüber.
„Danke, Zuri. Wir gießen uns selber ein.“, sagte Eva und hob noch einmal kurz die Hand. „Und wir möchten nicht gestört werden.“ Die Hausdame nickte und ging wieder.
Als sie eingeschenkt und ihm eines der Gläser gereicht hatte, lehnte sie sich in das weiche Polster des Gartenstuhles und holte tief Luft, bevor sie endlich zu sprechen begann: „Ich war vorhin so erschrocken, weil der Tod deines Vaters und der meines Vaters sich ähneln."
Claudius zog seine Augenbrauen zusammen und sah sie ernst an. „Ähneln? Liebling, erzähle endlich."
Eva nahm noch einen Schluck des Champagners und sprach weiter: „Von deinem Vater wurde nur der Kopf gefunden, von meinem nur der Körper." Jetzt nahm er auch einen kräftigen Schluck und stand auf, drehte sich wieder zu ihr und fragte: „Du meinst doch nicht etwa, dass man deinen Vater ohne Kopf gefunden hat?“ Sie nickte stumm und trank schon wieder. Cornelius starrte sie an und schien mit seinen Gedanken ganz woanders zu sein.
Immer noch blickte Evas Freund starr in den Garten und sagte kein Wort. Sie ging langsam auf ihn zu und

legte ihre Hände auf seine Schultern. Dann streichelte sie zärtlich seinen Rücken und küsste ihn auf den Hals. Er roch wieder wundervoll und ihre Gedanken schweiften für einen Moment ab. Dann drehte er sich plötzlich um und sagte: „Das ist in der Tat eigenartig. Aber es wird noch verwirrender, Liebling. Der Kopf meines Vaters wurde neben einer Truhe gefunden, die hinter einer Wand eingemauert war. Darum habe ich eine Bitte an dich..."

Eva erschrak und als er ein Foto aus der Innentasche seiner Jacke zog und es ihr hinhielt, zuckte sie kurz zusammen.

„Das ist ja..." Sie stockte und setzte sich. „Das ist ja die Truhe, die ich mir bereits angesehen habe. Aber das ist ja... fürchterlich." Sie hatte ihm das Foto aus der Hand genommen und starrte es an. Claudius verstand nicht und kniete sich vor sie hin. „Was meinst du damit?"

Schließlich berichtete Eva von ihrem Besuch im Kriminaltechnischen Institut und über ihre erste Expertise. Mehr wusste sie zu diesem Zeitpunkt nicht und von Kommissarin Arnold erfuhr sie nur, dass die Truhe ein Beweisstück in einem anderen Fall war. Dass es sich um einen Mord handelte, ahnte sie erst recht nicht. Geschockt nippte sie am Champagnerglas und schwieg.

Cornelius rüttelte sanft an ihrem Arm. „Schatz, da stimmt doch irgendetwas nicht. Von meinem Vater wird nur der Kopf gefunden und bei deinem Vater fehlt er." Er blickte sie abwartend an und Eva reagierte sofort. „Das stimmt nicht ganz, Liebling. Der Kopf

meines Vaters wurde später noch gefunden.“ Plötzlich sprang sie auf und stieß Cornelius beiseite. Sie umklammerte den Terrassenpfeiler, an den die Nachrichten genagelt waren und fing bitterlich an zu weinen. Ihr Freund lief ihr nach und versuchte sie in die Arme zu nehmen, doch Eva stieß ihn von sich. Er hob erschrocken die Hände und verstand.
Nach einer kurzen Besinnungspause kam sie wieder auf ihn zu und küsste ihn sanft auf seine warmen Lippen. Sein Gesicht war leicht errötet und seine sonst immer perfekt gestylten Haare standen auf Sturm. Er stieg unruhig von einem Fuß auf den anderen. Eva streichelte leicht seinen Arm und küsste ihn nochmals auf den Mund. Dann flüsterte sie: „Sie haben seinen Kopf im Schirmständer draußen neben den Mülltonnen gefunden. Ist das nicht fürchterlich?" Tränen standen in ihren Augen und Cornelius drückte sie an seine Brust. „Ja, Liebling, das ist wirklich grausam und geschmacklos. Das ist mir alles ein Rätsel. Aber entschuldige, wenn ich noch einmal auf den Tod meines Vaters zurückkomme. Was hat diese Truhe damit zu tun? Sie soll sehr kostbar sein. Stimmt das?" Eva lehnte immer noch an seiner Brust und nickte heftig.
Dann sprach er weiter: „Irgendetwas stimmt in unserer Familie nicht und ich kann weder aus meiner Mutter, noch aus meinem Großvater etwas herausbringen. Ich habe Kommissar Lachner gebeten, mir einen Abzug des Fotos zur Verfügung zu stellen, das ich dir gerade gezeigt habe. Das habe ich dann meinem Großvater gezeigt. Er schien völlig unberührt und konnte damit nichts anfangen. Meine Mutter hingegen war

sichtlich erregt, als ich ihr das Foto der Truhe zeigte. Aber sie versuchte die Situation schnell zu überspielen und sagte mir, dass sie die noch nie gesehen hätte. Ich glaube ihr nicht und bleibe dabei, irgendetwas stimmt nicht in der Vergangenheit meiner Familie. Darum möchte ich mehr über diese Truhe wissen. Kannst du mir dabei helfen?"
Eva hatte ihm die ganze Zeit zugehört und zwischenzeitlich die Champagnergläser wieder gefüllt. Sie reichte ihm eines und räusperte sich kurz bevor sie antwortete: „Ich kann dir auf jeden Fall sagen, dass es sich um eine sehr alte Renaissancetruhe handelt, die einen Wert von etwa 20.000 € hat. Außerdem habe ich ein kleines Geheimfach in der Innenwand der Truhe gefunden, das jedoch leer war. Mehr kann ich dir zu diesem Zeitpunkt leider nicht sagen."
Cornelius sank auf den Stuhl und war sichtlich enttäuscht. „Würdest du sie dir noch einmal genauer ansehen?" Eva blickte in sein errötetes Gesicht und streichelte seine Wange. „Aber natürlich, Liebling, aber dann müssen wir mit den Kommissaren reden."
Er nickte kurz und sprach dann weiter: „Findest du nicht auch, dass das einige Zufälle zu viel sind? Da stimmt doch irgendetwas nicht."
Eva hatte sich bereits gesetzt und nippte grübelnd an ihrem Glas. „Ja, da stimmt irgendetwas nicht. Du hast recht."

Baumann hatte die Aufregung des jungen Mannes zunächst nicht verstanden, aber nach näheren Erklärungen seinerseits, dann doch zugestimmt, dass Eva

Sommer, als Expertin, sich die Renaissancetruhe noch einmal ansehen durfte. Immerhin war allen klar, dass die Fälle in Verbindung standen und jedes kleine Puzzleteil half weiter.

Als die junge Frau das Kriminaltechnische Institut betrat, waren ihre Gedanken diesmal nicht bei ihrem Vater, sondern bei Cornelius. Sie machte sich sehr große Sorgen um ihn, da der Tod seines Vaters ihn doch viel tiefer berührte, als er wirklich zugab. Darum war es ihr auch ein besonderes Anliegen, ihm weiterzuhelfen.
Die Tür öffnete sich und Evas Blick fiel sofort auf das Prunkstück. Kommissar Baumann hatte sie hierher begleitet und Paul Tanner kurz begrüßt. Dann ließen sie der jungen Frau den Freiraum, um den sie gebeten hatte und setzten sich in großem Abstand auf die Stühle an der Wand.
Nach einer Weile des Umkreisens, begann Eva zu reden: „Wie ich bereits das erste Mal festgestellt habe, ist das hier definitiv eine Renaissancetruhe. Die Zeit kann ich jetzt genauer festsetzen, da ich mich im Vorfeld damit intensiver beschäftigt habe. Italien, 1650 bis 70. Diese speziellen Motive … sehen sie hier." Sie wies mit ihrem Finger an die obere Kante des Deckels. „Also, diese Motive kamen ab Mitte des 17. Jahrhunderts auf. Diese Art der Reliefschnitzerei findet man sehr selten. Die eingerollten Akanthuszweige und die Blüten hier, hingegen, sieht man sehr häufig auf Truhen."

Dann öffnete sie vorsichtig den Deckel und blickte ein zweites Mal hinein. Heute jedoch, schien sie sich intensiver damit zu beschäftigen und tastete nicht nur die Seiten ab, sondern klopfte auch in gewissen Abständen an die Wände. Nachdem sie noch einmal das kleine Geheimfach an der linken Innenwand geöffnete hatte, zog sie eine Lupe und eine Pinzette aus ihrer Jackentasche und beugte sich tief hinunter. Baumann und Tanner standen neugierig auf. Von Eva Sommer waren nur noch der wohlgeformte Po und die Beine zu sehen, die heute in einer engen Designerjeans steckten. Langsam tauchte sie wieder auf und hielt in der Pinzette ein winziges Stück Papier. Sie bat um eine Tüte, die ihr auch sofort gebracht wurde. Als sie das Stückchen versenkt und Paul Tanner ihr die Tüte wieder abgenommen hatte, lief sie weiter um die Antiquität herum. Nach mehreren Runden blieb sie plötzlich stehen.

„Moment." Sie starrte auf die Frontseite der Truhe. Irgendetwas irritierte sie. Fachkundig beäugte sie das kleine Schlüsselloch und beugte sich hinunter. Ihre schlanken Finger glitten über den darunterliegenden Adler. Sie zog erneut die Lupe aus ihrer Jacke und hielt sie dicht über den Adlerkopf. Baumann und Tanner kamen neugierig näher. Eva war mittlerweile so nahe an die Truhe herangerückt, dass ihre Nasenspitze schon das Nussbaumholz berührte. Die Stille im Raum war erdrückend.

Eva drehte sich ruckartig um und die Männer erschraken. „Was ist, Frau Sommer? Haben sie was Außergewöhnliches gefunden?“, fragte Tanner. Sie flüsterte: „Ich wusste es.“ Ein Siegerlächeln überstrahlte ihr schönes Gesicht. „Hat einer der Herren mal bitte ein Tempo?“ Paul reichte ihr sofort eins. „Jetzt brauche ich noch einen kleinen Schraubenzieher.“ Paul flitzte und brachte ihr auch den. Die Männer waren erstaunt, wie versiert sie vorging.

Sie umwickelte die Spitze des Schraubenziehers mit dem Tempo und drückte dann vorsichtig damit auf das Auge des Adlers. Doch nichts passierte. Sie drückte kräftiger. Wieder nichts. Noch einmal setzte sie das Werkzeug an.

Klock! Das war´s. Darauf hatte sie gewartet.

Baumann und Tanner schauten sie mit großen Augen an. Eva hob vorsichtig den Truhendeckel und blickte ein weiteres Mal hinein. Jetzt strahlte sie.

„Bitte, meine Herren. Wagen sie ruhig einen Blick. Das sind die Geheimnisse der Renaissance oder wie ein Zauberer sagen würde, der Trick mit dem doppelten Boden.“

Die Herren folgten ihrer Aufforderung, versenkten ihre Blicke in die Truhe und staunten. Eva strahlte. Aber dann wollte sie ihr Werk vollenden und bat Tanner um ein Paar Handschuhe, die er ihr sofort reichte. Vorsichtig beugte sie sich ein zweites Mal zum Boden der Truhe hinunter und öffnete ihn. Dann beförderte sie den Inhalt ans Tageslicht.

„Was ist das?“, fragte Baumann erstaunt.

Die Fachfrau reagierte nicht und richtete zunächst ihre Kleidung. Die lederne Mappe behielt sie jedoch fest in ihrer Hand. Als ihr Blick dann endlich auf den Deckel der Mappe fiel, stockte ihr der Atem. Dieses Wappen hatte sie definitiv schon einmal gesehen. Sie stand wie angewurzelt da und konzentrierte sich. Eva erkannte die Zeichen, goldgekrönte weiße Säule auf rotem Grund. Darüber prangte eine mächtige goldene Krone mit rotem Samttuch und goldenem Kreuz. Sie schloss die Augen und überlegte. Die Herren schauten sie an, wagten aber nicht die Stille zu unterbrechen. Es war offensichtlich, dass sie auf der Suche nach einer Lösung war. In diesem Moment schlug sie die Augen auf und ihr entfuhr ein leiser Aufschrei. Die Männer wichen zurück. Eva drehte sich zu ihnen und sagte sichtlich gerührt: „Colonna."

Baumann und Tanner schauten sich verwundert an und zuckten mit den Schultern. Jetzt rief sie: „Colonna! Ja!"

Baumann erschrak und fragte nach. „Und? Wat nu? Hilft uns das weiter, Frau Sommer?"

Eva sah ihn verständnislos an, begriff dann aber gleich, dass die Frage berechtigt war. Diese Hintergrundinformationen gehörten schließlich nicht zum Allgemeinwissen. Also führte sie kurz aus: „Der Name Colonna leitet sich von dem gleichnamigen Ort ab, der in der Nähe von Tusculum liegt. Aus der Familie gingen Päpste, Kardinäle, Feldherren, Staatsmänner und Gelehrte hervor. Die Colonna gehörten neben Borghese, Barberini und anderen zu den bekanntesten Fürstenhäusern des stadtrömisch-päpstlichen Hochadels. Ihre Geschichte geht bis ins zehnte Jahrhundert zurück. Das hier ist ihr Wappen."

Tanner schaute die junge Frau bewundernd an und dankte ihr für die Ausführungen. Baumann hingegen wurde ungeduldig und bat sie endlich die Mappe zu öffnen. Eva legte sie auf den Tisch, griff nach dem kleinen Lederband und hielt noch einmal inne, bevor sie es öffnete:
„Meine Herren, ich glaube, wir werden jetzt gleich ein kleines Wunder erleben."
Vorsichtig löste sie das dünne Band, das um die Mappe gewickelt war und schlug sie auf.
„Nein. Das glaube ich nicht.", flüsterte sie leise. Dann wandte sie sich an Paul Tanner. „Haben sie Stoffhandschuhe für mich?" Paul rannte los und Baumann stand ratlos vor ihr. Er verstand nicht, was hier gerade vor sich ging und starrte nur auf eigenartig vergilbte Papiere, auf denen er einige Linien erkennen konnte, sonst nichts. Sein Kollege brachte gerade weiße Stoffhandschuhe und reichte sie der jungen Frau. Schnell schlüpfte sie hinein und hob eines der Blätter vorsichtig heraus. Dann hielt sie es gegen das Licht. Ihr Arm begann zu zittern und Klaus bemerkte, wie sich Tränen in ihren Augen sammelten. Aber er verstand immer noch nicht, was hier gerade vor sich ging.
Eva rollten einige Tränen über die Wangen und sie flüsterte ehrfürchtig: „Michelangelo Buonarroti."

Baumann hatte die Kollegen zu einer Sonderrunde einberufen. Er stand an der Stirnseite des großen Tisches und bat um Ruhe. „So. Dann werde ich mal die

Bombe platzen lassen. Die kleine Gnädigste hat was herausgefunden. Es geht um die Truhe und…“ Baumann machte bewusst eine Pause. „…es gibt so was, wie eine Sensation, Kollegen. Die Truhe hat einen doppelten Boden, ein Geheimfach. Die junge Frau Sommer hat es bei der zweiten Besichtigung entdeckt. Ick dachte erst, die kippt uns um, als sie sich den Fund genauer angesehen hatte. Die hat sogar geweint und gesagt, dass die Sonette und Skizzen, die sie darin gefunden hat, von Michelangelo Buonarroti stammen und für eine Sensation auf dem Kunstmarkt sorgen werden oder so ähnlich.“ Dann öffnete er die Bilder der eingescannten Funde und wies auf den großen Bildschirm. Auf den gelblichen Papieren waren männliche Muskelpartien und Skizzen vieler Gliedmaßen zu erkennen, auf einem weiteren Köpfe, Augen und Ohren. Doch eine Zeichnung versetzte das Team ins Staunen. Lena war aufgestanden und ging näher an den Bildschirm heran. „Das ist doch nicht etwa der David?“ Baumann nickte. „Is der wirklich so bekannt?“ Klette drehte sich ruckartig um: „Kunstbanause! Die riesige Statue gehört bis heute zu den bekanntesten Kunstwerken der Welt. Das muss die Vorzeichnung dafür sein. Wahnsinn. Michelangelo.“
Baumann verstand die Aufregung um so wenig Papier trotzdem nicht und klickte aufs nächste Bild. Es erschien das Bild einer Ledermappe auf dem Bildschirm und damit auch das Wappen, dessen geschichtlichen Hintergrund Klaus kurz erklärte.
„Wir wissen zwar, dass die Mappe der Familie Colonna gehört. Das heißt aber nicht, dass die Papiere

auch zu ihrem Besitz gehören. Wir müssen rauskriegen, wem die Truhe gehört hat. Dem gehören auch die Inhalte, egal wie lange die da schon drin liegen.“ Klaus setzte sich und schaute kurz in die Runde. Er wartete auf irgendeine Reaktion. Prompt kam sie. Lena grinste: „Na, dann müssen wir wohl nach Italien. Ich melde mich freiwillig. Den Palazzo Colonna wollte ich mir schon immer mal ansehen."
Baumann hob ganz langsam den Zeigefinger seiner rechten Hand und tippte sich seitlich an die Stirn. Dann fragte er: „Gibt es noch sinnvolle Anmerkungen?"
Das Grinsen der Kollegen war nicht zu übersehen und Baumann führte weiter aus: „Ick seh schon, ihr habt heute Morgen alle einen Clown gefrühstückt. So kommen wir aber nicht weiter.“
Er stand ruckartig auf und umkreiste schweigend den langen Tisch. Nach der zweiten Runde sprach er weiter: „Ick habe noch eine Neuigkeit…“ er drehte eine weitere Runde und beobachtete dabei jeden Einzelnen. Dann erst ließ er die Katze aus dem Sack.
„Die Fälle rücken immer weiter zusammen. Ihr werdet es nicht glauben aber Eva Sommer und Cornelius Thron sind ein Paar." Er setzte sich wieder an die Stirnseite und schaute stumm über den langen Tisch.
„Waaas?“ Lena warf sich zurück. Klaus nickte nur und wartete weiter ab.
Die Kollegen fingen an zu kombinieren. Thomas meldete sich als erster zu Wort. Er hatte am längsten mit Cornelius und dem alten Thron gesprochen. Ihm fiel ein, dass der junge Mann während des Gespräches mit

dem Senior in den Raum gestürmt kam, um ihm scheinbar etwas sehr Wichtiges zu sagen. Er könne sich noch sehr gut an das erschrockene Gesicht des Juniors erinnern. Außerdem habe er ein kurzes Telefonat von Cornelius mitbekommen. Auf Nachfrage seinerseits, erzählte der Junior, dass er frisch verliebt sei und deshalb zwei Termine verschoben hatte. „Außerdem erfuhr ich noch, dass beide erst seit vier Wochen ein Paar sind.“ Thomas stützte seinen Kopf in die Hände und schwieg einen Moment. Dann fing er an, laut zu kombinieren: „Ich habe dieses Gespräch mit ihm vor vier Tagen geführt. Die ersten Drohungen an Peter Sommer begannen kurz nachdem sie ein Liebespaar wurden. Was, wenn doch einer aus der Familie Thron derjenige war, der Sommer unter Druck gesetzt hat? Vielleicht hat Peer Claasen sich ja mit Sommer im Eiskeller getroffen?"
Lena warf sich in den Stuhl: „So ein Quatsch, Thomas! Woher sollte Peer Claasen so eine Truhe haben? Außerdem war der chronisch pleite!“
Petra räusperte sich und Baumann grinste sie an: „Nu sag schon." Sie räusperte sich noch einmal und wies darauf hin, dass immerhin beide Opfer mit demselben Schwert umgebracht worden sind. Also wäre es doch schlüssig, dass jemand aus dem familiären Umfeld von Peer Claasen seinen Tod gerächt hat.
Lena rollte mit ihren Augen, holte tief Luft und schwieg.

# Familiengeheimnisse

„Ich habe dir doch gesagt, du sollst nicht nach Deutschland kommen. Was willst du also hier?“ Obwohl es dunkel war, konnte er das wütende Funkeln ihrer Augen sehen und wich einen Schritt zurück. „Schwesterchen, reg dich bitte nicht so auf.“, versuchte er sie zu besänftigen. Doch das half nicht. Wütend redete sie weiter auf ihn ein: „Ich habe dir gesagt, dass ich alles erledige und wenn die Zeit reif ist, ihn zur Verantwortung ziehen werde.“ Der junge Mann lachte: „Na, das hat ja jetzt ein anderer für dich erledigt.“ Sie griff entsetzt nach seinem Arm und schrie: „Bist du verrückt! Ich hätte ihn doch nicht umgebracht. Ich wollte, dass er sich stellt.“ Ikechis Zeigefinger erhob sich langsam und er tippte sich mehrfach an seine Stirn. „Sicher. Als ob dieses Schwein sich freiwillig gestellt hätte. Das glaubst du doch selber nicht.“

Die Diskussion ging noch einige Minuten weiter und schließlich merkten die Geschwister, dass sie sich verrannt hatten. Peter Hanssen war tot und daran konnten sie jetzt auch nichts mehr ändern. Eine harte Strafe hatte er zwar verdient, aber dass er so grausam abtreten würde hatte sich keiner der beiden gewünscht.

Ihre dunklen Haare hingen in Strähnen über ihren schmalen Schultern und sie warf wütend Steine in die Bille. Die Nacht war so dunkel, dass sie das Auftreffen auf dem Wasser nicht sehen konnte und deshalb das Plätschern umso lauter wahrnahm. Stein für Stein warf sie ihre Wut über Bord und nach und nach kam ihr eigentliches Gefühl zum Vorschein, Traurigkeit. Sie war traurig darüber, dass sie ihrem Vater nicht mehr sagen konnte, wer sie wirklich war. Sie war traurig darüber, dass es ihr nicht gelungen war, Sommer zur Verantwortung zu ziehen und sie war traurig darüber, dass sie wieder nach Kapstadt zurück musste. Alles war anders gelaufen, als sie es geplant hatte. Die Genugtuung, ihren Vater nach so vielen Jahren endlich zur Verantwortung zu ziehen, war ihr nicht gegönnt gewesen und darüber war sie wütend, sehr wütend. Sie warf erneut einen Stein ins Wasser und schrie: „Du Schwein!“ Ikechi erschrak. „He, damit änderst du jetzt auch nichts mehr, Schwesterchen.“ Wütend funkelte sie ihn an: „Sag nicht immer Schwesterchen zu mir. Wir sind immerhin gleichalt!“ Er grinste und strich ihr besänftigend über den Arm. Sein Mund berührte fast ihr Ohr und er flüsterte: „Naja, genau genommen stimmt das nicht. Ich bin drei Minuten älter als du. Mutter hat immer gesagt, du hast mich rausgeschubst, weil du den Spiegel für dich allein haben wolltest. Mädchen müssen sich eben immer noch hübsch machen vor ihrem großen Auftritt.“ Jetzt lächelte sie und küsste ihren Bruder auf die Wange. „Ja, das hat sie immer gesagt.“ Dann schaute sie traurig zum Wasser hinunter. „Ach, Mami, ich vermisse dich so. Ich weiß, dass niemand das Unrecht wieder gut machen kann, was dir in Kapstadt widerfahren ist, aber ich wollte wenigstens, dass er sich zu uns bekennt und seine gerechte Strafe erhält und nicht

einmal das habe ich geschafft. Ich habe versagt.“ Tränen quollen aus ihren Augen und sie lehnte sich an die Schulter ihres Bruders.
Der starrte nur auf den schwarzen Wasserspiegel der Bille und raunte: „Er ist härter bestraft worden, als du es selbst hättest machen können. Dazu wärst du gar nicht in der Lage gewesen, Schwesterchen.“

Anna Thron war am vergangenen Sonntag spät nachhause gekommen. Genauer gesagt, war es schon früh als sie das Haus betrat.
Nachdem ihr Vater wutentbrannt das Jakobs verlassen hatte, genoss sie noch den wundervollen, sonnigen Nachmittag auf der Lindenterrasse. Sie fühlte sich von den wärmenden Strahlen der Sonne und der zuvorkommenden Art des Restaurantleiters so umsorgt, wie lange nicht mehr. So war es auch nicht verwunderlich, dass ihre Seele und ihr ganzer Körper sich zu dem jungen Mann hingezogen fühlten. Sicher war er nicht so jung wie Cornelius, aber viel zu jung für sie. Doch ihn schien das überhaupt nicht zu stören und als er sie noch zum Taxi begleitete, verfingen sich ihre Blicke für einen Moment zu lange. Als seine Lippen dann unerwartet auf ihren landeten, ließ sie es einfach geschehen.
Bis in die frühen Morgenstunden hatten sie sich geliebt und Anna sank mehr und mehr in einen Rauschzustand. Lange nicht hatte sie sich so fallen lassen können. Magnus war ein einfühlsamer und überaus zärtlicher Mann. Sie genoss das große Spektrum seiner Verführungskünste und ihr war klar, dass dies auf

langjährige Erfahrung zurückzuführen war. Er konnte ja schließlich mit Ende 40 bereits auf einige Jahre Übung zurückgreifen. Allerdings sah man ihm sein Alter überhaupt nicht an. Anna hatte sich sofort in seine leuchtend blauen Augen und ein kleines Grübchen verliebt, das seine linke Wange schmückte, wenn er lächelte.
Bereits als sie in den frühen Morgenstunden seine Wohnung verließ, war ihr klar, dass sie ihn nicht wiedersehen würde. Aber dieser Abend und diese Nacht hatte in ihr endlich das Tor geöffnet, was so lange verschlossen war.
Normalerweise wäre sie nach so einer schlaflosen Nacht wie tot in ihr Bett gefallen, doch am vergangenen Montagmorgen war sie so munter und aufgedreht gewesen, dass sie nur rasch unter die Dusche sprang und sich auf die Woche freute.
Sie konnte sich noch sehr gut daran erinnern, dass ihr Vater sie im Büro gleich brummig auf den Sonntag ansprach, sie ihn aber lächelnd stehen ließ.
Den Rest der Woche ging sie ihm einfach aus dem Weg, egal welche Versuche er startete, mit ihr ins Gespräch zu kommen. Cornelius tat es ihr gleich, denn der Boss, wie er seinen Großvater gerne nannte, war in letzter Zeit unausstehlich. Darin waren sich Mutter und Sohn einig.
Heute, nun endlich, war die Arbeitswoche wieder vorbei und Anna freute sich auf das Wochenende. Sie war an diesem Freitag besonders früh nach Haus gefahren, da sie ihrem Vater nicht mehr begegnen wollte, der zu einem auswärtigen Termin in die City gefahren war.

Die Sonne lachte und Anna entledigte sich schnell ihres Kleides, schlüpfte in ihren neuen Bikini und griff sich das orangefarbene Badetuch.
Auf dem Weg zum Pool klingelte ihr Handy. Sie war versucht, es einfach liegen zu lassen, schaute dann aber doch flüchtig aufs Display. Sie runzelte die Stirn. Diese Nummer kannte sie nicht. Neugierig nahm sie das Gespräch an. „Magnus, woher hast du meine Handynummer? … Ach, ja. Ich erinnere mich, die Bilder… das ist aber lieb von dir… bist du sicher? … Magnus, ich bin immerhin acht Jahre älter als du… ja, mir hat es auch sehr gefallen… na gut, dann bis heute Abend… natürlich freue ich mich."
Anna war wie benebelt und ließ das Telefon auf den Tisch gleiten. Mit allem hätte sie gerechnet, aber nicht damit. Sie war verblüfft darüber, dass dieser wesentlich jüngere und überaus attraktive Mann es mit ihr ernst meinen könnte. Sie hatte die Nacht mit ihm als einen one-night-stand für sich abgehakt, um sich zu schützen. Lächelnd ging sie weiter Richtung Pool und sprang hinein.
„Moin, Tochter. Bist du vor mir geflüchtet?" König Thron stand breitbeinig am Rande des Beckens. Anna war so erschrocken gewesen, dass sie bei dem ruckartigen Umdrehen, Wasser in Mund und Nase bekam und jetzt unaufhörlich hustete. Mit einigen Zügen war sie am Beckenrand, ergriff das Geländer und setzte sich auf eine der Stufen. Immer noch hustend stand sie schließlich wieder auf, griff sich das Handtuch und hielt es sich vor das Gesicht. Nach und nach verringerte sich der Hustenreiz und die Bronchien gaben die

letzten Wassertröpfchen frei, die sie eingeatmet hatte. Sie trocknete sich flüchtig ab und schlüpfte in ihren Bademantel. Ihren Vater ignorierend, legte sie sich auf eine der Sonnenliegen und schloss die Augen.
„Was soll das, Anna?" Er hatte sich wie ein Berg vor sie gestellt, so dass sein riesiger Schatten komplett über ihr lag. Für einen Moment, wusste sie nicht, ob sie überhaupt antworten sollte. Doch dann siegte die Wut in ihrem Bauch und sie sprang auf. „Es reicht, Vater! Ein für alle Mal! Es reicht! Ab heute will ich Abstand. Ich lebe mein Leben, du deines. Akzeptiere das endlich. Ich habe deine Übergriffe so satt! Lass mich in Ruhe!" Dann drehte sie sich um und ließ ihn stehen. Eigentlich hatte sie erwartet, dass er ihr noch etwas hinterher brüllen würde und fühlte schon seine stampfenden Schritte in ihrem Rücken, aber nichts Dergleichen passierte. Darum blieb sie kurz im Türrahmen stehen und drehte sich noch einmal um. „Wie bist du eigentlich in mein Haus gekommen? Meine Fee hat heute frei." Erst jetzt sah sie, dass ihr Vater mit hochroten Kopf nach Luft schnappte. Unbeeindruckt dessen, fragte sie ein zweites Mal nach. Nun bekam sie eine Antwort: „Ich habe einen Schlüssel. Du bist doch schließlich meine Tochter und es kann immer mal was sein ", fügt er entschuldigend hinzu.
Anna wusste im ersten Moment nicht, wie sie darauf reagieren sollte. Sie merkte, wie ihr Magen sich zusammenkrampfte. „Du hast einen Schlüssel? Hast du den von Cornelius?“ Er schüttelte nur den Kopf und schnappte immer noch nach Luft.

„Woher dann? Vater, ich rate dir, mir endlich zu antworten." Anna hatte ihre zarten Hände in den Bademanteltaschen versteckt und zu Fäusten geballt. Sie ahnte, was kommen würde und war jetzt schon außer sich.
Thron wand sich wie ein Aal, denn auch er wusste, dass er zu weit gegangen war. Endlich antwortete er seiner Tochter: „Ich habe ihn mir mal nachmachen lassen." Schnell riss er schützend beide Hände hoch und sprach weiter: „Bevor du mich jetzt gleich verfluchst, ich weiß, dass es nicht richtig war, aber du warst eine Zeit lang so introvertiert, dass ich ehrlich Angst um dich hatte. Und übrigens, Cornelius weiss von dem Schlüssel. Entschuldige." Anna wusste nicht, ob sie immer noch wütend oder angenehm überrascht sein sollte, aber sie spürte, wie ihre Fäuste sich langsam lösten. Sie ging einige Schritte auf ihn zu und zwang sich zu einem zarten Lächeln. „Vater, dass rührt mich sehr, aber es ist trotzdem nicht in Ordnung. Wenn ihr euch Sorgen macht, redet doch mit mir." Jetzt traute sich Thron auch einige Schritte auf seine Tochter zu zugehen und berührte vorsichtig ihren Arm. „Entschuldige und das ist ehrlich gemeint." Anna sah ihn an und bemerkte die Tränenflüssigkeit in seinen Augen. Sie erschrak und wusste zugleich, dass seine Gefühle echt waren. So dünnhäutig hatte sie ihren Vater noch nie gesehen und sie streichelte seinen Arm. Wenn Sie nicht davon überzeugt gewesen wäre, dass er sich einer strotzenden Gesundheit erfreut, hätte sie seine vergangenen Tage fast als depressive Phase eingestuft. Aber sie wusste, dass Dr.

Paulsen ihn regelmäßig untersuchte und er kerngesund ist. Also nahm sie ihn schließlich in den Arm.
Sie konnte sich nicht mehr daran erinnern, wie lange sie so mit ihrem Vater gestanden hatte, aber als Cornelius die Terrasse betrat, muss ihm dieses ungewöhnliche Bild so einen Schrecken eingejagt haben, dass er sofort auf beide zu rannte. „Was ist? Alles in Ordnung mit euch?" Erst jetzt lösten sie sich voneinander und schauten ihn erschrocken an. Anna streckte ihrem Sohn die Arme entgegen und sagte: „Ja, Liebling. Alles in Ordnung. Vater und ich hatten eine kleine Meinungsverschiedenheit, haben uns aber ausgesprochen." Cornelius lächelte beruhigt.
Einige Minuten später ging jeder seiner Wege und Anna kehrte in den Pool zurück. Sie schwamm einige Bahnen und genoss die wärmenden Sonnenstrahlen. Erst nachdem sie wieder auf der Liege Platz genommen hatte, spürte sie das starke Herzklopfen. Sie wunderte sich, denn von zehn Bahnen, war sie normalerweise nicht so außer Atem. Der Zusammenstoß mit ihrem Vater war ihr wohl doch mehr unter die Haut gegangen, als sie sich zunächst eingestehen wollte. Sie schloss die Augen und versuchte tief und ruhig zu atmen. Nach und nach konnte sie die Sonne genießen und dämmerte in einen tiefen Schlaf.
Anna hatte fast zwei Stunden geschlafen und räkelt sich. Ein kurzer Blick auf ihre Uhr entlockte ihr ein Lächeln. Es war bereits 16:30 Uhr und sie hatte noch anderthalb Stunden, bis Magnus sie abholen würde. Also schlenderte sie vergnügt in das Masterbad und entledigte sich ihres Bikinis.

Die prasselnden Strahlen des Wassers waren eine Genugtuung, aber jetzt merkte sie, dass ihre Haut von der Sonne etwas angegriffen war, obwohl sie sich vorher eingecremt hatte. Sie wählte eine andere Einstellung und genoss die weichen Wasserwellen, die jetzt über ihren Körper flossen.

Schon lange stand sie in ihrer Umkleide und konnte sich für keines der Kleider entscheiden. Immer wieder hielt sie sich eines vor den Körper und warf es dann wieder weg. Auf einmal spürte sie, wie ihre Schultern zu brennen begannen und sie beäugte die leicht gerötete Haut im Spiegel etwas genauer. Anna entschied sich, den Sonnenbrand mit einer Creme zu behandeln und auf jeden Fall kein schulterfreies Kleid anzuziehen.

Eine halbe Stunde vor ihrem Date war sie bereits fertig. Sie hatte sich für ein flippiges schwarzes Versace Kleid entschieden, in dem eine lindgrüne Wellenlinie von oben nach unten verlief. Der abgestufte Saum des Kleides zeigte mehr Bein, als Anna lieb war. Aber sie wagte es einfach.

Ihre Umkleide sah aus, wie eine Kiste im Sommerschlussverkauf. Kopfschüttelnd schaute sie auf den Stuhl und die Kleiderständer. Schnell räumte sie alles auf und hing es wieder an seinen Platz. Dabei fiel ihr versehentlich ein Jackett zu Boden, und sie griff danach. Es knisterte und plötzlich war alles wieder da. Anna starrte auf den Umschlag in ihrer Hand und sank auf den Stuhl. Langsam zog sie den Brief heraus und überflog die ersten Seiten. Sie kannte zwar jede einzelne Zeile, wollte aber trotzdem dort weiterlesen, wo ihr Vater sie vor einigen Tagen so abrupt unterbrochen hatte. Ihre Finger glitten Zeile für Zeile abwärts und sie las noch einmal den letzten Abschnitt aus Margaretes Brief:

*„...Doch mein Plan sollte leider nicht aufgehen.*
*Ich weiß es noch wie heute. Peer stand vor mir und war freudig erregt und traurig zugleich. Er hatte tatsächlich den Zuschlag für das große Bauprojekt an der Chrysanderstraße erhalten. Dieser Auftrag rettete nicht nur das Überleben seiner Firma, sondern machte ihn auch endgültig unabhängig von Deinem Vater. Du weißt, meine liebe Anna, wie sehr ihn das belastet hat. Endlich wäre er finanziell unabhängig geworden. Das wollte er Dir doch immer beweisen. Es sollte sein Hochzeitsgeschenk an dich werden. Aber was nützte ihm dieser Auftrag, wenn er nicht wusste, mit welchen Mitteln er die Baustoffe vorfinanzieren sollte. Keinesfalls wollte er wieder an Deinen Vater herantreten.*
*Ich habe nicht lange darüber nachgedacht und ihm sofort die Truhe angeboten, die ich Euch eigentlich zur Hochzeit schenken wollte. Ich wusste, dass sie etwa 50.000 DM wert war und genau das Geld, was ihn gerettet hätte. Doch mir passierte ein verhängnisvoller Fehler. Ich hatte die Papiere im Geheimfach der Truhe vergessen und Peer hatte sie bereits einem Auktionshaus, zum Schätzen, zur Verfügung gestellt. Ich wusste zu diesem Zeitpunkt bereits, dass diese Schriften weitaus mehr wert waren als die Truhe*

*selbst und machte mir große Vorwürfe, dass ich meinen Sohn nicht darüber aufgeklärt hatte. Also bat ich ihn, die Truhe zurückzufordern und die Papiere separat schätzen zu lassen. Doch das war nicht so einfach. Er hatte bereits einen Vertrag unterzeichnet...“*

Es klingelte an der Wohnungstür. Anna erschrak und ließ den Brief schnell im Jackett verschwinden. Dann rannte sie zur Tür.
Magnus sah völlig anders aus, als sie ihn in Erinnerung hatte. Seine langen Beine steckten in einer lichtgrauen sportlichen Hose und das weiße Hemd trug er leger darüber. In der Hand hielt er eine langstielige rote Rose und lächelte sie unentwegt an.
Anna hing immer noch dem eben Gelesenen hinterher und es fiel ihr schwer, umzuschalten. Sie fasste ihn wortlos an die Hand und zog ihn ins Haus. Erst jetzt nahm sie ihn in aller Gänze war. Sie genoss seinen männlichen Duft, der sie schon das erste Mal berauscht hatte und roch auffällig an ihm. „Armani?“ Magnus lachte. „Ja, aber bekomme ich auch einen Kuss oder willst du nur an mir riechen?" Anna streichelte sein schönes Gesicht und zog sich an seinem Hals ein Stückchen höher, um seinen Mund zu erreichen. Sie küsste ihn lang und innig. Vielleicht hätte sie ihre Lippen noch viel länger auf seine gedrückt, doch er schob sie irgendwann sanft von sich und flüsterte: „Du hast das Temperament einer achtzehnjährigen, also fang nicht noch einmal an, über dein Alter zu jammern." Anna schaute verlegen nach unten und zog ihn weiter ins Haus hinein.

# Die Wühlmaus

Karsten war schon in den frühen Morgenstunden zur Erbin der Rissens gefahren, um noch einmal in den alten Hinterlassenschaften des Auktionshauses zu wühlen. Ein eigenartiges Bauchgefühl machte sich in ihm breit und er ahnte, dass er heute auf einen wichtigen Hinweis stoßen würde. Petra und er hatten das ganze Wochenende über die Fälle geredet und es ließ ihm keine Ruhe, dass sie sich scheinbar im Kreis drehten. Obwohl mittlerweile klar war, dass beide Fälle zusammengehörten, fehlte immer noch die zündende Idee.
Die Nichte der Rissens ließ ihn freundlich hinein und wies ihm den bekannten Weg. Karsten stieg die Treppenstufen hinauf und öffnete die Dachbodentür des alten Hauses. Heute fiel ihm der muffige Geruch besonders auf, obwohl das Fenster geöffnet war und die Sonnenstrahlen gnadenlos hereinschienen. Er stellte seinen Rucksack neben die Tür und ging direkt auf den Stapel Papiere zu, den er zuletzt bearbeitet hatte. Kurz darauf stand die Dame des Hauses in der Tür. „Mir ist übrigens noch etwas eingefallen zur letzten Auktion und dem Angestellten meiner Tante und meines Onkels. Es gab da einen größeren Karton, den mein Onkel noch sehr lange aufgehoben hatte. Später war dieser in Vergessenheit geraten. Als sie verstarben, stand er immer noch in der kleinen Kammer neben dem Büro. Ich habe ihn aus lauter Sentimentalität damals mitgenommen, eigentlich völliger Unsinn,

aber vielleicht hilft es ihnen. Kommen sie bitte mit. Er steht im Keller.“

Das war's, dachte Karsten. Das war das Bauchgefühl, das Kribbeln, dass er die ganze Zeit verspürte. Heute würde er endlich fündig werden. Er stand auf und folgte ihr.

Der Keller war weitaus aufgeräumter als der Boden, durch dessen Inhalt sich Karsten bereits seit mehreren Tagen gewühlt hatte. Er stand in einem lichtdurchfluteten, hellen Raum, an dessen Wänden sich ein Stahlregal an das andere reihte. Die Erbin ging gleich auf die rechte Seite des Raumes und griff nach dem beschriebenen Karton. Doch sie vermochte ihn nicht alleine herauszuheben. Karsten eilte ihr zu Hilfe. Gemeinsam gelang es ihnen und sie hievten ihn auf einen kleinen Tisch.

„So, dann versuchen sie ihr Glück. Ich weiß nur, dass mein Onkel die Sachen aufgehoben hat, weil er glaubte, dass Peter Hanssen wiederkommen würde oder ihm irgendetwas Schreckliches passiert sein musste. Sie müssen wissen, dass er sehr große Stücke auf seinen Angestellten gehalten hat. Er konnte sich einfach nicht vorstellen, dass Herr Hanssen einfach so das Unternehmen verlassen hatte. Entschuldigen sie, dass ich nicht eher daran gedacht habe. Ich hoffe, sie finden etwas, was ihnen weiterhilft." Damit verließ sie den Kellerraum.

Karsten war allein mit der großen braunen Kiste und erst jetzt spürte er den gewaltigen Temperaturunterschied. Er fror. Doch seine Neugierde übermannte ihn und so hob er vorsichtig den schweren Pappdeckel ab.

Als er ihn auf den Boden gelegt hatte, sah er gespannt in das Innere der Kiste. Typische Schreibtischutensilien, wie Locher, Schreibtischunterlage, Schale für Kugelschreiber und Ähnliches, kamen zum Vorschein. Er zog eines nach dem anderen heraus und legte es auf den Tisch. „Da hatte jemand aber eine Sammelleidenschaft für Radiergummi.", raunte er vor sich hin und zog eine durchsichtige Plastikbox heraus. Dann kramte er weiter. Oh, ein Katalog, den er schon einmal gesehen hatte, dachte er. 1984. Er begann darin zu blättern und schlug schnell die hinteren Seiten auf, um sich die Auflistung der Auktionsgegenstände anzusehen. 396. Genau wie im anderen Katalog, war die Zahl handschriftlich hinzugefügt, sonst nichts. Er schaute sich den Umschlag genauer an, konnte aber auch hier nichts Außergewöhnliches finden. Also legte er ihn zu den anderen Gegenständen auf den Tisch.
Nach und nach füllte sich die kleine Tischplatte und Karsten hatte Mühe noch einen freien Platz zu finden. Schließlich stellte er die noch halb gefüllte Kiste auf den Boden und kniete sich davor.
Plötzlich wurde die Tür aufgestoßen und das erste was er bemerkte war der Kaffeeduft, der innerhalb kurzer Zeit den ganzen Raum durchströmte.
„Oh, mein Gott! Wo soll ich denn das Tablett abstellen?" Seine Gastgeberin schaute sich suchend um und lief kurzerhand auf die linke Seite des Raumes. Schnell hatte sie eine freie Fläche im Regal ausgemacht und platzierte das Tablett. „So, das sollte ge-

hen, junger Mann. Und, haben sie schon etwas gefunden, was ihnen weiterhelfen könnte?" Karsten schüttelte den Kopf und bedankte sich herzlich für den Kaffee. Sie stand bereits im Türrahmen und drehte sich noch einmal zu ihm: „Frieren sie gar nicht? Das ist ja verdammt kühl hier unten.“ Karsten bestätigte ihre Aussage und die Dame verlies wortlos den Kellerraum. Kurze Zeit danach stand sie wieder vor ihm und hielt ihm eine Jacke entgegen. „Bitte, nicht schön, aber warm. Sie holen sich ja sonst den Tod.“ Karsten dankte ihr. Dann war er wieder allein.
Er ging auf das Regal zu und goss sich den braunen Wachmacher in die Tasse. Erst jetzt sah er, dass es eine alte Sammeltasse war und schaute sich das gute Stück etwas genauer an. Das tannengrüne zarte Schälchen stand auf genauso zarten güldenen Beinchen und Karsten wagte kaum sie anzuheben. Er nahm einen großen Schluck und stellte sie wieder vorsichtig zurück. Der heiße Kaffee durchfloss ihn wie ein warmer Strom und er rieb sich seine immer noch kalten Arme. Die Strickjacke kratzte.

Nach zwei Stunde hatte die Wühlmaus endlich den Fund gemacht, auf den er die ganze Zeit gehofft hatte. Jetzt ärgerte er sich ein wenig, dass er nicht gleich den gesamten Inhalt der Kiste ausgepackt hatte, um sich einen Überblick zu verschaffen. Egal, er freute sich über den Fund. Das dicke lederne Buch war sehr abgegriffen. Karsten merkte, wie sein Herz zu hüpfen begann. Aufgeregt schlug er es auf.
„Ein Kalender aus dem Jahr 1984. Bingo.“

Er konnte sein Glück gar nicht fassen und begann gleich bis zum Freitag, den 27. April 1984 vor zu blättern. Wenn Hanssen sich mit Peer Claasen getroffen haben sollte, musste der Termin um 13:00 Uhr hier eingetragen sein. Karsten blätterte schneller. 25.April. 26.April. Nichts. Die Seite des 27.April war herausgerissen. Karsten klappte das Buch enttäuscht zu. Doch dann besann er sich und schaute sich das Exemplar etwas genauer an. Im vorderen Teil gab es einige Fächer, in denen Visitenkarten und kleine Notizzettel steckten. Karsten holte sein Handy aus der Tasche und machte zunächst einige Fotos vom Urzustand des Kalenders. Dann zog er vorsichtig einen der Zettel heraus und las: „Treffen verschieben." Er erkannte Hanssens eigenartige Schreibweise wieder, die Eva Sommer ihnen erklärt hatte. 24, Schrägstrich, 4 und darunter eine 10 mit einem Minus dahinter. Aber das war ja der Termin, der sich auf dem Katalog durchgedrückt hatte. Das war also der ominöse Zettel. Erst dann fiel ihm auf, dass der erste Teil der Notiz mit einem anderen Kugelschreiber notiert worden war. Das machte die Sache noch klarer, denn auf dem Katalog war nur der zweite Teil zu erkennen gewesen. Trotzdem half ihm das nicht weiter. Er brauchte einen Hinweis auf den 27.April und genau diese Seite fehlte. Karsten durchsuchte die vorderen Fächer und zog nach und nach alle Zettel heraus. Nichts. Er schaute sich diverse Visitenkarten, die auch in einem der Fächer verstaut waren, genauer an. Doch auch hier nichts. Karsten legte das Buch enttäuscht beiseite und rief Baumann an, um ihm erste Infos zu übermitteln.

Dann packte er den Kalender und den Katalog in seinen Rucksack und legte die anderen Sachen wieder zurück in den Karton.
Er fragte die nette Dame, ob er sich noch etwas auf dem Boden umsehen dürfe. Sie stimmte zu und so stieg Karsten die steile Treppe wieder nach oben.
Mit vielen Ordnern und Kartons bepackt, kam er nach einer Stunde wieder vom Boden herunter. Nach und nach hatte er alles im Auto verstaut und als er auf die Uhr schaute war es bereits viertel vor zwei. Kein Wunder, dachte er, dass mein Magen ständig knurrt. Sein erster Weg führte ihn nicht ins Kommissariat, sondern in die Kantine. Als er jedoch die magere Auswahl in den Vitrinen sah, drehte er sich sofort wieder um und funkte Verstärkung an, um die Kartons nach oben zu transportieren.
Thomas, Lena und Baumann höchstpersönlich kamen ihm zur Hilfe. So hatten sie Karstens Mitbringsel in einem Rutsch im Büro. Alle starrten auf die Papierberge und Lena rollte mit den Augen. „Das ist nicht dein Ernst, Karsten." Der grinste nur. „Doch und ich schwöre euch, dass wir hier die Lösung finden. Hier, den Kalender von Hanssen habe ich auch, aber die verdammte Seite ist rausgerissen." Wütend warf er ihn auf den Tisch. „Welche Seite?", fragte Lena. Jetzt rollte Karsten mit den Augen. „Na, die vom Freitag, dem 27. April 1984. Da stinkt doch was. Warum ist genau diese Seite rausgerissen? An dem Tag um 13 Uhr hatte Peer Claasen das überaus wichtige Treffen, laut Anna Thron." Alle starrten ihn an.

Baumann war der erste, der sich bewegte und wortlos einen der Kartons in den Meetingraum schleppte. Als ihm niemand folgte, brüllte er: „Nu steht nicht da wie angewurzelt. Ick mach euch gleich Beene!“
Die Marionetten begannen sich zu bewegen und nach und nach wanderten alle Unterlagen hinter Baumann her. Schnell waren die Kartons unter den Kollegen aufgeteilt und jeder durchforstete einen anderen Stapel.
Viviana hatte zwischenzeitlich für einen kleinen Imbiss und Getränke gesorgt und übernahm den Telefondienst. Sie war traurig darüber, denn sie hätte auch gerne in den alten Papieren gekramt.
Bis zum Feierabend war niemand auf einen besonderen Hinweis gestoßen und so waren alle froh darüber, dass Paul und Haucke mit ihrem Besuch für etwas Abwechslung sorgten. Als sie aber erfuhren, welchem Grund sie diesen späten Besuch zu verdanken haben, wurden alle wieder wach.
„Und dat is sicher, Haucke?", Klaus hatte seine Hände in die Hüften gestemmt und stand wie eine Eiche vor ihm. Der Rechtsmediziner wurde unruhig und begann gerade tief einzuatmen. Lena reagierte sofort und schob Baumann beiseite. „Haucke, ich habe das nicht ganz verstanden. Kannst du es bitte noch einmal wiederholen?" Die Ablenkung schien zu funktionieren und so begann er seine Ausführungen von neuem: „Also, der Sack, in dem der Schädel gelegen hat, ist ja sofort auf Blutspuren untersucht worden und wir haben damals nur die DNA von Claasen gefunden. Jetzt,

nachdem uns klargeworden war, dass die Fälle zusammengehören, haben wir noch einmal alles genauer unter die Lupe genommen. Dabei haben wir auch noch einmal nach fremder DNA am Schädel gesucht und tatsächlich auch gefunden. Der Täter muss sich definitiv verletzt haben, denn wir haben an einem Haar im Nacken des Schädels Blutreste identifizieren können, die eindeutig Peter Hanssen, alias Sommer, gehören. Damit sollte erwiesen sein, dass er der Mörder von Peer Claasen war."
Er machte eine Pause und verschränkte seine Arme vor der Brust. „Jetzt seid ihr dran. Irgendeiner hat seinen Tod gerächt. Also wer in der Familie Thron würde infrage kommen?"
Petra war gerade hereingekommen und rief von weitem: „Ich bin zwar schon lange nicht mehr in der Poststelle, aber Max hat mir das hier in die Hand gedrückt. Das erinnert mich so an den Fall mit den 21 Briefe."
Baumann hielt sich unwillkürlich seine großen Hände vors Gesicht und brummte: „Bitte nicht schon wieder." Doch da stand Petra schon vor ihm und wedelte mit dem Brief vor seiner Nase herum. „Hier, Chef, der ist an dich adressiert, kam mit der Nachmittagspost, also nicht an unser Postfach." Dann reichte sie ihm endlich den Umschlag. Baumann sah ihn an, als würde man ihm einen Giftbecher reichen.
Als er immer noch zögerte, überlegte Petra nicht lange, zog sich einen Kugelschreiber vom Tisch und steckte die Spitze in die zugeklebte Lasche des Umschlags.

„Nein! Wer weiß, was da drin ist.“ Lena riss ihr das Kuvert aus der Hand und reichte es Paul. „Was meinst du als Spezi?" Tanner griff zu und hielt ihn gegen das Licht. Nach mehrmaligem Drehen und Schütteln sagte er: „Also, ich habe jetzt natürlich mein Equipment nicht dabei, aber ich würde sagen, der ist nicht manipuliert." Dann nahm er Petra den Kugelschreiber aus der Hand und öffnete den Brief selbst. Automatisch wichen die Kollegen ein wenig zurück und Paul musste schmunzeln.
Vorsichtig schaute er in den Umschlag, zog dann ein Paar Gummihandschuhe aus seiner Jacke, die er immer dabei hatte, schlüpfte hinein und holte eine kleine Pappkarte heraus.
Die Kollegen sahen nur, wie seine Augenbrauen sich nach oben bewegten und er nachdenklich an seinem langen Haar fummelte, dass er meistens zu einem Zopf zusammengebunden hatte.
Baumann wurde ungeduldig. „Paul, mach hinne!“
Doch Paul hob nur kurz die linke Hand und las angestrengt weiter. Die Kollegen starrten ihn an und warteten. Endlich begann er zu sprechen: „Das ist wieder eine Nachricht auf Italienisch. Ich musste mich erst hineinlesen. Diesmal ist es mit der Übersetzung etwas schwieriger, als sonst."
Lena war schon die ganze Zeit sehr unruhig gewesen und herrschte ihn an: „Nun sag schon endlich! Wir haben hier schließlich zwei Morde aufzuklären!"
Paul drückte ihr die Karte in die Hand. „Dann übersetz du es doch." Er drehte sich um und ging Richtung Tür. Lena hielt ihn am Arm fest. „Sorry, bei mir liegen

langsam die Nerven blank. Sorry, nochmal, Paul. Wir sind ja froh, dass du uns hilfst.“
„So, nu is ja wieder allet in Butta, also wat steht da?" Baumanns Schuhspitze tippte unaufhörlich auf den Boden. Paul drehte sich um, zog Lena die Karte wieder aus der Hand und las laut vor:

„Non …“

Das Tippen von Baumanns Schuhspitze wurde lauter und schneller. Er atmete einmal tief ein und ließ die Luft dann ganz langsam hinausfließen. Paul verstand und sprach schnell weiter: „…und übersetzt heißt das:

Bei Mord darf es keine Mauer des Schweigens geben.“

Das Tippen von Baumanns Schuhspitze verstummte. Jeder schien sich seinen eigenen Reim darauf zu machen.
„Paul, die Rückseite! Da steht etwas auf der Rückseite." Thomas Lachner riss ihm die Karte aus der Hand. „Deutsch.“, war das erste, was er sagte. Dann las er vor:

„ICH HABE AUS ANGST VIEL ZU LANGE GESCHWIEGEN."

Baumann quälte bereits einige Zeit sein rechtes Ohrläppchen, dass schon rot angelaufen war und brummte vor sich hin. Thomas hatte begonnen auf und ab zu

laufen. Karsten war zum Notebook gerannt und hatte zusätzlich den großen Bildschirm eingeschaltet. Nervös flogen seine Finger über die Tastatur. Das laute Geräusch schien alle aus ihrer Nachdenklichkeit zu reißen und sie traten näher. Erst jetzt sahen sie, dass ihr Kollege alle Nachrichten auf den Bildschirm gezogen hatte. Dann drehte er sich ruckartig zu ihnen um: „Und, was fällt euch auf?"
Er sah in verdutzte Gesichter, aber niemand wusste eine Antwort auf seine Frage. Karsten wendete sich enttäuscht zum Bildschirm zurück und stellte sich direkt davor. Nervös tippte er auf die letzten beiden Nachrichten. „Hier.

ICH WAR ES NICHT.

und

ICH HABE AUS ANGST VIEL ZU LANGE GESCHWIEGEN.

Keiner macht freiwillig auf sich aufmerksam, schon gar nicht, wenn es um Mord geht. Derjenige weiß offensichtlich mehr, als ihm lieb ist, will aber auf keinen Fall mit dem Mord in Verbindung gebracht werden. Also, wer hat da solche Angst?"

Baumann stand immer noch in der Ecke des Raumes und brummte vor sich hin. Doch dann ließ er von seinem Ohrläppchen ab und schaute auf. „Klasse, Karsten, du hast recht. Vor allen Dingen, weil wir bisher die Medien da raushalten konnten. Dat kann also nur jemand wissen, der dabei war, zum Beispiel der kleine Turnschuh.“ Er drehte sich ruckartig zu Paul und Haucke. „Richtig, Kollegen?“ Beide nickten und er stellte weiter fest: „Also suchen wir eine Frau.“

Jetzt schien Thomas auch wach zu werden und fügte hinzu: „Es gibt auch Männer mit kleinen Füßen.“ Viviana grinste und antwortete prompt: „Ja, mein Onkel zum Beispiel. Der hat Größe 38.“ Klaus lächelte zu ihr hinüber.

Petra saß schon lange am Ende des Tisches und sah abwesend aus dem Fenster. Niemandem war das aufgefallen und so ging die Diskussion über den möglichen Absender noch einige Zeit weiter, ohne dass jemand Notiz von ihr nahm.

Schließlich stand sie auf, ging auf die Gruppe zu und begann einfach zu reden: „Vergessen wir bei der ganzen Diskussion nicht, dass die Fälle zusammengehören? Meiner Meinung nach, entschuldigt bitte, aber meiner Meinung nach kann es doch nur eine Person sein, die ein gewisses Alter hat. Der erste Mord ist immerhin 32 Jahre her. Also, wenn derjenige hier schreibt…“ Sie wies kurz auf die letzte Nachricht. „>Ich habe aus Angst viel zu lange geschwiegen.< Dann heißt das für mich, dass er oder sie 1984 bereits gelebt haben muss und den damaligen Mord beobachtet hat, denn hier steht ja, …bei Mord darf es keine Mauer des Schweigens geben."

Lena antwortete prompt: „Verrenn dich nicht, Petra. Das Wörtchen lange versteht jeder anders. Die Person kann auch den aktuellen Mord meinen. Dann sind wir

wieder da angekommen, wo wir schon einmal waren. Es könnte der kleine Turnschuh sein, der gesehen hat, wie Sommer geköpft wurde. Das würde allerdings auch bedeuten, dass derjenige den Hausherren vorher gequält und das Sonett mit dessen eigenem Blut hat schreiben lassen.“
Vivi fügte hinzu: „Ich glaube nicht, dass eine Frau dazu in der Lage ist. Das ist einfach zu grausam. Erinnert euch an die Schnittwunden am Hals und auf der rechten Hand. Auch die Abschürfungen und blau angelaufenen Stellen auf der Haut von den vielen Strangulierungen. Hat eine Frau so viel Kraft?"
Baumann ging auf sie zu: „Schatz, eine verletzte Frau ist in ihrem Hass zu allem fähig und vor allen Dingen entwickelt sie ungeahnte Kräfte. Kannste glauben. Aber trotzdem, danke für deinen Einwurf." Dann wanderte er weiter zu Petra, die sich nachdenklich in eine Ecke des Raumes zurückgezogen hatte. Er stellte sich neben sie und blickte gleichzeitig über die Schulter zu seinem Team. „Ick sehe dat anders als Lena. Außerdem kann Petra gut kombinieren.“ Er lächelte und zwinkerte ihr zu. Dann sprach er weiter. „Wenn wir davon ausgehen, dass Peter Hanssen, alias Sommer, wirklich der Mörder von Peer Claasen ist, haben wir den Mord vor 32 Jahren aufgeklärt. Wenn, wie gesagt…“ Baumann hob seinen rechten Zeigefinger und machte eine kleine Pause.
„Wie meinst du das, Klaus? Wenn…?“, Lena funkelte ihn aufgeregt an. Baumann hatte sich inzwischen gesetzt und drehte bereits an seinem Ohrläppchen. „Naja, ick weiß nich. Dat is mir zu einfach.“

Lena rannte auf ihn zu und explodierte: „Einfach? Was is denn daran einfach? Wir drehen uns seit Wochen im Kreis, haben endlich einen handfesten Beweis und du drehst alles wieder auf Anfang. Spinnst du?!“
Baumanns Gesichtszüge waren augenblicklich erstarrt und im Raum hätte man eine Stecknadel fallen hören können. Langsam schraubte er sich nach oben, fasste schweigend nach Lenas Oberarm und zog sie aus dem Raum.

# Tausend Theorien

Das Gespräch zwischen Lena und Klaus ging über den normalen Feierabend hinaus, den es aber in der Regel sowieso nicht gab. Baumann entschied um zwanzig Uhr, das Kommissariat zu verlassen. Lena hatte unaufhörlich geweint und darum brachte er sie nach Hause.

Gerade als Klaus glaubte, dass sich seine Kollegin etwas beruhigt hatte, begann das Trauerspiel von vorn. Lena konnte oder wollte einfach nicht aufhören zu weinen. Klaus war ratlos. Er griff nach seinem Telefon und rief Viviana an. In der Zwischenzeit blieb ihm nichts Anderes übrig, als Lena beim Weinen zuzusehen. Sie hatte sich auf der Couch zusammengerollt und ließ ihn nicht an sich ran.

Viviana war die Nacht bei ihrer Freundin geblieben und bekam Stück für Stück eine Ahnung davon, wie es in ihrem Inneren aussah. Auch wenn sich Lena am Frühstückstisch wieder ganz normal verhielt, so war Vivi klar, dass die Jungkommissarin ihren eigentlichen Gemütszustand vor ihr verbergen wollte. Darum riet sie ihr, heute noch zu Hause zu bleiben. Natürlich war das für Kommissarin Arnold ein No-Go und alle Überredungskünste halfen nicht, sie vom Gegenteil zu überzeugen. Vivi gab schließlich auf und so schlenderten beide um fünf vor acht zu den Fahrstühlen im Polizeipräsidium.

„Klette?“ Baumann sah sie mit großen Augen an. Lena nickte kurz und ging an ihren Schreibtisch.

Klaus holte tief Luft, aber ehe er weiterreden konnte, hielt ihm seine Freundin den Mund zu. „Nicht, Schatz. Lass sie einfach in Ruhe.“ Klaus nickte stumm, Vivis Hand auf dem Mund. „Hm, hm, hm.“, brachte er nur heraus und bewegte seine dicken Brauen auf und ab. Viviana fing laut an zu lachen und riss schnell die Hand weg. „Entschuldige, Klaus.“ Lachend lief sie weiter an ihren Schreibtisch.

Der Kriminalhauptkommissar hatte entschieden, die gesamte Familie Thron noch einmal zu befragen. Da stinkt was, waren seine genauen Worte und als er nach der Morgenrunde mit Thomas aus dem Büro stürmte, wussten alle, dass ihm bald der Geduldsfaden riss. Auf dem Weg zu Thron Senior gab Klaus seinem Kollegen noch genauere Anweisungen. Er hatte sich vorgenommen, alle Mitglieder der Familie nach ein- und demselben Schema zu befragen. Thomas sollte dabei genauer beobachten, wie sie im Einzelnen auf die gestellten Fragen reagieren würden.

Der Glaspalast der Thron Bau beeindruckte Klaus keineswegs. Sein Groll ließ ihm heute keinen Platz für andere Gefühle. Er stieß die riesige Glastür mit einem Ruck auf und stampfte auf den Tresen zu. Thomas konnte ihm kaum folgen.
„Kriminalhauptkommissar Baumann. Zu Herrn Thron Senior. Sofort!" Seinen Ausweis knallte er auf den Tresen und wartete. Doch die junge Frau sah ihn nur entsetzt an und verzog ihre rot geschminkten Lippen zu einem Lächeln. Als Klaus keine Antwort erhielt,

schrie er sie an: „Komm ma aus'm Knick, Madam!“ Die Blondine wich ruckartig zurück und Thomas zog seinen Chef am Arm nach hinten. „Klaus, beruhige dich. Ich mach das." Dann ging er näher an den Tresen heran und sprach noch einmal mit der jungen Frau. Sie hatte sofort den Ernst der Lage erfasst und griff zum Telefon. Nach einem kurzen Telefonat erhob sie sich und bat die Herren, ihr zu folgen.
Bereits ein drittes Mal durchschritt Thomas die bemalte Glaswand zur Chefetage und folgte der jungen Frau bis zum kleinen Konferenzraum, indem er schon einmal vergeblich auf Cornelius Thron gewartet hatte. „Herr Thron Senior ist bereits zu ihnen unterwegs. Er fuhr gerade in die Parkgarage, als ich ihn anrief. Darf ich ihnen einen Kaffee anbieten oder ein anderes Getränk?" Die Herren lehnten dankend ab und sie verschwand.
Der König stand hemdsärmelig, durchgeschwitzt und sichtlich genervt im Türrahmen. „So, die Herren Kommissare, da bin ich. Folgen sie mir." Er drehte sich um und schritt schnell voran. Die Schweißflecken am unteren Rücken und unter den Armen waren nicht zu übersehen. Thomas überlegte, ob diese wirklich nur den Temperaturen des heutigen Tages geschuldet waren oder ob die Krone des Königs wackelte.
In seinem pompösen Büro angekommen, entschuldigte er sich kurz und öffnete eine Tür. Thomas folgte ihm in einem gewissen Abstand. Thron hatte die Tür nicht ganz verschlossen und so konnte der Kommissar sehen, dass es sich um ein Bad handelte. Der König stand mit freiem Oberkörper am Waschbecken. Sein

durchgeschwitztes Hemd hatte er einfach auf den Boden geworfen. Thomas ging noch etwas näher an den Türspalt heran. Unter dem Fenster stand ein Stuhl, auf dem noch weitere Sachen abgelegt waren und auf dem Boden davor standen Stiefel. Die Sachen sahen nicht so aus, als ob sie Thron gehörten. Weiberheld, dachte Thomas und trat den Rückzug an.
Einige Minuten später kam Thron, sichtlich erfrischt, wieder zurück und fläzte sich, einige Meter von den Kommissaren entfernt, auf eine Couch. Seine Arme hatte er hinter dem Genick verschränkt und es war nicht zu übersehen, dass er in ein neues, weißes Hemd geschlüpft war. Jetzt räkelte er sich und schenkte den Herren ein gelangweiltes Lächeln. Baumann reagierte prompt: „Das Grinsen wird ihnen gleich vergehen, Herr Thron." Die Aussage schien ihn jedoch nicht im Geringsten zu interessieren.
Also begann der Kommissar mit seiner besprochenen Taktik. Er erhob sich und ging auf den König zu. Er entschied, stehenzubleiben und fragte: „Was wollten sie am Abend des 19. Mai bei Herrn Peter Sommer?" Dabei fixierte er den Senior und ließ ihn nicht aus den Augen. Kommissar Lachner sah Baumann fragend an und verstand nicht, wie sein Chef plötzlich auf diesem Zusammenhang kam. Der König hingegen grinste immer noch, jedoch sah dieses breite Lächeln jetzt irgendwie anders aus, wie angetackert. Darunter versteckte sich eine gewisse Anspannung und seine Antwort kam spät und zögerlich: „Ich weiß nicht wen sie meinen." Baumann fixierte ihn immer noch und kon-

frontierte ihn kurz mit einigen Tatsachen: „Ihr Enkelsohn Cornelius und die Tochter dieses Herren sind ein Liebespaar. Das wird ihnen doch wohl nicht entgangen sein.“
Das Lächeln in Throns Gesicht fiel kurz zusammen bevor es sich augenblicklich in eine dauergrinsende Maske verwandelte. „Ach, so, richtig, Eva Sommer. Wie konnte ich das vergessen. Aber ich hatte noch nicht die Ehre, ihren Vater kennen zu lernen."
Thomas hatte die Mimik und Gestik des Königs wahrgenommen und versuchte sich gerade einen Reim darauf zu machen. Der alte Thron war ein verdammt guter Schauspieler, aber irgendetwas irritierte ihn. Kannte er Peter Sommer wirklich nicht? Baumann blieb am Ball: „O.k., dann sagen sie uns wo sie am 19. Mai um 18:00 Uhr waren."
Thron räusperte sich und kratzte sich an der Schläfe. Thomas beobachtete ihn jetzt etwas genauer und bemerkte sofort dieses auffällige Zucken in seinen Mundwinkeln. Aha, dachte er, die Krone wackelt. Plötzlich stand Thron auf, ging zu seinem Schreibtisch, drückte einen Knopf und sagte: „Laura, Schätzchen, schauen sie bitte in meinen Terminkalender. Wo war ich am 19. Mai um 18:00 Uhr? Wenn sie die Information haben, kommen sie in mein Büro." Als er sich umdrehte, sah sein Lächeln entspannter aus und er flegelte sich wieder genüsslich auf seine Ledercouch. Kurz darauf klopfte es und er rief seine Sekretärin herein. Sie tippelte auf ihn zu und überreichte ihm einen kleinen Handzettel. Er zog ihn sehr lang-

sam aus ihrer Hand und warf ihr einen kleinen Luftkuss zu. Sie kicherte und drehte sich zum Gehen. Thron kniff ihr zärtlich in den Po und sagte: „Danke, Engelchen.“

Dann nahm er sich besonders viel Zeit, um die wenigen handschriftlichen Notizen, die auf diesem kleinen Blatt Platz hatten, zu lesen und lehnte sich genüsslich in das weiche Leder. Klaus und Thomas wussten, dass sie jetzt ruhig bleiben und mitspielen mussten, um den König in Sicherheit zu wiegen. Doch dann kam seine Antwort unerwartet schnell: „Also, meine Herren. Am 19. Mai war ich ab mittags bei der Sitzung des Ausschusses für Wirtschaft und regionale Stadtentwicklung in Hamburg Altona. Da ging es wieder heiß her." Ein breites Grinsen zog über sein Gesicht, aber das war ja nichts Neues. Er sprach gleich weiter: „Anschließend haben wir uns dann noch ein nettes Essen gegönnt und ein Bierchen. Naja, vielleicht auch einige mehr." Er fing laut an zu lachen und schlug sich auf den Bauch, der eigentlich keiner war. Baumann sah ihn verärgert an und fragte nach: „Und wie lange haben sie noch gesoffen?“

Sein Lachen verstummte. Achselzucken. Er schaute kurz auf den gelben Zettel und überlegte laut: „Muss schon ganz schön spät gewesen sein, denn hier steht, dass ich um 20:00 Uhr noch einen Termin hatte, den ich jede Woche donnerstags wahrnehme. Ich treffe mich mit einem Geschäftsfreund zum Tennis. Und wenn ich mich richtig erinnere, bin ich von der Gaststätte direkt dorthin gefahren."

Baumann forderte von ihm noch die üblichen Beweise, die Anschriften der Orte und die Namen derer, die seine Anwesenheit bezeugen können. Dann beendete er die Befragung. Bei der Verabschiedung bemerkte er die großen Schweißflecken unter Throns Achseln und konnte sich ein Grinsen nicht verkneifen. Aha, dachte er, hinter der Siegerpose gab es also doch einige Aufregungen. Dann drückte er Throns Hand, stärker als üblich. „So, und jetzt müssen wir noch mit ihrem Enkelsohn sprechen.“ Baumann drückte immer noch seine Hand und Thron schaute ihn düster an. Baumanns dunkelbraune Pupillen tanzten vor Vergnügen. Der Alte schien zu überlegen, was die Kommissare von seinem Enkelsohn wollten, sagte aber nichts und ging zurück zu seinem Schreibtisch.
„Hallo, Cornelius. Die Kommissare sind mal wieder hier. Hast du kurz Zeit? Hm. O.k..“ Er legte den Hörer wieder zurück und ging auf Baumann zu. „Ich gehe vor in sein Büro." Thomas lächelte ihn an. „Nein, nicht nötig, Herr Thron. Ich kenne den Weg bereits." Er nickte Klaus kurz zu und ging vor.

Cornelius Thron empfing beide bereits an der Tür und Thomas fiel auf, dass sich sein Lächeln eindeutig von dem des Alten unterschied. Die freundliche Natürlichkeit des jungen Mannes war ihm bereits mehrmals aufgefallen und er konnte sich nicht vorstellen, dass dieser sympathische Kerl irgendetwas mit dem Mord zu tun haben sollte. Aber ihm war auch klar, dass es nicht nur um seine Meinung ging, sondern sie nach Faktenlage entscheiden mussten.

Klaus kam gleich auf den Punkt und stellte Cornelius dieselbe Frage: „Wo waren sie am Donnerstag, den 19. Mai, ab 18:00 Uhr?" Er schaute Baumann erstaunt an und antwortete sofort: „Aber ich war doch mit Eva zusammen. Das wissen sie doch."
Klaus holte ein kleines Notizheft aus der Innentasche seines Jacketts und begann darin zu blättern. „Also, nach unseren Informationen haben sie ihre Freundin um 13:00 Uhr vom Auktionshaus abgeholt, um mit ihr Mittag zu essen. Das hat Frau Sommer uns bestätigt. Dann haben sie die junge Dame wieder dort abgesetzt und hatten laut ihrer Aussage noch einen wichtigen Termin."
Cornelius reagierte sofort, tippte auf seine Tastatur und wurde schnell fündig. „Ja, richtig. Ich wollte eigentlich noch nach Altona zur Ausschusssitzung, aber Großvater rief mich zwischenzeitlich an, dass ich diesen Termin nicht wahrnehmen muss, da er sowieso in Altona zu tun hätte." Er lachte kurz auf. „Das alte Schlitzohr wollte garantiert nur mit seinen Spezies ein paar Bierchen kippen." Dann schaute er wieder konzentriert auf seinen Kalender und überlegte. „Also, ich muss Eva etwa gegen 15:00 Uhr am Auktionshaus abgesetzt haben und bin dann weiter mit dem Auto Richtung Altona. Ich kann mich erinnern, dass kurz danach mein Telefon klingelte und ich die besagte Nachricht von meinem Großvater erhielt. Daraufhin haben Eva und ich beschlossen, an diesem Tag nicht mehr zu arbeiten und ich habe sie gleich wieder vom Auktionshaus abgeholt und wir sind zu mir gefahren. Sie kennen unser Anwesen an der Außenalster?"

Thomas schüttelte den Kopf und Klaus nickte. Doch Baumann merkte, dass er vom eigentlichen Ziel dieses Besuches noch weit entfernt war und fragte weiter: „Dann kann ihre Freundin dat auch bestätigen, richtich?" Erst jetzt hatte Cornelius begriffen, warum Baumann ihm diese Frage gestellt hatte. Entsetzt stemmte er seine Hände in die Hüften. „Jetzt verstehe ich. Das ist nicht ihr Ernst, Herr Kriminalhauptkommissar! Sie fragen mich tatsächlich nach meinem Alibi?" Er holte tief Luft und ließ sich in seinen Bürosessel fallen. Dann schaute er auf und sprach weiter: „Er war der Vater meiner Freundin. Ich könnte doch niemals... und warum sollte ich auch... ich meine... ich weiß nicht, was ich sagen soll. Welches Motiv sollte ich haben?"
Cornelius war sichtlich geschockt und Thomas Vermutungen, dass dieser junge Mann nichts mit dem Mord an Peter Sommer zu tun hatte, schien sich zu bewahrheiten. Außerdem hatte er recht, welches Motiv sollte er haben?
Baumann reagierte nicht auf die Frage des jungen Geschäftsführers, ruderte aber einen Gang zurück und fragte weiter: „Dann hat sie ihr Großvater also kurz nach drei angerufen, richtig?“ Der Junior war immer noch aufgebracht und nickte heftig.
Baumann stand auf und positionierte seine einmeterneunzig vor dem aufgeregten jungen Mann. „Einer von ihnen lügt.“ Das hatte gesessen. Seine Gesichtszüge verdunkelten sich. „Wie bitte?“ Klaus wiederholte: „Einer lügt. Der Senior oder sie.“ Dann setzte

er sich wieder und lehnte sich abwartend in den bequemen Sessel.
Cornelius war aufgesprungen und lief auf und ab, bis er endlich vor Thomas Lachner stehen blieb und fragte: „Ist das Taktik von ihrem Kollegen oder was soll das?“ Thomas zuckte unwillkürlich mit den Schultern und fuhr sich verlegen durch sein blondes Haar. Der Junior lief weiter durch den Raum. Baumann war genervt. „Nun setzen sie sich schon hin, ich erklär es ihnen.“ Er gehorchte.
„Also, von wann bis wann soll denn diese Sitzung stattgefunden haben?“, fragte Baumann.
Cornelius sprang auf und rannte zurück zu seinem Computer. Nach einigen Klicks schien er das Gesuchte gefunden zu haben und nach einem weiteren Klick sprang der kleine Drucker neben Baumann an. Der zuckte zusammen und Thomas schmunzelte. Cornelius war schnell zur Stelle, zog das Blatt aus dem Fach und reichte es dem Hauptkommissar. Der las laut vor: „Einladung zur außerordentlichen Ausschusssitzung.“ Dann wanderten seine Augen weiter über das Papier. Da stand es, 16 bis 19 Uhr. Baumann schaute auf. „Danke, Herr Thron. Genau das wollten wir wissen. Und entschuldigen sie bitte meine drastische Art. Übrigens. Sie haben nicht gelogen.“ Damit verabschiedete er sich von dem jungen Mann, der ihn wie in Trance ansah, und verließ mit Lachner das Büro.
Baumann schlenderte nachdenklich über den breiten Flur und hatte beinahe ein schlechtes Gewissen. Thomas ging es ebenso. Dann blieb er abrupt stehen

und schaute nachdenklich auf den Boden. Als er den Kopf hob blickte Thomas in ein breites Grinsen. Aha, dachte er, jetzt hat er die zündende Idee. Und genau so war es auch. Sein Chef kam einen Schritt auf ihn zu und flüsterte: „Jetzt machen wir dem Alten noch einmal Dampf unterm Arsch. Der soll mich kennenlernen. Du rufst inzwischen diesen Typen an, mit dem er angeblich Tennis…na du weißt schon." Dann drehte er sich zackig um und lief voraus. Thomas hatte Mühe, ihm zu folgen und fummelte schon an seinem Telefon.

Rums! Baumann stieß die Tür des Königs auf und stand binnen Sekunden vor ihm. Der wurde schlagartig rot und hielt sich an der Marmorplatte seines Schreibtisches fest. „Was erlauben sie sich!?"

Baumann beugte sich ganz langsam nach vorn, stützte sich dann auf dem Schreibtisch ab und sagte sehr leise: „Sie haben gelogen." Dann verzogen sich seine Mundwinkel zu einem breiten Grinsen und er klatschte die Einladung auf den Tisch. „Hier, ick lass mich ja gerne verarschen, aber ick erwarte, dass man sich wenigstens Mühe gibt!"

Carl Thron saß kerzengerade vor ihm und die Röte in seinem Gesicht wich jetzt einem fahlen blassgelb. „Ich…" Baumann wurde noch unruhiger: „Ja?!"

Thron stand auf und sprach weiter: „Das geht niemanden etwas an, wo ich bis zur Sitzung war, auch sie nicht. Auf jeden Fall war ich da und auch beim Tennis." Er riss sein Telefon vom Schreibtisch und reichte es Baumann. „Hier, fragen sie gern nach. Das kann mein Tennispartner bezeugen. Aber wo ich vor der

Ausschusssitzung war, werde ich ihnen nicht sagen." Dann warf er den Hörer wieder auf den Schreibtisch und setzte sich.
Es klopfte und Thomas trat herein. Klaus ging ihm entgegen: „Wat is, Thomas?" Der flüsterte ihm Einiges zu und verschwand. Baumann drehte sich wieder zu Thron und musste jetzt zurückrudern. „Also, mein Kollege hat mir gerade bestätigt, dass sie wirklich bei der Sitzung und beim Tennis waren. Ick weiß nicht, wen sie schützen wollen. Ihre Sache, aber verarschen sie mich nie wieder." Dann ging er.

Die letzte Station des Befragungsmarathons war die Villa von Anna Thron, in der auch Cornelius wohnte. „Bellevue 3. Wow. Feinste Adresse.", sagte Thomas und rollte mit den Augen. Baumann brummte nur und schaute konzentriert auf die Straße.
„Wow, so lässt es sich leben", staunte Thomas abermals und stieg aus dem Auto. Selbst Baumann schien die Spucke weg zu bleiben, denn er schaute mit großen Augen und leicht geöffnetem Mund hinauf zu dem weißen Prachtgebäude. Bei seinem ersten Besuch hatte er das gar nicht wahrgenommen.
Eine langgezogene strahlend weiße Treppe führte hinauf zu einer riesigen Glastür, die sich wie ein weit gespannter Triumphbogen vor ihnen öffnete. Thomas war schon vorausgeeilt, als ob er es gar nicht erwarten konnte, das Innere der Villa zu sehen. Und wie durch Zauberhand, öffnete sich der Palast und ihm wurde Einlass gewährt. Die Hausdame schien ihn bereits gesehen zu haben. Auch Baumann war jetzt an der Tür

angekommen und trat ein. Die Empfangshalle hatte eine enorme Höhe. Beide blickten automatisch nach oben.
„Herr Baumann, ich freue mich. Darf ich ihnen ein Getränk anbieten oder läuft das schon unter Bestechung?" Anna Thron stand lächelnd vor ihnen. Sicher amüsiert sie sich über unsere Schwanenhälse, dachte Klaus und musste unweigerlich an seinen Einkauf bei Policke denken. Er räusperte sich kurz und schmunzelte. Eigenartig, bei anderen wäre er nach dieser Frage gleich auf die Palme gegangen, aber nicht bei ihr. Diese Frau hatte eine so natürliche und charmante Art an sich, dass er ihr nichts übelnehmen konnte. Und so antwortete er: „Wenn es kein Alkohol ist." Sie lachte kurz auf und fragte nach: „Und was darf es sein, Herr Baumann?" Letztendlich einigten sich alle auf Tee.
Kommissar Lachner war von diesem Haus so beeindruckt, dass er neugierig nachfragte, um mehr über diese Villa zu erfahren. Anna Thron gab bereitwillig Auskunft. So erfuhren die Kommissare, dass dieses Prunkstück 1890 errichtet wurde und immerhin eine Wohnfläche von 800 $m^2$ hat. Das Anwesen umfasst über 3000 $m^2$ Land und verfügt über eine unterirdische Tiefgarage und ein Kutschenhaus.
Auf die Frage, wie viel so ein Anwesen kostet, antwortete sie bereitwillig: „Ich habe dieses Schmuckstück vor zehn Jahren für genau 10 Millionen Euro erworben. Allerdings habe ich seither auch noch 3 Millionen Euro in die Renovierung der Villa und des Gartens gesteckt. Aber, Herr Lachner, ist es das, warum

sie um dieses Gespräch gebeten haben?" Baumann begann, sich laut zu räuspern und antwortete für seinen Kollegen: „Verzeihen Sie Herrn Lachner bitte. Er ist vielseitig interessiert und kann seine Schwäche für Historie nicht gut unterdrücken." Dann funkelte er Thomas grimmig an. Der verstand und schwieg. Anna Thron waren die wechselnden Blicke der Männer nicht entgangen und sie musste schmunzeln.
Gegen fünfzehn Uhr kamen sie endlich zurück ins Kommissariat. Die Befragung von Anna Thron hatte keine weiteren Hinweise ergeben und beiden hing der Magen sprichwörtlich in den Knien. Baumann entschied kurzerhand Pizza zu bestellen und so saßen sie nach weiteren dreißig Minuten im Aquarium und kauten.
„He, esst ihr immer allein?“ Karsten schaute neidisch auf die Pizzen. Klaus blickte kurz hoch. „Jo.“ Dann schob er sich den nächsten Bissen unter seinen breiten Schnauzbart. Thomas griente und sagte nichts. Also sprach Karsten weiter. „O.k., bereit für neue Infos?“ Nicken. „Lena ging es nicht gut. Vivi hat sie nach Hause gebracht und ist noch bei ihr geblieben.“ Beide machten große Augen, aber ließen sich nicht vom Essen abhalten.
Karsten und Klaus waren gerade ins Gespräch vertieft, als Viviana zurückkam. Sie berichtete kurz über Lenas Gesundheitszustand. Leider ging es ihr immer noch nicht besser und sie bat Klaus, sich gleich wieder um sie kümmern zu dürfen. Er überlegte. „Geht klar, Schatz, aber dat is keine Endlösung. Sie muss zum Arzt, schnellstmöglich.“ Vivi nickte und versprach,

sich darum zu kümmern. Schnell verließ sie den Raum. An den Aufzügen musste sie warten. Unruhig stieg sie von einem Pumps auf den anderen, doch endlich öffnete sich die Fahrstuhltür. Sie erschrak. Vor ihr stand eine sehr gut gekleidete schlanke Dame, die sie freundlich ansprach: „Verzeihen sie, junge Frau. Bin ich hier richtig im Kriminalkommissariat? Ich möchte zu Herrn Baumann." Viviana stutzte: „Äh, ja. Den Flur hinunter, die letzte Tür rechts." Die elegante Frau bedankte sich und ging. Viviana bestieg den Fahrstuhl und hatte die Begegnung sofort vergessen, denn ihre Gedanken waren bereits bei Lena.

Baumann war immer noch im Gespräch vertieft und wurde von seinem Kollegen unsanft angestoßen, als Frau Thron auf sie zu kam. „Au,...oh, Frau Thron. Ist etwas passiert?" Klaus war aufgestanden und ging auf sie zu. Sie lächelte sanft und er war, wie immer, in Trance bei ihrem Anblick. Heute hatte sie ein hauchdünnes graues Kleid an, das ihre schmale Taille besonders zur Geltung brachte. Baumann räusperte sich kurz und bat sie in sein Büro. Er hatte mit allem gerechnet, aber nicht mit dem, was jetzt auf ihn zukam. Anna Thron blickte ihn mit großen Augen an. Ihr zart geschminkter Mund stand einen Spalt weit offen und so konnte er ihre schönen weißen Zähne sehen. Langsam quollen Tränen aus ihren Augen und rollten unaufhörlich über ihr zartes Gesicht. Baumann wusste nicht, wie er darauf reagieren sollte und wartete zunächst ab. Auch Karsten, der sich mittlerweile zu ihnen gesellt hatte, war überrascht und wartete ebenfalls. Dann fing sie an zu sprechen: „Ich halte es nicht mehr aus. So viele Jahre habe ich geschwiegen.“

Baumann schluckte und suchte nach Worten, doch ehe er eine Frage an sie richten konnte, sprach sie leise weiter: „Ich habe ihn so geliebt. Wir wollten heiraten. Er war die Liebe meines Lebens.“ Ruckartig hob sie ihre Handtasche auf den Schoß, zog sich ein Papiertuch heraus und stellte sie wieder zurück auf den Boden. Erst jetzt bemerkte Baumann ihre wundervollen schlanken Hände. Ihre ganze Erscheinung machte ihn nervös. Diese Frau hatte eine besondere Aura, die er einfach nicht beschreiben konnte. Als Anna Thron ihre Beine übereinanderschlug, war Klaus immer noch in Gedanken. Doch dann sprach sie weiter: „Ich habe ihm nicht einmal mehr sagen können, dass ich ein Baby von ihm erwarte." Sie begann wieder zu weinen. Die Herren harrten aus, auch wenn sie immer ungeduldiger wurden.

„Und dann, als Magda starb, habe ich es erfahren. Alles. Die ganze Wahrheit. Der grausame Mord. Aber dass er ihn geköpft hatte, das habe ich nicht gewusst, auch Magda nicht." Wieder liefen ihr Tränen über ihr schönes Gesicht.

Baumann verstand nicht und schaute sie ernst an. Ihre großen Augen wurden noch weiter und sie tupfte sich die Tränen aus dem Gesicht. Dann hob sie abermals ihre Tasche auf den Schoß, öffnete diese und zog ein Kuvert heraus. Erst jetzt sah Karsten, der sie schon eine Weile intensiv beobachtet hatte, dass ihre Hände zitterten.

Sie faltete die vergilbten Blätter auseinander und begann, ohne weitere Erklärungen, einfach zu lesen:

*Meine liebe Anna,* *Hamburg, 26.8.1990*

*ich weiß, wie sehr Du meinen einzigen Sohn geliebt hast und ich weiß, dass Du seinen Sohn zu einem wunderbaren Mann erziehen wirst. Cornelius ist jetzt schon ganz sein Vater und obwohl er ohne ihn aufwachsen muss, hast Du ihn das bisher nicht vermissen lassen. Wenn Peer jetzt auf uns herabblicken könnte, wäre er sehr glücklich und vor allem sehr stolz auf dich, wie Du das Leben meisterst.*
*Mein liebes Kind, ich habe Dich so sehr in mein Herz geschlossen und bin so glücklich darüber, dass ich meine letzten Jahre in Deinem Hause verbringen durfte. Darum fällt es mir auch sehr schwer, Dir heute mein größtes Geheimnis anzuvertrauen. Ich habe all die Jahre geschwiegen, um Dich und Cornelius zu schützen. Ich bin mir sicher, dass mein Sohn das auch so gewollt hätte.*
*Nun aber zu der Wahrheit, die ich Dir viele Jahre vorenthalten habe. Dafür muss ich aber in der Geschichte meiner Familie zurückgehen.*
*Wie Du weißt, war ich vor dem Krieg schon einmal verheiratet. Urbano Colonna war ein wundervoller Mann. Er las mir jeden Wunsch von den Augen ab. Wir waren so verliebt, wie man eben mit zwanzig verliebt sein kann. Aber wir schrieben damals das Jahr 1930 und es waren schwere Zeiten für Verliebte. Er*

*stammte aus einer besonderen Familie. Die Colonna gehörten schon immer zu einer der bedeutendsten Adelsfamilien Roms. Sie waren fürstlichen Standes und gehörten zum Europäischen Hochadel. Ich war mit Sicherheit nicht standesgemäß und so hatte Urbano viele Anfeindungen seiner Familie zu ertragen. Das war auch der Grund, warum wir schließlich in Deutschland lebten und nicht in Italien. Alle Gegenstände, die ihm heilig und wichtig waren, brachte er in unser neues Heim nach Hamburg. Darunter befand sich auch eine außergewöhnlich schöne Truhe, die wir von einem Onkel Urbanos zu unserer Hochzeit geschenkt bekommen hatten.*

*Als mein geliebter Mann dann später während des Krieges verstarb und große Teile unseres Hauses in Schutt und Asche lagen, entschied ich mich mein restliches Hab und Gut zu nehmen und noch einmal neu zu beginnen. Wie Du weißt, habe ich viele Jahre an der Elbe ein kleines Café geführt und dort auch meinen zweiten Mann kennengelernt. Ich hatte ein weiteres Mal Glück in der Liebe und so heiratete ich Hans Claasen im Mai des Jahres 1946. Auf Kinder haben wir zwar immer gehofft, aber nicht mehr daran geglaubt. Als ich dann tatsächlich schwanger wurde und noch mit 39 meinen lieben Sohn gebar, konnte ich mein Mutterglück erst gar nicht fassen. Peer war mein Engel. Mein lieber Peer. Ich vermisse ihn so sehr und er ist mir immer noch so nah, als ob er uns gestern erst verlassen hätte.*

*Du weißt, wie sehr ich mir gewünscht habe, dass Ihr heiratet und ich nahm mir vor, Euch mit meinem ersten Hochzeitsgeschenk zu überraschen, dass uns damals der Onkel Urbanos überreicht hatte. Die Renaissancetruhe war unbeschädigt durch das Ganze Auf und Ab meines Lebens gekommen und sollte nun Euch Glück bringen. Darum hatte ich mich aufgerafft und wollte das schöne Stück etwas aufpolieren. Doch als ich versehentlich eine Stelle der Truhe berührte, öffnete sich ein geheimes Fach, von dem ich bis zu diesem Zeitpunkt nichts wusste. In ihm befanden sich viele vergilbte Papiere, mit denen ich nichts anfangen konnte. Ich nahm mir vor, mich später darum zu kümmern und schloss das Fach wieder. Die Truhe allerdings putzte ich auf Hochglanz, um sie Euch später zu überreichen.*
*Doch mein Plan sollte leider nicht aufgehen.*
*Ich weiß es noch wie heute. Peer stand vor mir und war freudig erregt und traurig zugleich. Er hatte tatsächlich den Zuschlag für das große Bauprojekt an der Chrysanderstraße erhalten. Dieser Auftrag rettete nicht nur das Überleben seiner Firma, sondern machte ihn auch endgültig unabhängig von Deinem Vater. Du weißt, meine liebe Anna, wie sehr ihn das belastet hat. Endlich wäre er finanziell unabhängig geworden. Das wollte er Dir doch immer beweisen. Es sollte sein Hochzeitsgeschenk an dich werden. Aber was nützte ihm dieser Auftrag, wenn er nicht wusste, mit welchen Mitteln er die Baustoffe vorfinanzieren sollte. Keinesfalls wollte er wieder an Deinen Vater herantreten.*

*Ich habe nicht lange darüber nachgedacht und ihm sofort die Truhe angeboten, die ich Euch eigentlich zur Hochzeit schenken wollte. Ich wusste, dass sie etwa 50.000 DM wert war und genau das Geld, was ihn gerettet hätte. Doch mir passierte ein verhängnisvoller Fehler. Ich hatte die Papiere im Geheimfach der Truhe vergessen und Peer hatte sie bereits einem Auktionshaus, zum Schätzen, zur Verfügung gestellt. Ich wusste zu diesem Zeitpunkt bereits, dass diese Schriften weitaus mehr wert waren als die Truhe selbst und machte mir große Vorwürfe, dass ich meinen Sohn nicht darüber aufgeklärt hatte. Also bat ich ihn, die Truhe zurückzufordern und die Papiere separat schätzen zu lassen. Doch das war nicht so einfach. Er hatte bereits einen Vertrag unterzeichnet und sein Ansprechpartner im Auktionshaus bestand auf die Vertragserfüllung, obwohl es binnen zwei Wochen ein Rücktrittsrecht gab. Also blieb Peer nur ein Weg, er drohte dem Mann mit rechtlichen Schritten. Schließlich einigten sie sich gütlich und er versprach ihm die Truhe zurückzubringen.*
*Wie Du weißt, hatte Peer bereits begonnen, einige Materialien im alten Eiskeller zu deponieren und war jeden Tag auf der Baustelle. Aus diesem Grund hatte er Peter Hanssen, den Auktionator, gebeten, ihm die Truhe dort hinzubringen.*
*Ich hatte von Anfang an ein ungutes Gefühl, was diesen Mann betraf. Allein dieses Ringen um die Truhe, machte mich schon nachdenklich. Ich hatte die Befürchtung, dass er die wertvollen Papiere gefunden hatte. Darum folgte ich meinem Sohn heimlich.*

*Schließlich war es meine Truhe und ich konnte bezeugen, dass es dieses Geheimfach und die Sonette wirklich gab.*
*Also bestellte ich mir ein Taxi und lies mich nach Bergedorf fahren. Leider waren die Straßen um die Mittagszeit sehr voll und so kam ich zu spät.*
*Ach, meine liebe Anna, wäre ich an diesem Tag doch nur etwas früher losgefahren, dann würde mein Sohn noch leben. Hätte ich doch nur die Papiere aus dem Geheimfach genommen und sie gleich schätzen lassen. Dann wäre Peer gar nicht erst in diese missliche Lage gekommen.*
*Ich bin also an diesem Tag in den Eiskeller gegangen, um meinen Sohn zu unterstützen. Damals wusste ich ja noch nicht, dass ich zu spät kommen würde und ging schnellen Schrittes hinein. Es brannte ein dumpfes Licht und so konnte ich mich nur langsam in das Innere des langen Gewölbes vortasten. Gott sei Dank, habe ich damals nicht nach ihm gerufen, denn sonst wäre ich sicher auch tot und könnte Dir, meine liebe Anna, diese Zeilen gar nicht schreiben.*
*Also, ich ging langsam weiter und sah schließlich zwei Männer. Der eine war klein und hatte rote Haare. Das war Peter Hanssen. Ich erkannte ihn sofort, da Peer ihn mir auf einem Katalog des Auktionshauses Rissen gezeigt hatte. Dann war da noch ein anderer Mann, der viel größer und kräftiger war. Seine Gestalt konnte ich nur umrisshaft sehen, da er im Schatten der Lampe stand. So konnte ich auch nicht in sein Gesicht sehen. Ich hörte nur aus der Ferne, dass er den Rothaarigen beschimpfte und ihn*

*antrieb, sich zu beeilen. Doch die Stimme kam mir bekannt vor.*
*Und dann sah ich erst, was geschehen war. Peter Hanssen kniete vor einem großen Sack und versuchte diesen zu schließen. Ich erschrak und mir entwich ein leiser Aufschrei. Die Köpfe der Männer fuhren ruckartig herum und ich glaubte, dass sie mich gesehen hatten. Der Rothaarige kam einige Schritte auf mich zu, drehte dann aber wieder um und machte sich am Sack zu schaffen. Ich sank weinend am Pfeiler zusammen, hinter dem ich mich versteckt hatte und krallte meine Fingernägel in die Steine. Meine liebe Anna, ich kann Dir nicht sagen, welche unsagbaren Schmerzen ich in diesem Augenblick empfunden haben, als ich erkannte, dass es mein Peer war, den dieser Mann in den Sack gestopft hatte. Ich habe damals sofort seine Schuhe und die Hose erkannt, die er an diesem Tag anhatte. Immer und immer wieder versuchte dieser Hanssen, Peers Leiche in den Sack zu bugsieren. Wie ein Tier trat er immer und immer wieder auf ihn ein...“*

Anna Thron schluchzte und tupfte sich die Tränen aus den Augen. Baumann und Karsten starrten sie mit offenem Mund an und schwiegen. Die Schönheit blickte wieder auf den Brief in ihrer Hand und las weiter: „Entschuldigung. Wo war ich? Ach, ja.

*Wie ein Tier trat er immer und immer wieder auf ihn ein, bis er den Sack schließlich zubinden konnte. Der*

*andere Kerl stand in einem gewissen Abstand und beobachtete das Ganze.*
*Ach, liebe Anna, es tut mir unendlich leid, dass ich so lange geschwiegen habe, aber ich hatte solche Angst um Dich und Cornelius. Denn als ich mich hinter meinem Versteck aufrichtete, stieß ich an einen losen Stein und wurde bemerkt. Ich lief so schnell mich meine Beine tragen konnten hinaus aus dem Eiskeller und hatte sofort bemerkt, dass mir jemand nachlief. Doch ich fand schnell ein neues Versteck hinter den Teichen und die vielen Baufahrzeuge, die bereits auf der Chrysanderstraße standen, gaben mir Sichtschutz.*
*Ich kann Dir nicht sagen, wie lange ich hinter diesem Gebüsch gehockt habe, aber eines weiß ich genau, während ich dort kauerte, habe ich mir geschworen, der Tod von Peer sollte nicht ungesühnt bleiben. Also beauftragte ich einen Privatdetektiv und wusste bereits am anderen Tag, wo ich Peter Hanssen finden würde. Ich hatte mir vorgenommen, dass ich ihm sein Leben zur Hölle machen würde. Da er die Sonette von Michelangelo an sich genommen und meinen Sohn dafür ermordet hatte, schrieb ich ihm eine Nachricht auf Italienisch, die er lange nicht vergessen sollte:*

*Sei a favore della pena capitale per omicidio?*

*Falls dein Italienisch eingerostet sein sollte, das bedeutet:*

*Glauben sie an die Todesstrafe für Mörder?*

*Der Detektiv hat Hanssen beobachtet und mir damals berichtet, dass er panisch vor Angst war. Er hat gesehen, wie der rote Teufel einige Koffer und Taschen in seinen Wagen bugsierte. Dann hat er ihn leider aus den Augen verloren. Eines wussten wir; er ist nicht geflogen. Doch Eines war ganz sicher. Er hatte Hamburg verlassen und ich habe bis heute keine Ahnung, wohin er geflüchtet ist. Bitte, Kind, finde ihn. Ich flehe Dich an. Mache ihm das Leben zur Hölle. Aber sei vorsichtig, mein Kind, und bringe Dich und Cornelius nicht in Gefahr.*
*Ich habe bereits einige Nachrichten vorbereitet, die du verwenden kannst. Der kleine Zettel liegt meinem Brief bei.“*

Anna Thron schaute auf, griff in ihre Handtasche und zog ein kleines gelbes Blatt heraus. „Bitte, Herr Baumann.“ Klaus griff zu, erkannte sofort die Nachrichten und las:

„Selbst, wenn du keine Angst hast, stirbst du.

Wenn du stirbst, ist es durch seine Hand, nicht meine.

Tu es und stirb mit dem Rest Ehre, der dir noch geblieben ist.

Die Furcht, die die Lebend´ gen vor mir haben,
ist der Beweis, dass unsere Seele lebt.“

Dann sah er Anna Thron fragend an und sie las weiter:

*„Ich weiß, dass unsere Rache Peer nicht wiederbringt, aber das ist der letzte Wille einer alten Frau, die sich in Frieden von dieser Welt verabschieden möchte. Anna, es ist mein letzter Wunsch an meinem 80. Geburtstag. Erfülle ihn mir, bitte.*
*Ich küsse Dich und Cornelius ein letztes Mal und werde euch immer in meinem Herzen behalten. Ihr ward die Sonne meines Alters.*

*In Liebe*

*Magda"*

Klaus beugte sich ein wenig über den Schreibtisch. „Sie?" Anna Thron schaute ihn traurig an und begann zu weinen.
„Sie haben die Nachrichten geschrieben?" Jetzt stand er auf, ging zu ihr und zog sich einen Stuhl heran. Erst als er saß, sprach er weiter: „Aber sie haben doch für den 19.Mai ein Alibi." Sie schaute ihn mit großen Augen an. „Ich verstehe sie nicht? Wieso steht das in einem Zusammenhang?" Baumann rang nach Luft und versuchte seine Gedanken zu sortieren. Dann stand er auf und griff sich die Akte auf seinem Tisch. „Hier sind alle Nachrichten nach Datum sortiert. Demnach hat die Mutter ihres damaligen Verlobten die erste

Nachricht gesendet. Danach hat Peter Hanssen panisch die Stadt verlassen. Richtig?“ Sie nickte kurz und Baumann kombinierte weiter: „So, danach war zehn Jahre Ruhe. Also haben sie ihn nicht gefunden, richtig?“ Sie nickte wieder und Klaus sprach weiter: „Dann fanden sie heraus, wo er abgeblieben war und haben ihm 1994 den zweiten Brief nach Kapstadt geschickt?“ Anna Thron sah auf die aufgeschlagene Seite in Baumanns Ordner und las: „Ja. Selbst, wenn du keine Angst hast, stirbst du.“
Der Hauptkommissar sprach weiter: „Und daraufhin ist Hanssen wieder nach Hamburg geflüchtet, aber unter dem Namen seiner Frau, Sommer, die er in Kapstadt geheiratet hatte. Also mussten sie ihn wieder suchen, richtig?“ Anna Thron war jetzt sehr gefasst und berichtete von der aufwendigen Suche und dass sie schließlich durch einen Zufall darauf gekommen war, dass Hanssen jetzt Sommer hieß. Cornelius war frisch verliebt und schwebte seit Wochen auf Wolke sieben. Schließlich stellte er seine Freundin vor und einige Tage danach lud sie beide zu einem gemeinsamen Essen ein. In den Gesprächen des laufenden Abends hatte sie mehr und mehr über Eva und ihre Familie erfahren und da sei es ihr wie Schuppen von den Augen gefallen, wer ihr Vater ist. Den restlichen Abend hatte sie Mühe zu überstehen und zog sich schließlich wegen einer vorgespielten Migräne frühzeitig zurück. Sie habe die ganze Nacht nicht schlafen können und überlegt, ob sie dieses Spiel überhaupt weiterspielen soll. Doch nachdem sie den Brief von

Magda noch einmal gelesen hatte, fiel es ihr plötzlich nicht schwer ihren Plan weiter zu verfolgen.
Sie sprach mit fester Stimme weiter: „Da ich jetzt in einige Gewohnheiten der Familie eingeweiht war, brauchte ich nur auf einen geeigneten Moment warten und konnte die Nachrichten an die Veranda nageln:
*Wenn du stirbst, ist es durch seine Hand, nicht meine.*
Das Gleiche tat ich mit der folgenden:
*Tu es und stirb mit dem Rest Ehre, der dir noch geblieben ist.*
Irgendwie fühlte ich eine gewisse Genugtuung, da ich über Cornelius immer aktuell informiert war, wie auf die Nachrichten im Hause Sommer reagiert wurde. Die Drohung, die ich ins Hotel nach Kapstadt gesandt habe, schien ihn wirklich getroffen zu haben:
*Die Furcht, die die Lebend' gen vor mir haben, ist der Beweis, dass unsere Seele lebt.*
Aber ich nahm mir vor, damit aufzuhören, da ich damit nicht nur Peter Sommer, sondern hauptsächlich die Familie traf." Anna sah Baumann mit großen Augen an und wartete ab, wie er auf ihre Beichte reagieren würde.
„Aber sie hörten nicht auf.", brummte Baumann. Er sprang auf und wanderte durch den Raum. Anna Thron sah ihn erstaunt an: „Doch!"
„Wie? Sie haben doch noch…" Er griff zum Ordner. „Hier. ICH WAR ES NICHT. Und da drunter stand:
*Des Todes Bild, das fahle,*
*Vertreiben Amor`s Pfeile*
*Der Seele nicht zum Heile,*
*Da Amor mehr verwirrt als Todesschrecken."*

Sie stand langsam auf und ging auf Baumann zu. „Aber diese Nachricht war für sie, Herr Hauptkommissar. Ich musste mich doch schützen. Ich war es nicht. Ich habe Peter Hanssen nicht ermordet."
Sie stand so dicht vor ihm, dass er ihren zarten Duft einatmen musste. Er war verwirrt und trat einen Schritt zurück. Was hatte diese Frau nur an sich, dass ihn so aus der Bahn warf? Baumann atmete tief durch und blickte zu Karsten. Der verstand und übernahm. Klaus verließ sein Aquarium und stürzte auf die Kaffeemaschine zu. Nachdem er den Pott Schwarzen in sich hineingeschüttet hatte, fühlte er sich gestärkt und kehrte zurück. Sein Kollege zuckte nur kurz mit den Schultern und sagte: „Die Dame redet nicht mit mir." Dann stand er auf und ging. Klaus setzte sich wieder auf seinen Bürostuhl und dachte nach. Vielleicht will sie bewusst nur mit ihm reden, weil sie spürt, welche Wirkung sie auf ihn hat.
„Herr Baumann, entschuldigen sie bitte, aber was wird denn jetzt aus mir?" Dann sprach sie lauter: „Herr Hauptkommissar!"
Baumann erschrak. „Wat? Äh, wie bitte?"
Sie wiederholte: „Was wird denn jetzt aus mir?"
Klaus besann sich darauf, was gerade geschehen war und versuchte das Gehörte zu sortieren. War das Taktik von Anna Thron oder hatte sie wirklich nichts mit dem Mord zu tun? Sie hatte immerhin eines der ältesten Motive der Welt, Rache. Sommer alias Hanssen hatte auf brutalste Art und Weise die Liebe ihres Lebens getötet und ihrem damals ungeborenen Sohn den

Vater genommen. Nein, dachte Baumann. Das ist alles zu offensichtlich. Nein. Dazu ist diese Frau zu anständig und die Drohungen hatte sie auch nur gesendet, weil sie den letzten Wunsch der alten Dame erfüllen wollte. Nein. Sie war es nicht.
Als er wieder aufblickte, starrten ihn erwartungsvolle, große Augen an und ihm huschte ein Lächeln übers Gesicht. „Entschuldigung, Gnädigste. Ick brauchte einen Moment, um meine Gedanken…na, sie wissen schon." Anna nickte kurz und Baumann sprach weiter: „Mein Kollege nimmt jetzt ihre Aussage auf und dann können sie vorerst gehen." Sie schaute ihm erstaunt hinterher, als er das Büro verließ und Karsten zu sich rief.
Nach und nach bekamen die Kommissare ein Bild von der Welt und den Gefühlen der Anna Thron. Peer war ihre große Liebe gewesen und jedes Mal, wenn sie in die Augen ihres Sohnes sah, erwachten sie wieder. Vor ihnen saß eine Frau, die sich trotz dieses Unglücks vor 32 Jahren mit Liebe zum Leben und zu ihrem Beruf als Architektin eine Welt geschaffen hatte, die glücklich schien. Aber war sie das wirklich? Klaus versuchte mit gezielten Fragen mehr über Anna und ihre Welt zu erfahren, aber egal in welche Richtung er die Befragung führte, sie blieb immer ruhig und beantwortete ihm alle Fragen. Nichts schien sie aus dem Gleichgewicht zu bringen.
Schließlich unterzeichnete sie das Protokoll und verließ das Kommissariat.

## Vom Thron gestützt

Klaus wollte gerade etwas sagen, aber verschluckte sich so sehr, dass er augenblicklich einen Hustenanfall bekam. Karsten rannte aus dem Raum, kam mit einer Wasserflasche wieder und reichte sie seinem Chef. Er trank und nach wenigen Schlucken ging es ihm besser. „Danke, Karsten."
Baumann war aufgestanden. „Thron Immobilien, Carl Thron. Dat is der Hammer!" Er setzte sich wieder. „Die steckte zwischen Umschlag und Deckel von Hanssens Kalender?" Karsten nickte. Er hob die Visitenkarte hoch und grinste. Dann schwieg er. Klaus verstand nicht: „Wat grinste so?" Er streckte seinen Hals über den Schreibtisch, um die kleine, abgeriebene Schrift besser entziffern zu können. Karsten zog die Karte immer weiter an sich heran und amüsierte sich darüber, dass Baumanns Hals noch länger wurde. Dann zog er sie ruckartig an sich, drehte sie um und klatschte sie auf Baumanns Schreibtisch.
„Und das ist der Knaller!"
Da stand es. 27. April, 13:00 Uhr, Eiskeller.
Inzwischen waren Thomas und Viviana auch im Aquarium und jeder hielt einen Becher Kaffee in der Hand. Klaus lief hinter seinem Schreibtisch auf und ab. „Dann waren die wirklich zu zweit. Dit isn dicker Hund. Aber wir haben doch seine DNA. Wieso haben wir nüscht gefunden?" Karsten reagierte sofort: „Auch Paul kann nicht zaubern. Es ist ein Wunder, dass wir nach 32 Jahren überhaupt noch verwertbare

Spuren gefunden haben, Klaus.“ Baumann winkte ab. „Klar. Hast ja Recht. Aber jetzt is klar, wer die zweite Person war, die Peers Mutter gesehen hatte.“ Baumann starrte immer noch auf die Karte und überlegte.

Thomas hatte die ganze Zeit geschwiegen und fing jetzt laut an zu kombinieren: „Der alte Thron war doch auf seinen zukünftigen Schwiegersohn nicht gut zu sprechen. Erinnert euch. Für ihn war er ein Loser, den er nur seiner Tochter zuliebe, als stiller Teilhaber, unterstützt hatte. Eigentlich hat er sich doch für sein einziges Kind eine bessere Partie gewünscht, was meint ihr?" Karsten und Klaus nickten und Lachner sprach weiter: „Also, was ist, wenn er mit Hanssen gemeinsame Sache gemacht hat? Überlegt doch mal. Wir wissen doch jetzt, dass Peer Claasen die Truhe gehörte. Wenn er die, samt den wertvollen Papieren, die im Geheimfach gelegen haben, verkauft hätte, wäre er von Annas Vater finanziell unabhängig geworden. Das hat dem Alten doch bestimmt nicht..."

Klaus unterbrach ihn: „Stopp! Dat is ein Motiv, aber erinnere dich an den Brief der alten Dame. Der zweite Mann hat Sommer angefeuert, er solle sich beeilen oder so. Aber hätte sie die Stimme von Thron nicht erkannt? Sie hat ihn doch jeden Tag um sich gehabt. Dat wär ihr doch gleich aufgefallen oder?“ Keiner antwortete und Baumann wurde ungeduldig. „Wat ist? Hat es euch die Sprache verschlagen?"

Da kam Petra aufgeregt ins Aquarium gestürmt und wedelte mit einem Zettel. Baumann hielt sich bereits

seine großen Hände vors Gesicht und brummte: „Nich schon wieder ein Brief."
Die Praktikantin knallte eine DIN A4 Seite auf Baumanns Schreibtisch und sagte, ganz außer Atem: „Nein, viel besser. Peter Hanssen hat nach dem Wert von alten Sonetten recherchiert und es hier handschriftlich vermerkt. Also waren in diesem Geheimfach wirklich Sonette. Das passt doch. Paul hat gesagt, dass dieser Fetzen Papier aus der Mitte des 16. bis Anfang des 17. Jahrhundert stammt. Das sind die Sonette von Michelangelo auch. Hier steht, dass sie mehrere Millionen DM wert sind."
Klaus machte dicke Backen und blies die Luft laut hinaus. „Dat isn dicker Hund." Dann schaute er zu Thomas: „Deine Theorie hört sich doch verdammt gut an. Aber wir können ihm nüscht beweisen. Karsten hat Recht, allet nur Indizien, keine verwertbaren Spuren." Petra grinste. „Vielleicht doch." Alle starrten sie an. „Wenn Thron damals wirklich mit im Keller war, haben wir auch Fingerabdrücke von ihm." Baumanns Augenbrauen zogen sich zusammen. „Mach hin, Petra, und spann uns nich auf die Folter!" Sie zog die Akte von Baumanns Schreibtisch und blätterte bis zum Befragungsprotokoll von Marcus Müller. „Hier, der Knabe hat ausgesagt, dass er und sein Freund die schwere Truhe kaum anheben konnten. Also, wie soll Hanssen, alias Sommer sie hinter die Wand gehoben haben? Das ist unmöglich. Wenn also Thron mit im Eiskeller war, hat er die Truhe garantiert angefasst, um sie hinter die Mauer zu bugsieren, oder?"

Baumann riss sein Telefon vom Tisch und wählte. „Haucke, kannste mal einen DNA Abgleich von Carl Thron und den Spuren im Eiskeller machen?...Warum?....Schnickschnack! Mach einfach! Nimm dir die Truhe vor! Sofort!....gestern!“ Wutschnaubend knallte er den Hörer auf den Tisch. Dann zwinkerte er Petra zu: „Super kombiniert.“ Dann sah er noch einmal zu Thomas: „Vielleicht hat die alte Dame ihn ja wirklich nicht erkannt. Ick würde dieses aalglatte Schwein zu gern hinter Gittern sehen.“ Der Kollege grinste: „Ich auch, Klaus.“ Baumann ließ sich auf einen Besucherstuhl fallen. „Puh, wenn dat stimmt, die arme Frau Thron…“

Bevor Carl Thron sein übliches Geschäftslächeln aufsetzten konnte, hatte Thomas ihm bereits die Handschellen angelegt und Klaus erklärte ihm seine Rechte. Anna und Cornelius Thron starrten ihn fassungslos an. Der Schock saß tief und erst als die Kommissare mit dem Senior am Ausgang des Hanseatenclubs angekommen waren lief Cornelius ihnen hinterher. Anna blieb wie angewurzelt sitzen und Baumanns Worte klangen in ihr nach: „Sie stehen unter Verdacht, den Verlobten ihrer Tochter und Vater ihres Enkels, Peer Claasen am 27.April 1984 vorsätzlich, gemeinsam mit Peter Hanssen, alias Sommer, ermordet zu haben.“
Anna fiel in Ohnmacht.

Thron tobte. Thomas und Klaus hatten Mühe ihn ins Auto zu bugsieren. Der Alte sprühte Gift und Galle.

Er drohte mit einer ganzen Horde von Rechtsanwälten, natürlich die Besten der Besten. Er schrie sie an, verfluchte den Staat, die Gerichtsbarkeit, die Gesetze und schlussendlich die Kommissare. Nichts half ihm. Baumann drehte das Radio lauter und ließ ihn toben. Im Kommissariat angekommen steckten sie ihn in einen der Verhörräume und ließen ihn erst einmal mit seinen Wutausbrüchen allein.
Zwischenzeitlich hatten Karsten und Petra recherchiert, um weitere Beweise gegen Carl Thron ans Tageslicht zu befördern, leider bisher ohne Erfolg. Also mussten Klaus und Karsten erst einmal ins kalte Wasser springen und blickten mit gemischten Gefühlen durch die Scheibe des Verhörraum. Der Senior hatte sich inzwischen beruhigt und Thomas bot ihm einen Kaffee an. Seine Antwort war schroff: „Nein. Ich will keine Beamtenplörre. Ich will meinen Anwalt sprechen. Sofort!" Thomas zog sein Handy aus der Tasche und schob es ihm über den Tisch: „Bitte." Thron griff zu und tippte nervös auf das Ziffernblatt. Dann riss er das Handy an sein Ohr und wartete. Baumann schaute ihn eine Weile an und spürte eine gewisse Freude in sich aufsteigen. Seine Mundwinkel zogen sich zu einem breiten Grinsen auseinander. „Heute ist Sonntag. Vielleicht is er ja segeln? Is bomben Wetterchen da draußen." Jetzt fing er an zu lachen und sein sonorer Bass steckte Thomas mit an, dem nach kurzer Zeit bereits dicke Tränen über die Wangen liefen.
Das war zu viel. Thron sprang auf und hämmerte wütend gegen die Tür. „Lassen sie mich sofort hier raus. Sofort!"

Baumann hörte augenblicklich auf zu lachen und stand auf. „Setzen oder ick jebe dir gleich eene in dein Backfeifenjesichte!"
Thron schien mehr verstört als dass er verstand, aber er gehorchte und Baumann sprach wieder hochdeutsch: „So, jetzt mal Klartext, Herr Thron. Woher kannten sie Peter Hanssen?"
Der Alte lehnte sich schnaubend zurück: „Ich habe ihnen bereits gesagt, dass ich diesen Herren nicht kenne, naja nur vom Namen, wegen meines Enkels, sie wissen schon."
Rums, knallte Baumanns Faust auf die Tischplatte: „Du falscher Fuffziger!" Dann schob er Thron die Visitenkarte vor die Nase und wartete ab. Der beachtete sie kaum und sagte: „Ja, das ist eine alte Karte von mir. Und?" Thomas sah auf die geballten Fäuste seines Chefs und hielt ihn am Arm fest. Dann flüsterte er Klaus etwas ins Ohr und der verließ augenblicklich den Raum.
Kommissar Lachner und Carl Thron saßen sich schon einige Minuten stumm gegenüber, als Thomas langsam die Visitenkarte umdrehte und fragte: „Und warum notierte sich Peter Hanssen auf ihrer Visitenkarte: 27.April 1984, 13 Uhr, Eiskeller?"
Thron starrte auf das Geschriebene und schien zu überlegen, was er antworten sollte. Dann lehnte er sich plötzlich zurück und grinste. „Ich nehme manchmal auch irgendeine Visitenkarte, die bei mir auf dem Schreibtisch liegt und notiere schnell einen Termin. Das sagt gar nichts, junger Mann."
Lachner überlegte: „Und wie kam er zu ihrer Karte?"

Thron grinste immer noch: „Wissen sie, wie viele Menschen Karten von mir haben und diese auch weitergeben? Ich bin Immobilienmakler und seit Jahren auch Bauunternehmer. Die kann sonst wie in seinen Besitz gekommen sein. Wie gesagt, ich kenne den Mann nur von den Erzählungen meines Enkels.“

Thomas hatte bereits vor fünfzehn Minuten den Verhörraum verlassen, um sich mit seinen Kollegen zu besprechen. Sie brauchten dringend zusätzliche Beweise. Carl Throns Fingerabdrücke waren zwar tatsächlich an der Truhe, aber das reichte nicht. Außerdem hatten Petra und Karsten den Senior auf mehreren Gästelisten der Auktionen gefunden, denen Peter Hanssen vorstand. All das bewies aber nicht, dass er Claasen getötet hatte. Es konnte auch ein gemeinschaftlicher Mord gewesen sein oder Thron war wirklich unschuldig. Eines war sicher, die Herren kannten sich und waren beide im Eiskeller zugegen. Magda Claasen hatte zwar nicht den Mord beobachtet, aber gesehen, wie Hanssen ihren toten Sohn in den Sack stopfte und Thron war dabei. Wer Peer Claasen wirklich umgebracht hatte würde schwer zu beweisen sein. Das wusste Baumann und doch hoffte er auf einen Wink des Schicksals.

Carl Thron verließ das Kommissariat und Baumann sah ihm wütend hinterher. Ohne handfeste Beweise konnten sie ihn nicht festhalten.

## Der Tresor

Eva Sommer saß im Garten, einen Berg Papiere vor sich und las. Bäche von Tränen liefen ihr über die Wangen und nahmen ihren schwarzen Mascara mit auf die Reise. Sie wischte sich mehrfach über das Gesicht und ihre Wangen waren jetzt schwarz verschmiert. Immer wieder las sie kopfschüttelnd den Brief in ihrer Hand und immer wieder fing sie herzzerreißend an zu weinen.
Als Zuri auf die Terrasse trat, um ihr einen Kaffee zu bringen, fand sie Frau Sommer in einem so desolaten Zustand vor, dass sie erschrak. „Oh, Gott! Kann ich ihnen helfen?" Eva schüttelte nur den Kopf und bekam einen Weinkrampf. Zuri erschrak. „Ich hole ihnen ein Handtuch." Eva winkte ab: „Nein, schon gut, Zuri. Das hat keinen Sinn. Die Tränen werden vorläufig nicht trocknen. Mein ganzes Leben bricht gerade auseinander. Es ist grausam und erschreckend zugleich. Meinen Vater…" Sie begann wieder zu weinen und Zuri lief ins Haus. Kurz darauf kam sie zurück, feuchte Kosmetiktücher und ein Handtuch im Arm. Eva saß, zusammengesunken auf dem Gartenstuhl und weinte still in sich hinein. Zuri war ratlos. Erst als Eva weitersprach, begann sie zu verstehen. „Ach Zuri, es ist so grausam. Mein Vater war ein Ungeheuer. Den Mann, den ich glaubte zu lieben, gibt es nicht mehr. Alles Täuschung. Alles Verrat. Mein ganzes Leben eine einzige Lüge!" Sie warf sich über den Gartentisch und trommelte ihre Fäuste auf die Platte.

Er war ein Ganove, ein Schwein, ein Mörder…." Eva fing laut an zu weinen.
Zuri überlegte kurz, ob sie ihrer Halbschwester alles sagen sollte. Doch war das der richtige Moment? Sie zögerte etwas zu lang und der Moment war Geschichte. Der Mut hatte sie verlassen. Also streichelte sie nur sanft über Eva übers Haar und sah ihr stumm beim Weinen zu. Die hob langsam ihren Kopf und blickte auf. „Zuri, setzt dich bitte. Ich muss jetzt mit jemanden reden, sonst drehe ich durch." Die Hausdame ließ sich auf einen der Gartenstühle gleiten und wartete gespannt auf das, was jetzt kommen sollte. Eva schob ihr einen kleinen Schlüssel zu. „Hast du den schon einmal bei meinem Vater gesehen?" Zuri schüttelte den Kopf und Eva sprach weiter: „Den Schlüssel habe ich bei meinem Vater im Büro gefunden. Ich kann mich erinnern, dass er ihn einmal schnell in seiner Weste verschwinden ließ, als ich sein Büro betrat. Ich habe lange überlegt, zu welchem Schloss er wohl gehören könnte. Nachdem ich weder im Auktionshaus, noch hier zu Haus fündig wurde, bin ich gestern kurz entschlossen nach Kapstadt geflogen. Ich war im Appartement, habe aber nichts gefunden. Also habe ich mich weiter umgesehen." Sie strich ihre langen Haare nach hinten und atmete einmal tief durch. „Dann erinnerte ich mich, dass Vater noch eine Garage zum Appartement gekauft hatte, um seinen alten Ferrari abzustellen. Hier habe ich ihn dann gefunden." Zuri runzelte ihre Stirn. „Wen haben sie gefunden?" Eva schüttelte ihre Mähne. „Nicht wen, Zuri. Was. Einen Tresor. „Der Schlüssel gehört

zu einem Tresor." Eva legte ihre Hand auf die ausgebreiteten Papiere und begann wieder zu weinen. „Das habe ich seit gestern bestimmt zehn Mal gelesen. Ich kann es nicht fassen, dass mein Vater so ein Monster war. Ich…" Sie warf sich über den Tisch und schrie: „Mein ganzes Leben ist eine Lüge!"
Zuri erstarrte. Was hatte Hanssen da alles notiert? Die meisten Papiere waren handschriftliche Notizen. Sie versuchte etwas davon zu lesen, aber Eva erhob sich und dankte ihr fürs Zuhören. Dann fügte sie alle Blätter zu einem Stapel zusammen, öffnete eine Mappe und legte diese hinein.
„Danke, Zuri. Das muss ich jetzt dringend zu Hauptkommissar Baumann bringen. Nimm dir heute frei. Mutter ist nicht da. Sie ist ja sowieso nur noch in London bei ihrem neuen Lover. Naja, eigentlich macht sie es genau richtig. Sie hat wohl schon früher als ich gemerkt, was Vater für ein bösartiges Spiel spielt."

Bereits eine Stunde später traf Eva Sommer auf dem Kommissariat ein und berichtete über ihren erschreckenden Fund in Kapstadt. Es waren überwiegend handschriftliche Notizen Hanssens. Recherchen und Interessenten bezüglich Michelangelos Sonetten, gespickt mit Preisen und Angeboten. Alte, aus einem Kalender herausgerissene Blätter, bewiesen mit wem und wann er sich in Kapstadt treffen wollte. Ein Name kam sehr häufig vor und laut dieser Unterlagen hatte er sich oft mit den Herrschaften getroffen, Hans und Imara Braun. Sie waren nach diesen Unterlagen auch diejenigen, die Hanssen die Sonette abgekauft hatten.

Am erschreckendsten aber war ein Brief von Imara Braun an Peter Hanssen. Eva zog ihn aus dem Kuvert und reichte ihn Baumann. „Bitte, lesen sie selbst. Ich kann nicht mehr. Es zerreißt mir das Herz."

Viviana war gerade ins Büro gekommen, stellte den Kaffee auf den Tisch und wollte wieder gehen, als Baumann sie am Arm festhielt. „Bitte, bleib. Ich glaube, Frau Sommer kann ein wenig weiblichen Beistand gebrauchen." Er versuchte zu lächeln. Vivi zog sich einen Stuhl heran und setzte sich neben Eva Sommer.

Baumann nahm den Brief an sich und begann laut zu lesen:

*Sehr geehrter Herr Hanssen,*

*23.März 1985*

*ich flehe sie an, bitte lassen sie von mir ab. Ich bitte sie nicht um meinet Willen, sondern um meinen Mann zu schützen. Ich habe ihnen alles gegeben was sie gefordert haben. Sie haben für die Sonette Millionen über Millionen erhalten, viel mehr als sie eigentlich*

*wert sind. Nur weil mein Mann so ein übergroßes Interesse daran hegte, haben sie den Preis immer höher treiben können. Aber jetzt sind wir am Ende. Wir können nicht mehr. Sie haben alles Geld, was wir auftreiben konnten, von uns bekommen. Unsere Hotels werden sie uns nicht nehmen. Das würde meinen Mann in den Tod treiben.*
*Sie haben nicht einmal vor meinem Körper Halt gemacht. Auch den haben sie sich gewaltsam genommen. Sollten sie also noch einmal versuchen, mich damit zu erpressen und meinen Mann zu demütigen, bleibt mir nur noch eins, ich werde mich von diesem Leben verabschieden. Dann können sie mich nicht mehr damit unter Druck setzen, dass ich angeblich freiwillig mit ihnen ins Bett gestiegen bin. Was sind sie für ein skrupelloser Mensch, Herr Hanssen?*

*Ich werde eine Kopie dieses Briefes bei einem Notar hinterlegen. Sollte mir irgendetwas zustoßen, wird man sie zur Verantwortung ziehen. Dafür habe ich gesorgt, damit wenigstens mein Mann nach meinem Tod noch ein ehrbares Leben führen kann.*

*Ich bitte sie nochmals inständig, von uns abzulassen. Gehen sie wieder ihrer Wege und lassen sie uns endlich in Frieden, falls wir den überhaupt je wiederfinden werden.*

*Imara Braun*

*PS:*
*Ich rate ihnen, meine Warnung wirklich ernst zu nehmen. Frauen sind zu weitaus mehr fähig, als Männer zu glauben wagen.*

Als Klaus wieder aufblickte, hatte nicht nur Eva Sommer, sondern auch Vivi Tränen in den Augen. Er ließ das Papier aus seiner Hand gleiten und schüttelte unentwegt den Kopf. Das musste auch er erst einmal verdauen.

Eva wischte sich die Tränen von der Wange und schluchzte: „Mein ganzes Leben bricht wie ein Kartenhaus zusammen. Alles eine große Lüge. Mein Vater, so ein Schwein. Ich…Ich weiß gar nicht…Ich meine…die arme Frau.“ Sie hielt sich die Hände vors Gesicht und begann wieder zu weinen. Vivi zupfte ein Taschentuch aus der Box und reichte es ihr.
Als sie sich wieder beruhigt hatte, zog sie ein großes Kuvert aus der Mappe. „Hier. Das hat er wohl behalten für schlechte Zeiten. Ich kann es immer noch nicht fassen. Das ist im Übrigen nur eine Kopie. Das Original liegt in einem kleinen Klimaschrank, der in einem Kellerraum des Appartementhauses steht. Die Unterlagen dazu habe ich in einem Tresor, in der Garage gefunden.“ Dann begann sie wieder zu weinen und Vivi nahm sie vorsichtig in den Arm. Als sie sich etwas beruhigt hatte, sprach sie weiter: „Ich verstehe das alles nicht. Wie konnte er das über Jahrzehnte geheim halten? Aber zu mir war er doch…“ Sie bekam einen Weinkrampf. Viviana streichelte ihren Rücken. Eva hob den Kopf und versuchte ihren Satz zu beenden: „Zu mir war er immer liebevoll. Ich versteh das alles nicht.“ Sie sah Baumann flehend an und erhoffte sich von ihm eine Erklärung. Leider zuckte er nur mit den Schultern und sah selbst hilfesuchend zu Vivi. Dann zog er das Blatt aus dem Umschlag, den ihm Frau Sommer gegeben hatte und erschrak.
Das Sonett. Er erkannte es sofort. Hanssen hatte es mit seinem eigenen Blut geschrieben, bevor er geköpft

wurde. Klaus war verwirrt. Aber das würde ja bedeuten, dass Hanssen von den Brauns…Er lehnte sich zurück und starrte an die Decke.
Eva redete weiter auf ihn ein: „Übrigens, bevor sie nach den Brauns recherchieren. Das können sie sich sparen. Die sind 2015 bei einem Autounfall in Kapstadt ums Leben gekommen. Baumann schaute sie mit großen Augen an. „Hatten die Kinder?“ Eva zuckte mit den Schultern. Dann nahm er eines der Blätter, auf denen die Adresse und einige andere Notizen zur Familie Braun notiert waren und reichte es Viviana. „Bitte schau mal, was du rauskriegen kannst. Danke.“
Vivi stöckelte gleich los und Klaus war mit Eva Sommer allein. Er spürte Unruhe in sich aufsteigen. Eigentlich müsste er sich jetzt kurz zurückziehen, um seine Gedanken zu sortieren. Kurzentschlossen fragte er: „Darf ich sie kurz alleine lassen und diese Unterlagen dem Kollegen bringen?“ Sein Besuch nickte und er ging mit allen Papieren zu Karsten.
Erleichterung machte sich breit als er auch Petra sah. „Petra, kannste bitte mal zu Frau Sommer in mein Büro gehen. Biete ihr noch einen Kaffee an oder so. Ick brauche dringend mal eine Pause, um mit Karsten und Thomas wat durchzusprechen.“

So saßen die drei Männer kurz darauf im großen Meetingraum und besprachen die neue Faktenlage. Thomas hatte seine Arme vor der Brust verschränkt und starrte auf den großen Bildschirm. Karsten las noch einmal den Brief von Frau Braun und Baumann

schrieb gerade einige Namen auf ein Blatt. Doch keiner wagte den ersten Schritt.
Schließlich unterbrach Klaus das Schweigen und stand auf. „Also, mal ins Unreine gesprochen, Thron und Hanssen schmieden einen Plan. Peer Claasen muss weg. Dafür darf Hanssen die Truhe behalten. Ick bin mir nich mal sicher, dat Thron von den Sonetten wusste. Also treffen sie sich im Eiskeller. Peer denkt, dass Hanssen ihm die Truhe zurückbringt. Macht er auch, aber nur zum Schein. Einer der beiden ermordet Peer und beide verstecken die Leiche im Sack hinter der Wand. Da die Bauarbeiten bereits begonnen haben, ist genug Material vorhanden, um den armen Kerl gleich einzumauern. Magda Claasen sieht aber nur wie Hanssen die Leiche ihres Sohnes in den Sack wuchtet. Den Mord sieht sie nich." Baumann holte tief Luft und hob den Zeigefinger. „Nun zu der Verbindung zum zweiten Fall. Magda Claasen hat gesagt, dass ihr einer der Herren nachgelaufen ist. Angenommen, dat war Thron. Dann hatte Hanssen inzwischen Zeit, sich den eigentlichen Schatz aus der Truhe zu nehmen, nämlich die Sonette. Doch bereits am anderen Tag bekommt er einen Drohbrief. Er ahnt nicht von wem, aber er reagiert prompt, indem er fluchtartig Hamburg verlässt, wahrscheinlich mit dem Schiff."
Es klopfte und Viviana stand winkend vor der Glastür. Auf ein Zeichen von Klaus kam sie herein. „Die Brauns hatten Kinder, einen Jungen und ein Mädchen. Das Alter habe ich noch nicht herausbekommen, aber ich bin dabei."

Klaus schickte ihr einen flüchtigen Luftkuss und drehte sich wieder zu den Kollegen. „Also, wo war ick? Ach ja. Hanssen is also nach Kapstadt und hat gleich angefangen zu forschen, wem er höchstbietend die Sonette verhökern könnte. Dabei stieß er auf das Ehepaar Braun. Herr Braun bietet ihm Unsummen an, um die Sonette zu bekommen. Hanssen bemerkt, dat große Interesse und nimmt die Brauns aus, wie eine Weihnachtsgans. Schlimmer noch, er vergewaltigt Frau Braun und erpresst sie damit, ihrem Mann zu erzählen, dass sie mit ihm im Bett war, um noch mehr aus dem Ehepaar herauszupressen."

Klaus holte noch einmal tief Luft und hob erneut den Zeigefinger. „Also könnten die Kinder der Brauns sich an ihm gerächt haben oder Anna Thron. Alle haben das gleiche Motiv: Rache."

Thomas war inzwischen aufgestanden und zog seine Kreise um den Konferenztisch. Doch vor Baumann blieb er stehen. „Klaus, ich glaube nicht daran, dass es Frau Thron war, außerdem hätte sie dann Spuren hinterlassen und sie hat ein Alibi…" Karsten warf ein: „Thomas, sie war bei einer Freundin. Das Alibi kann man kaufen."

Baumann winkte ab, denn auch er glaubte nicht daran, dass Anna Thron mit dem Mord an Hanssen etwas zu tun hatte. Thomas warf Karsten böse Blicke zu und sprach weiter: „Also haben wir es mit drei Personen zu tun, die Hanssen, jeder auf seine Art, bestrafen wollten. Anna Thron verfolgte ihn und sendete die Drohbriefe. Ein anderer peinigte ihn und ein dritter schlug ihm den Schädel ab. Da Anna Thron nicht am

Tatort war, denn das wissen wir laut Spurenlage genau, bleiben genau wieder unsere zwei Fußabdrücke übrig. Also wen hat er noch so verärgert, dass es ihm an den Kragen gehen sollte?"
Karsten war jetzt auch aufgestanden und zerwühlte sich seine roten Haare. „Eines der Kinder ist der Peiniger. Warum sonst musste Hanssen genau dieses Sonett schreiben? Alle anderen Sonette scheint doch die Familie Braun gekauft zu haben. Nur dieses fehlt. Vielleicht wurde die Familie auch darum noch betrogen? Vielleicht sollte genau das mit im Paket sein, das Hanssen angeboten hatte. Aber das Schwein hat es dann selbst behalten? Vielleicht wollte eines der Kinder sich das jetzt wiederholen?" Baumann stoppte ihn: „Karsten, dat sind mir zu viele Vielleicht. Lass mal gut sein. Erst mal brauchen wir Fakten über die Kinder, dann sehen wir weiter."

## Aus die Maus

Baumann war bereits auf dem Weg zu Paul. Sein Bauchgefühl sagte ihm, dass die aktuelle Spurenlage und die Fakten einfach nicht zusammenpassten. Also stiefelte er den langen Flur entlang und öffnete die Tür zum Kriminaltechnischen Institut. Er hätte sich ja lieber bei Haucke getroffen, aber Paul wollte ihm unbedingt etwas zeigen.

„Moin, moin, Klaus, auch schon da?“ , rief ihm der Pathologe von Weitem zu. Als Baumann jedoch vor ihm stand, stutzte er: „Oh je, du siehst ja völlig übernächtigt aus. Paul hat den Lottogewinn für dich. Das wird dich aufmuntern, mein Freund.“ Paul kam aus dem Druckerraum und hielt einige A4 Seiten in seiner Hand. Baumann trottete ihm emotionslos entgegen. „Wat haste für mich?“ Erst jetzt sah Baumann, dass Tanner genauso übermüdet aussah wie er und musste grinsen. „Mann, siehst du Scheiße aus. Auch wenig Schlaf, wa?“ Thomas winkte nur ab und legte die drei farbigen Ausdrucke auf den Tisch. „Wat? Dat is allet? Dat is nich dein Ernst?“ Haucke boxte ihm auf den Rücken. „Warte ab, du alter Brummbär.“ Paul räusperte sich und erklärte: „Also, das sind drei unterschiedliche DNA. Hier von Hanssen, hier von Zuri und hier von jemandem, der garantiert mit Hanssen und ihr verwand ist.“

Baumann verstand nicht. „Zuri?“ Paul nickte stumm und schaute enttäuscht auf den Boden.

„Sag ich doch, Paul hat eine Überraschung.“ Haucke hob grinsend einen Daumen. Baumann kratze sich am Hinterkopf. „Dat versteh ick nich. Wieso erst jetzt? Ick meine, wieso wissen wir dat erst jetzt?“
Der Rechtsmediziner grinste immer noch und zeigte auf Paul. „Frag ihn.“ Baumann sah Tanner ernst an. „Erzähl.“ Dem fiel es sichtlich schwer zu reden, doch dann begann er endlich: „Ich habe ein Telefonat von Zuri mitbekommen. Sie hat mit jemandem gestritten. Für mich hörte es sich so an, als ob sie denjenigen sehr gut kannte….“ Er machte eine Pause und sah Baumann traurig an. „Ich hätte gleich auf dich hören sollen. Es war ein Fehler, mit ihr etwas anzufangen. Sorry.“ Baumann wurde ungeduldig. „Mach weiter. Dat is jetzt egal.“ Paul räusperte sich. „Naja, sie war in den letzten Tagen so anders, immer nervös. Also habe ich mir ihre Strickjacke genommen, die sie bei mir liegengelassen hat und eines der langen Haare analysiert, die ich darauf gefunden habe. Das Ergebnis liegt vor dir.“ Baumann schaute ihn fragend an und drehte nachdenklich an seinem Ohrläppchen. „Habt ihr denn nich alle Spuren von Anfang an verglichen? Dat versteh ick nich!“ Haucke mischte sich jetzt ein: „Klaus, Spuren und Spuren sind zweierlei. Natürlich hatten wir von allen Anwohnern des Hauses Sommer Fingerabdrücke, aber damit haben wir noch lange keine DNA. Wenn man zu einem Fingerabdruck auch ein paar Hautschuppen hat, kann man die bestimmen, sonst nicht. Aber warum sollten wir von Zuri eine DNA Probe nehmen. Sie hatte doch das beste Alibi der Welt. Sie war mit einem Kollegen essen.“

Baumann nickte stumm und sah zu Paul. Der starrte immer noch den Boden an und schwieg. Klaus legte ihm seine Hand auf die Schulter. „Gute Arbeit.“ Dann packte er Tanner am Arm: „Komm, deine Zuri muss uns jetzt so Einiges erklären!“ Paul riss sich los: „Sie ist nicht mehr meine Zuri!“ Klaus grinste: „Wat auch immer. Los jetzt!“
Die Fahrt nach Bergedorf verbrachten sie fast schweigend. Nur Baumann brummte seine Gedanken laut vor sich hin: „Dann hat Zuri einen Bruder. Dat is `n dicker Hund.“ Dann sprach er Paul noch einmal an: „Übrigens, warst du wirklich ab 18 Uhr jede Minute mit ihr zusammen? Bist du dir sicher, Paul?“
Stummes Nicken. Dann: „Ja. Sie war zwar im Steakhaus einmal sehr lange auf dem Klo, aber in der Zeit hätte sie nie bis ins Villenviertel laufen können, Hanssen quälen, wieder zurückkommen und so makellos aussehen, wie ich sie an dem Abend in Erinnerung habe, als sie zurückkam. Das ist schlicht unmöglich….und einen Bruder?...keine Ahnung.“
Baumann rieb sich sein Ohrläppchen. „Paul, ick werd noch verrückt. Da is noch wat faul. Laut der Tests ist Zuri eindeutig Hanssens Tochter. Warum hat sie das verschwiegen und warum hat sie sich bei ihrem eigenen Vater als Hausdame anstellen lassen? Dat stinkt doch!“ Paul sah ihn mit großen Augen an und schwieg.
Baumann klatschte sich die flache Hand vor die Stirn. „Ick Rindvieh!“ Dann zog er sein Handy aus der Jackentasche und wählte: „Vivi, wie heißen die Kinder der Brauns?...Wie, du hast mir vor Stunden auf den

AB gesprochen?...Egal. Sag schon."...Baumann legte wortlos auf. „Klaus, was ist? Klaus, nun sag doch endlich. Du bist ja ganz blass. Klaus!" Paul lenkte den Wagen an den Straßenrand und hielt an.
Baumann schossen tausend Gedanken durch den Kopf, die er erst einmal sortieren musste. Dann erst antwortete er: „Paul, dat Neueste weißt du ja noch gar nicht. Eva Sommer hat in einem Tresor in Kapstadt Unterlagen ihres Vaters gefunden, haarsträubende Unterlagen. Der Mann hat tatsächlich die Sonette besessen, dafür wahrscheinlich mit Carl Thron gemeinsam Peer Claasen ermordet, is nach Kapstadt geflüchtet, hat die Sonette an ein Ehepaar Braun verkauft, Frau Braun vergewaltigt und dadurch zwei Kinder gezeugt. Zuri ist ein Zwilling. Sie hat noch einen Bruder."
Jetzt war Paul kreideweiß und hielt sich an Baumann fest. „Aber, Klaus, sie kann ihren Vater nicht gepeinigt haben und ermordet schon gar nicht. Aber ihr Bruder… Ich muss mit ihr reden." Paul startete den Wagen und fuhr weiter.

Zuri hatte sich in ein zartblaues Sommerkleid gehüllt und freute sich auf den Abend mit Paul. Aufgeregt lief sie am Fenster auf und ab, in der Hoffnung sein Auto zu sehen bevor er klingelte. Doch gerade als sie sich noch einmal ihr neues Parfüm auftragen ging, läutete es an der Haustür. Vergnügt hüpfte sie die Treppe hinunter und öffnete. Doch dann verlor sich ihr Lächeln und sie starrte Baumann mit großen Augen an. Paul

schob sie wortlos ins Haus und fasste unsanft um ihren rechten Arm. „Zuri, wir müssen reden. Bist du allein oder ist irgendwer im Haus?“ Sie zuckte zusammen. So ernst hatte Paul noch nie mit ihr geredet. „Ich bin allein. Lass doch endlich meinen Arm los! Du tust mir weh!“ Tanner ließ sie los und Zuri ging voran in die Bibliothek. Die Männer folgten ihr. Als Paul sie damit konfrontierte, was er herausgefunden hatte, blieb sie ruhig und gefasst.
Ihre Geschichte war schnell erzählt. Nach dem schweren Verkehrsunfall 2015 war ihr Vater sofort am Unfallort verstorben, ihre Mutter überlebte, hatte aber so viel Blut verloren, dass sie einige Tage danach ebenfalls verstarb. Kurz vor ihrem Tod verriet sie ihrer Tochter den Ort, an dem sie ihr bestgehütetes Geheimnis verbarg, ihr Tagebuch. Daraus erfuhr sie, was Hanssen ihrer Mutter und auch ihrem Vater angetan hatte. Ihr Bruder, Ikechi, und sie waren fest entschlossen, ihn zur Rechenschaft zu ziehen. Aber niemals hatten sie an Mord gedacht. Sie wollten nur, dass er sich der Verantwortung stellt. Sollte er das nicht freiwillig tun, wollten sie ihn anzeigen. Zuri sprang auf und warf sich Paul an den Hals: „Liebling, ich bin doch keine Mörderin. Ich war doch außerdem den ganzen Abend mit dir zusammen.“ Ihre Augen waren mit Tränen gefüllt und sie blickte ihn flehend an. Paul beugte sich zu ihr hinunter: „Das weiß ich, Zuri, aber trotzdem hast du mich belogen.“ Baumann unterbrach das Ganze. „Zuri, wo ist ihr Bruder?“
„Hier.“, antwortete Ikechi. „Lassen sie meine Schwester in Frieden. Sie weiß von nichts. Ich habe

das Schwein geknebelt, gewürgt und ihn dieses scheiß Sonett mit seinem eigenen Blut schreiben lassen. Ja, ich weiß auch, dass uns das unsere Eltern nicht wiederbringt. Das, was dieser Mann unserer Familie und wahrscheinlich noch vielen anderen Menschen angetan hat, löscht ein Mord nicht aus. Er musste selbst Qualen erleiden, selbst durch die Hölle gehen, sonst würde man diese Bestie nie stoppen! Dieses Ungeheuer sollte niemandem mehr etwas antun!" Ikechi ging auf seine Schwester zu und nahm ihre Hand. „Liebes, ich habe ihn nicht getötet. Das war ein anderer. Ich wollte ihm nur eine Lektion erteilen."
Baumann wurde hellhörig und fragte nach: „Sie haben den Mörder gesehen?" Ikechi nickte stumm. „Helfen sie uns." Der junge Mann stand auf und schaute Baumann fest in die Augen. „Er war kleiner als ich, etwa 1,75 m, gut in Form, hatte eine Motorradkluft an, komplette Montur, also mit Helm und Handschuhen. Ich war schon gegangen, hatte dann aber ein schlechtes Gewissen, weil ich ihn gefesselt zurückgelassen hatte. Also ging ich wieder zurück, um ihn loszubinden. Doch da schwang der Typ schon vor dem Gefesselten das Schwert und beschimpfte ihn." Baumann hob kurz die Hand. „Moment. Was hat er genau gesagt?" Ikechi schaute kurz auf den Boden und überlegte. Dann sprach er weiter: „Er sagte so was, wie, dass er sich von ihm nicht erpressen ließe und dass er gar nicht beweisen könne, dass er diesen…" Ikechi schnipste mit dem Finger. Baumann warf ihm den Namen zu: „Peer Claasen." Ikechi nickte. „Ja, dass Hanssen nie beweisen könne, dass er Claasen geköpft habe.

Dann hielt er ihm den Säbel unters Kinn und warnte ihn eindringlich."
Baumann hakte nach: „Also haben sie nicht gesehen, ob der Mann ihren Vater getötet hat?" Ikechi schnaubte: „Dieser Scheißkerl war nicht mein Vater, Herr Kommissar. Er war leider mein Erzeuger. Er hat unsere Mutter brutal vergewaltigt. Wollen sie mal das Tagebuch lesen? Wollen sie?" Zuri sprang vor ihren Bruder, der Baumann verdächtig nahegekommen war und redete sanft auf ihn ein. Baumann blieb ruhig, denn er konnte die Gefühlswallungen des jungen Mannes sehr gut verstehen. Ikechi trat wieder einen Schritt zurück und entschuldigte sich. Klaus nickte kurz und bat darum seine Frage zu beantworten. Der junge Mann sprach weiter: „Leider habe ich alles mit angesehen. Ich dachte, er wolle diesem Schwein nur drohen, so wie ich. Doch plötzlich holt der Typ aus und…na den Rest kennen sie ja. Ich bin rausgerannt, um mich in Sicherheit zu bringen. Schließlich haben wir beide gerade unsere Eltern verloren. Ich wollte nicht, dass Zuri auch noch mich verliert."
Baumann war einen Schritt auf ihn zugegangen und fragte: „Warum dieses Sonett?"
Ikechis Augen begannen zu funkeln. „Wenn sie das Tagebuch meiner Mutter gelesen hätten, würden sie diese Frage nicht stellen." Baumann ging noch näher an ihn heran: „Ich habe es aber nicht gelesen, also helfen sie uns." Ikechi schaute traurig zu seiner Schwester und sagte: „Liebes, was ich jetzt erzählen werde, hörst du das erste Mal. Ich habe die Seiten damals aus

Mutters Tagebuch getrennt, nachdem ich diese Grausamkeit gelesen hatte. Ich wollte nicht, dass du das liest. Verzeih mir.“ Zuris Beine wurden weich und Paul stützte sie. „Dann erzähle es jetzt.“, bat sie ihren Bruder. Ikechi setzte sich und begann: „Nachdem unser Vater Hanssen kennengelernt hatte, der anfangs wohl sehr nett zu sein schien, begann der moralische und finanzielle Absturz unserer Familie. Michelangelos Sonette hatten Unsummen verschlungen. Unser Vater war bereit, auf jede Forderung von Hanssen einzugehen. Doch irgendwann konnte er nicht mehr und wäre seelisch fast daran zerbrochen. Dann machte Hanssen sich an unsere Mutter ran, zunächst vorsichtig, dann ganz bestimmt und fordernd, sonst würde er die Sonette einem anderen Interessenten verkaufen. Angebote hatte er angeblich genug. Als unsere Mutter all seinem Drängen nicht nachgab, holte er sich ihren Körper mit Gewalt. Sie beschreibt in ihrem Tagebuch, was er alles mit ihr gemacht hat. Ich möchte das nicht näher beschreiben. Nachdem er unsere Mutter mehrfach vergewaltigt hatte, willigte er endlich ein, die Sonette zum festgesetzten Preis zu veräußern und so gingen sie in Vaters Besitz über. Jedoch war das noch nicht das Ende des Dramas. Dieses Schwein schnappte sich meine Mutter noch einmal und vergewaltigte sie wieder auf brutalste Weise. Außerdem forderte er von ihr, eines der Sonette ihrem Mann zu stehlen und Sommer zurückzugeben. Das tat sie. Danach ließ er unsere Eltern in Frieden.“

Zuri war in sich zusammengesunken und lag zitternd in Pauls Armen. Ikechi stand auf und ging zu ihr hinüber. „Liebes, ich wollte dich nur schützen, verzeih. Er hat seine gerechte Strafe jetzt bekommen."
Paul hielt Zuri immer noch fest und sie flüsterte: „Was für eine Bestie."
Klaus war aufgestanden und ging auf Ikechi zu. „Darum haben sie ihn dieses Sonett schreiben lassen, richtig?" Der junge Mann sah dem Kommissar fest in die Augen: „Ja."
Baumann blickte auf den Boden und grinste. „Sie haben aber kleine Füße, Größe 40?"

# Epilog

Alles andere fügte sich wie von selbst zusammen. Die Spurenlage war eindeutig und der Tennispartner von Carl Thron hatte ihm natürlich ein falsches Alibi gegeben. Seine Schulden bei Thron waren erdrückend und der König hatte ihn in der Hand. Als das Kartenhaus zusammenfiel, war Thron letztendlich geständig. Auch er wollte Hanssen nicht töten und war überrascht gewesen, ihn gefesselt vorzufinden. Er sah die Situation als göttliche Fügung an. Letztendlich waren die Nerven mit ihm durchgegangen, genau wie damals im Eiskeller. Sommer hatte ihn seit Monaten bedroht und gejammert, dass er von einem Zeuge seit Jahren unter Druck gesetzt würde. Er bekäme immer wieder Drohbriefe und forderte jetzt von Carl Thron, sich der Polizei zu stellen. Doch das kam für den König nicht infrage, allein seiner Tochter wegen. Auf die Frage, warum er seinem Schwiegersohn damals schaden wollte, bekam Baumann genau die Antwort, die er erwartet hatte. Thron wollte eine bessere Partie für sein einziges Kind und außerdem das Bauunternehmen an sich reißen. Als Immobilienmakler passte das hervorragend in sein Konzept und mit seiner Tochter Anna als Architektin hatte er die Möglichkeit, aus diesem wirtschaftlichen Dreigestirn eines der erfolgreichsten Unternehmen Hamburgs zu machen, was ihm ja schließlich auch gelungen war.

Ikechi musste sich natürlich für die Misshandlungen, die er Sommer, alias Hanssen, zugefügt hatte, verantworten, auch wenn der Richter nach seinen ausführlichen Schilderungen und der Vorlage des Tagebuches, in seinem Urteil weit unter den Forderungen der Staatsanwaltschaft geblieben war.
Zuri ging zurück nach Afrika und führte gemeinsam mit ihrem Onkel die Hotelkette weiter, die sie und ihr Bruder nach dem Tod der Eltern geerbt hatten. Paul ließ sie ziehen.
Eva und Cornelius rückten nach diesen grausamen Ereignissen noch näher zusammen und heirateten im selben Jahr. Eva führt als alleinige Geschäftsführerin das Auktionshaus Sommer und Cornelius übernahm den Thron seines Großvaters.
Evas Mutter kehrte Hamburg den Rücken, zog nach London und heiratete den Milliardär.
Anna Thron begann endlich ihr Leben zu genießen. Über ihr Liebesleben bewahren wir hier jedoch Stillschweigen.

Baumann und sein Team trafen sich, nachdem die Fälle aufgeklärt waren, bei Lena Arnold im Garten. Es wurde gegrillt und gefeiert.
Am Tag danach hatte Viviana ihren Brummbären endlich mal wieder für sich allein. Sie kuschelte sich dicht an ihn und streichelte seinen Bauch. „Weißt du Schatz, eigentlich sind wir doch gar nicht zu alt für Kinder oder?“ Klaus saß plötzlich senkrecht und Vivi musste lachen. „O.k. Schatz, aber dann will ich einen Hund.“

Die Handlung und alle handelnden Personen sind frei erfunden. Jegliche Ähnlichkeit mit lebenden oder realen Personen ist rein zufällig, aber genau so könnte sich alles zugetragen haben.